Ephraim Kishon · Paradies neu zu vermieten

Ephraim Kishon

Paradies
neu zu vermieten
Neue Satiren

Langen Müller

Ins Deutsche übertragen von Friedrich Torberg

Verlagsredaktion: Bernhard Struckmeyer
Umschlaggestaltung: Rudolf Angerer
Gesamtherstellung: May & Co Nachf., Darmstadt
Printed in Germany 1979
ISBN 3-7844-1760-4

Inhalt

Bald nach der Ausweisung des ersten Touristenehepaars aus dem Garten Eden wurde am Eingang eine Tafel angebracht:
»Infolge Abreise der bisherigen Mieter – 1 Paradies zu vermieten.«
Es meldeten sich nur wenige Bewerber. Einer, mit einem dicken Weib im Schlepptau, erklärte nach oberflächlicher Besichtigung der Örtlichkeit, daß sich bei jedem Regen unpassierbare Kotpfützen bilden würden. Und im Winter würde man frieren; er sehe keinerlei Heizvorrichtung.
»Wie lange dauert es denn noch bis zur Erfindung des Feuers?« fragte er.
»Eine Million Jahre«, antwortete der Erzengel Gabriel.
Der Mietvertrag kam nicht zustande.
Er wäre sowieso nicht zustande gekommen, weil das dicke Weib allergisch gegen Vögel war:
»Dieses ewige Gezwitscher vertrage ich nicht. Es bringt mich um den Verstand. Auch das Farbenarrangement mißfällt mir. Alles in Grün. Nirgends eine Spur von Beige oder Rosa. Nichts als Grün, Grün, Grün.«

Damit zog sie ihren Mann zum Ausgang.
»Wir könnten es ja mit Tapeten versuchen«, rief Gabriel hinter den beiden her.
Aber da waren sie schon verschwunden.
Als nächster kam Ingenieur Glick. Er inspizierte das Objekt mit gewohnter Gründlichkeit und schüttelte immer wieder den Kopf:
»Kein Kühlschrank . . . kein Air-conditioning . . . wie soll man's hier im Sommer aushalten?«
Der Erzengel machte sich erbötig, mit Gott dem Herrn über eine mögliche Neugestaltung der Jahreszeiten zu sprechen, aber Glick vermochte diesem Vorschlag nichts abzugewinnen, schon deshalb nicht, weil mittlerweile alles, was da kreuchet, an seinen Beinen hinaufzukreuchen begann. Ob man denn hier noch nichts von einem Insektenspray gehört hätte, fragte er.
Doch, aber den könne man nicht verwenden, antwortete Gabriel entschuldigend. Wegen der Äpfel.
Ingenieur Glick ließ für alle Fälle seine Adresse zurück und empfahl sich.
Die blonde Dame, die nach ihm am Eingang erschien, warf einen Blick in die Gegend und fragte, ob Hauspersonal zur Verfügung stünde. Gabriel bat sie mit verlegenem Lächeln, doch erst einmal weiterzugehen und auf einen Baum hinaufzuklettern, von dort hätte sie eine schöne Aussicht. Die Dame lehnte ab:
»So ein riesiger Garten und keine Hilfskräfte! Nein, wirklich – es wundert mich nicht, daß die Adams ausgezogen sind.«

Dem Vernehmen nach ging es den Adams draußen recht gut. Sie betrieben eine Farm, züchteten Blumen und planten ins Exportgeschäft einzusteigen.
Der Garten Eden fand keine Interessenten, verlor nach und nach seinen paradiesischen Charme und geriet in einen desolaten Zustand. Von seinen einstigen Mietern ist nur die Schlange übriggeblieben, die bekanntlich nicht vertrieben wurde und dort ihre Sünden abbüßt.

Statt einer Einführung

Unser Chanukka-Fest ist – auch in bezug auf das Datum – eine Art Gegenstück zum Weihnachtsfest, nur ohne Baum. Ungefähr um diese Zeit, wenn die Hälfte der Menschheit sich der heiligen Ruhe hingibt, lassen mir meine Verleger die Aufforderung zugehen, für die kommende Saison ein neues, ungewöhnlich witziges Buch zu produzieren. Sie tun das mit schöner Regelmäßigkeit jedes Jahr, und ich habe mich jedes Jahr als ihr gehorsamster Knecht erwiesen. Aber jetzt ist es genug.
Ich mache das nicht mehr mit. Ich werde keine lustigen Bücher mehr schreiben. Ich wechsle meinen Beruf. Niemand ist verpflichtet, sein Brot damit zu verdienen, daß er andere Leute zum Lachen bringt.
Übrigens hatte ich die Erzeugung von Heiterkeit ursprünglich gar nicht zu meinem Beruf gewählt. *Sie* hat *mich* gewählt. Ich habe als Kind niemals davon geträumt, ein Humorist zu werden, so wenig, wie jemand davon träumt, einen Posten im Handelsministerium zu bekleiden oder tiefgekühltes Geflügel zu impor-

tieren. In der fünften Volksschulklasse fragte mich ein besonders dummer Lehrer, was ich am liebsten sein möchte, wenn ich einmal erwachsen sei. Ich antwortete: »Ein Kind.« Das war möglicherweise das erste Anzeichen für das Vorhandensein einer satirischen Ader in meinem Organgewebe.
Es geschah weniger aus innerem Zwang, daß ich zum Satiriker wurde, als vielmehr durch Einwirkung äußerer Umstände von größtenteils zeitgeschichtlicher Prägung – ich erinnere an Dinge wie Hitler und dergleichen. Jedenfalls erwachte ich eines Morgens als Satiriker.

Seither habe ich keine Ruhe. Niemand will mir glauben, daß ich ungeachtet meines Berufs ein völlig normaler Mensch bin. Ich sehe sogar völlig normal aus. Mit meinem Dutzendgesicht und meinen randlosen Brillengläsern gleiche ich am ehesten einem stillen, bescheidenen Buchhalter. Nicht einmal einen Bart trage ich. Ich bin ein durchschnittlich guter Familienvater, ein verhältnismäßig ehrlicher Steuerzahler, lese beim Frühstück die Zeitung, lege mich nach dem Mittagessen zu einem Nickerchen hin – ich bin, kurzum, ein Mensch wie du und ich, der typische kleine Mann auf der Straße, abgekürzt Kleinmann.
Was passiert? Ich mache einen Spaziergang und

werde von einem anderen Herrn Kleinmann aufgehalten:
»Entschuldigen Sie – können Sie mir sagen, wo die Gordonstraße ist?«
»Die Gordonstraße? Gewiß. Sehen Sie die Verkehrsampel dort?«
»Ja.«
»Dort biegen Sie nach links ab und –«
Plötzlich erscheint in Herrn Kleinmanns Auge ein fröhliches Blinzeln, und er unterbricht mich mitten im Satz:
»He! Sind Sie nicht der Zeichner, der im Fernsehen immer die komischen Karikaturen macht?«
Ich pflege solche Fragen grundsätzlich zu bejahen, schon damit das Gespräch nicht ausartet. Ich habe mich längst daran gewöhnt, verwechselt zu werden, mit wem oder was immer. Gelegentlich hält man mich für eine Kreuzung zwischen Mickymaus und Dostojewski.
»Also«, greife ich den Faden wieder auf. »Bei der Verkehrsampel gehen Sie nach links.«
»Klar«, sagt Kleinmann, wobei sich ein breites Grinsen über sein Gesicht legt. »Und was dann?«
»Dann nehmen Sie die dritte Straße rechts.«
Jetzt kann Kleinmann sein Lachen nicht länger bemeistern und schlägt mir dröhnend auf den Rücken:

»Köstlich!« röhrt er in haltlosem Heiterkeitsausbruch. »Die dritte, was? Nach rechts, wie? Wo nehmt ihr Humoristen nur immer diese verrückten Einfälle her! Bei euch weiß man ja nie, ob ihr etwas im Ernst meint oder im Spaß!«
Ja, so ist es wohl. Bei uns weiß man nie. Vor einiger Zeit wandte sich eine ausländische Dame in beigefarbenem Kostüm an mich:
»Was halten Sie von Sadat, Mr. Kitschen?«
»Ein großer Staatsmann«, antwortete ich.
»Hihihi«, kicherte sie. »Das ist einmalig, wie Sie einen Mann mit einem einzigen Satz fertigmachen.«
»Wieso fertigmachen? Ich bewundere Sadat ehrlich!«
»Was mir an Leuten wie Ihnen imponiert«, sagte die Beigefarbene, »ist das Pokergesicht, mit dem Sie Ihre sarkastischen Aussprüche von sich geben.«

Seltsamerweise ist es nur bei Humoristen der Fall, daß man den Menschen von seinem Beruf nicht trennen kann. Maurern oder Zahnärzten widerfährt so etwas nicht. Mir widerfährt es pausenlos.
Ich wehre mich, so gut es geht. Ich führe seit Jahren einen Informationsfeldzug, um Klarheit darüber zu schaffen, daß ich im Privatleben ein

ganz normaler Zeitgenosse bin. Neuerdings habe ich sogar ein paar grimmig ernste Artikel veröffentlicht und in düster getönten Interviews meiner Überzeugung Ausdruck gegeben, daß die Welt ihrem Untergang zusteuert. Hilft das etwas? Es hilft nichts. Ein paar alte Freunde kann ich vielleicht überzeugen, aber es kommen neue Freunde nach, die vor Gelächter über meine Verkehrsampeln schier platzen wollen. Und nicht genug daran, daß ich sie zum Lachen bringe – sie ihrerseits haben den Ehrgeiz, *mich* zum Lachen zu bringen. Du bist ein Humorist, Freundchen? Warte, ich erzähl dir einen Witz. Warum? Damit du siehst, daß auch andere Leute über Humor verfügen.

»Kennen Sie die Geschichte von dem Schotten?« fragt mich so einer unter mühsam verhaltenem Glucksen.

»Ja.«

»Also hören Sie. Ein Schotte, ein Jude und ein Neger kommen in die Hölle . . .«

Ich brauche nicht zuzuhören. Ich weiß, daß der Jude einen Feuerlöscher in die Hölle mitbringt. Ich weiß auch, was der kleine Moritz dem Herrn Lehrer antwortet, und welchen Ratschlag der Wunderrabbi für Jankels Ziegenbock bereit hat. Ich kenne das Ende eines Witzes, noch bevor er anfängt. Und wenn ich's nicht kenne, kann ich's mir ausrechnen. Dazu

bin ich ja schließlich ein Humorist von Beruf. Dazu, und nicht damit man mir Witze erzählt. Es ist zum Verzweifeln.
Im Lauf der Jahre habe ich allerlei Schutzmaßnahmen ausprobiert und wieder verworfen. Selbst die leiseste Andeutung eines Lachens, mit dem ich auf einen Witz reagiere, ermutigt den Erzähler, sofort einen nächsten folgen zu lassen. Bleibe ich jedoch stumm, wird er es erst recht mit einem nächsten versuchen. Am aussichtsreichsten ist ein kurzes, durch die Nase gestoßenes Grunzen, gekoppelt mit einem Blick nach der Armbanduhr. Aber auch das hilft nicht immer.

Dabei sind Witze noch gar nicht das Schlimmste, denn in den meisten Fällen sind sie wenigstens kurz. Das wirkliche Elend beginnt, wenn Schlomo sich zu seiner Frau wendet und sagt: »Das ist etwas für Kishon.« Bald danach hält er mich am Rockaufschlag fest und krümmt sich vor Lachen:
»Passen Sie auf, das ist etwas für Sie. Gestern frage ich Schula, wo sie den Wagenschlüssel hingegeben hat. Was sagt Schula? Sie sagt: Den hat Micky. Du hast ihm den Schlüssel doch selber gegeben. Nein, sage ich, das war der Schlüssel zum kleinen braunen Handkoffer. Also rufen wir Micky an, und Micky sagt: Um Him-

mels willen, der Koffer ist im Wagen. Drinnen im Wagen. Das muß man sich vorstellen. Aber jetzt fängt es erst an, warten Sie. Ich renne sofort zu Meirowitz, meinem Partner, der ein Duplikat hat. Und Meirowitz . . .«
Natürlich ist das etwas für mich. Wie könnte ich zweifeln. Und selbst wenn ich zu zweifeln wagte – Schlomo zweifelt nicht. Er weiß, wann etwas für mich ist, und er erzählt es mir. Bis zum bittern Ende.

Mit alledem will keineswegs gesagt sein, daß Humoristen manchmal nicht auch ernst genommen werden. Ich konnte das erst unlängst feststellen, als ich auf einer Party, unter äußerstem Druck und gegen meine Gewohnheit, einen Witz zum besten gab:
»Menachem Begin stößt bei Nacht in der Küche mit seiner Frau zusammen. Da es dunkel ist, erschrickt sie natürlich und ruft: ›Großer Gott, bist du das?‹ Und Begin antwortet: ›Aliza, wenn wir allein sind, kannst du mich ruhig Menachem nennen!‹«
Meine Zuhörer sahen mich ausdruckslos an. Schweigen lastete im Raum. Die große Wanduhr blieb stehen.
»Nun ja«, nahm endlich Ingenieur Glick das Wort. »Für gewöhnlich nennt sie ihn ja Menachem, nicht wahr?«

»Wie sonst sollte sie ihn nennen?« fragte die Hausfrau. »Menachem ist doch sein Name.«
Ich senkte den Kopf und krümmte mich vor Scham. Rings um mich hörte ich's flüstern: »Ts . . . ts . . . mit dem armen Kerl geht's zu Ende . . . schade um ihn . . .«
Das ist der Grund, warum ich dieses Buch nicht geschrieben habe. Ich ziehe mich zurück. Ich bleibe zu Hause vor dem Fernsehschirm wie jeder normale Munsch. Im Manuskript stand natürlich »Mensch«, aber die Setzer lassen in meinen Geschichten immer die Druckfehler stehen. Bei uns Humoristen weiß man ja nie.

Es hilft nichts. Ich habe doch wieder ein Buch geschrieben. Ich wollte nicht, ich sträubte mich, ich kämpfte gegen meine Leidenschaft an, aber sie hat gewonnen. Na ja. Schließlich ist das eine ganz gute Art, die Zeit totzuschlagen. Für den Besuch von Disco-Lokalen bin ich zu alt und zu weise, die Beschäftigung mit der Politik macht mich krank. Da schreibe ich lieber ein Buch.

Das alles sind natürlich Ausreden. In Wahrheit gleiche ich einem alten Zirkuspferd, das sich sofort in Trab setzt, wenn das Orchester die vertraute Melodie erklingen läßt. Meine Melodie ist der Winter. Sobald die Nächte länger werden, ziehe ich mich mit gespitztem Bleistift in mein Arbeitszimmer zurück, wie sich der Bär – allerdings ohne Bleistift – in seine Höhle zurückzieht. Und dann beginne ich meine Geschichten zu schreiben, dann laufen diese kleinen hebräischen Ameisen von rechts nach links über das Papier, Seite um Seite.

In den vielen Jahren meiner Tätigkeit als Ameisenzüchter muß zwischen meinen Lesern und mir – so möchte ich jedenfalls hoffen – eine gewissermaßen familiäre Beziehung entstanden sein. Manchmal habe ich das Gefühl, alle meine Leser persönlich zu kennen, besonders und am liebsten jene, die meine Bücher käuflich erwerben, vielleicht gar in mehreren Exemplaren, zu Geschenkzwecken. Aber auch die anderen sind mir lieb und wert. Ich fühle mich ihnen allen so nahe, daß es fast schon an Intimität grenzt. Und aus diesem Gefühl heraus vernachlässige ich dann die Aufgabe, die jeder anständige Humorist seinen Lesern gegenüber zu erfüllen hat, nämlich ihre Sorgen zu verscheuchen. Statt dessen befällt mich der Wunsch, meine eigenen Sorgen mit ihnen zu teilen. Diesmal versuche ich mich zu beherrschen und widme meinen Sorgen nur einen einzigen Abschnitt.

In eigener Sache

Nichts – oder beinahe nichts – auf Erden macht einem Menschen soviel Freude, wie entfernte Verwandte zu entdecken, die er nie zuvor gesehen hat. Wenn so ein Onkel oder Cousin am fernen Familienhorizont auftaucht und Gestalt annimmt, hat das Leben wieder einen Sinn. Nahe Verwandte, unsere Alltagskost sozusagen, sind langweilig. Man weiß von ihrer Existenz, man kennt sie, sie gehören zum familiären Establishment. Aber die unerwartete Nichte einer angeheirateten Tante, die anonyme Schwägerin eines geschiedenen Schwagers – da ist noch etwas los. Ich kenne solche Fälle aus meiner nächsten Umgebung.

Entfernung von Verwandten

Nehmen wir zum Beispiel den Vater meines Nachbarn Felix Seelig, den alten Seelig aus Riga. Eines Tages entdeckte er plötzlich auf einer Bank im Ben-Gurion-Flughafen seinen Bruder, den er seit 53 Jahren nicht gesehen hatte. Das muß man sich vorstellen: seit 53 Jahren! »Grischa!« rief er, und die beiden Brüder lagen einander schluchzend in den Armen. Dann begannen sie in alten Erinnerungen zu kramen,

und Väterchen Seelig kramte so lange, bis ihm einfiel, daß er ein einziger Sohn war. Daraufhin rückte sein Bruder, immer noch unter Tränen, mit einem Geständnis heraus: Er sei in Australien geboren, gestand er, und heiße Harry Nathansohn. Es war eine herzergreifende Szene. Daß zwei völlig Fremde, die einander 53 Jahre lang nicht gesehen hatten, auf solche Weise zusammentreffen würden, hätte niemand geglaubt.
Die beiden blieben die ganze Nacht plaudernd auf der Flughafenbank sitzen, denn das Bodenpersonal streikte. Sie sprachen über ihre ungewöhnliche Vergangenheit und über die seltsamen Wege des Schicksals, sie beschlossen, weiter Kontakt zu halten, stehen seither in lebhaftem Briefwechsel und sagen Du zueinander.

Im Grunde ist die Suche nach verlorenen Verwandten eine Suche nach den eigenen Wurzeln, wenn möglich nach wohlhabenden. Der unwiderstehliche Drang, Verwandte zu entdecken, entsteht besonders in Zeiten drohender Kriegsgefahr oder wenn die Bank einen Bürgen verlangt.
Ich erinnere mich an die rührende Geschichte eines Neueinwanderers namens Ginsberg, der sich in der Diaspora den Ruf erworben hatte, ein Fachmann für die Reparatur schadhaft gewordener Eishockeystöcke zu sein. Als er zu uns ins Land kam und ein wenig Ruhe fand, fiel ihm auf, daß im Nahen und Mittleren Osten nur sehr geringe Nachfrage nach reparierten Eishockeystöcken herrscht. Daraufhin

überkam ihn das brennende Verlangen, einen angeheirateten Cousin zweiten Grades aufzustöbern, gleichgültig, wo dieser sich befände. Ginsberg ging umher und fragte und forschte und grub nach Wurzeln, und nach einiger Zeit stieß er tatsächlich auf die richtige Spur. Sie führte ihn nach Paris, wo er den lang entbehrten und weit entfernten Vetter sofort aufsuchte. Als er ihm, von Rührung übermannt, um den Hals fallen wollte, warf ihn der Baron Rothschild eigenhändig hinaus.
Moral: Arme Verwandte haben ein besseres Gedächtnis als reiche.

Ich für meine Person finde entfernte Verwandte sehr anregend. Es ist von unvergleichlichem Reiz, wenn plötzlich jemand vor deiner Tür steht und dir ohne Übergang mitteilt: »Ich bin Sandor, der jüngste Sohn von Ottilie, die einen Neffen des seligen Emanuel Schmulewitz geheiratet hat.« Dein Herz beginnt wild zu schlagen, dein Hirn beginnt fieberhaft zu arbeiten: Wo hat dieser Sandor die ganze Zeit gesteckt? Wer hat ihn geschickt? Und vor allem: Wer ist Emanuel Schmulewitz?

Einen andern, weniger rätselhaften Typ von Verwandtschaft repräsentiert meine Tante Ilka, die irgendwann in unsere Familie eingeheiratet hat, aber es ist nicht ganz klar, ob das auf der väterlichen oder auf der mütterlichen Seite geschah. Jedenfalls fragt mich meine Mutter zweimal im Jahr, ob ich Ilka besucht hätte, und ich antworte zweimal im Jahr: »Nein, noch nicht, aber demnächst besuche ich sie ganz bestimmt.«

Dabei habe ich gegen Tante Ilka als solche nichts einzuwenden, außer daß sie in einer schwer erreichbaren Vorstadt von Jaffa wohnt und eine alte Hexe von 89 Jahren ist. Überdies nörgelt sie ständig an mir herum. Immer, wenn ich sie besuche, und das ist wirklich selten genug, empfängt sie mich mit den Worten: »Höchste Zeit, daß du dich einmal an deine alte Tante erinnerst!«

»Ich habe schrecklich viel zu tun«, pflege ich zu erwidern. »Aber jetzt bin ich hier, Tante Ilka. Wie geht es dir?«

Statt einer Auskunft bekomme ich den Auftrag, wieder hinauszugehen und mir draußen gründlich die Schuhe zu reinigen. Wegen der Fliesen. Tante Ilka leidet an einer seltenen, wenn auch keineswegs lebensgefährlichen Krankheit, der sogenannten Fliesomanie. Ein sauberer Fußboden geht ihr über alles. Die Fliesen in ihrer Wohnung sehen aus, als wären sie mit der Zahnbürste geputzt worden. Man hat Angst, sie mit den Füßen zu berühren. Am liebsten würde man über sie hinwegschweben. Tante Ilka kennt jede einzelne ihrer Fliesen persönlich und benennt sie nach dem Schachbrett-System: »Auf E 4 ist ein Schmutzfleck«, sagt sie.

Nach einer Weile verlassen wir das Thema »Fliesen« und wenden uns dem Thema »Katzen« zu. Sofort beginnen Tantchens Augen feucht zu schimmern, und ihre Stimme senkt sich zu melancholischem Flüstern: »Bianca . . . meine süße Bianca . . .« Bianca war ihre Lieblingskatze; sie starb in sagenhaft hohem Alter um 1950. Ich habe sie nicht gekannt, weil ich damals noch auswärts lebte und das Schicksal jüdischer Katzen nicht in Evidenz hielt. Dafür läßt mich Tante Ilka büßen, indem sie jedesmal aus ihrem antiken oder zumindest antiquarischen Schmuckkästchen, das auf den Fliesen G 6 bis H 8 steht, ein altes Foto von Bianca hervorholt.

»Dort, wo du jetzt sitzt«, lautet der unabwendbare Begleittext, »in diesem selben Fauteuil . . . dort hat sie sich immer zusammengerollt.« Der Text bleibt mir auch dann nicht erspart, wenn ich stehe. »Sie war ein wunderbares Tier. Komm, schau sie dir an.« Gehorsam komme ich näher, um mir das Foto anzuschauen. Ich sehe eine Katze mit Schnurrbarthaaren, Ohren und Schwanz. Eine Katze. Mir sind Hunde lieber.

»Sie hat dich sehr geliebt, Robert«, sagt Tante Ilka. »Mehr als sonst jemanden auf der Welt.«

Habe ich schon erwähnt, daß Tante Ilka 89 Jahre alt ist? Wenn dieses Buch erscheint, wird sie vielleicht schon 90 sein. Wirklich zu dumm, daß ich Bianca nicht gekannt habe. Und daß ich nicht Robert heiße.

Tante Ilka gehört zur Kategorie der Besuchs-Tanten. Onkel Kalman hingegen ist ein Telephon-Onkel. Er ruft mich in regelmäßigen Intervallen an und fragt, warum ich ihn nicht anrufe. Außerdem leidet er an chronischem Rheuma, welches sich bekanntlich ganz hervorragend für lange, ausführliche Bulletins eignet. Das ist der Grund, warum ich mir einen speziell konstruierten Telephonapparat angeschafft habe, mit einer sinnreichen Membrane und einem Gestell für den Hörer versehen, so daß ich ihn nicht ans Ohr halten muß und beide Hände frei habe. Während Onkel Kalman sich in detaillierten Schilderungen seines Leidens ergeht, schreibe ich ein oder zwei Theaterstücke, erledige die Post, halte zwischendurch ein kleines Nickerchen und muß nur achtgeben, daß ich alle Viertelstunden eine passende Bemerkung in Richtung Hörer einwerfe, etwa: »Was du nicht sagst, Onkel Kalman!« oder »Nein, wirklich?« Es geht ganz gut, aber es ist, alles in allem, ein wenig anstrengend.

Die Wende kam, als ich eines Tages, während Onkel Kalman am Telephon eine besonders lange Langspielplatte durchgab, für ein paar Minuten vors Haus ging, um Luft zu schöpfen, und meinen Nachbar Felix Seelig dabei antraf, wie er sich gerade von einem düster dreinblickenden alten Herrn verabschiedete. Sie umarmten einander wortlos, aber herzlich und gingen wortlos auseinander.

»Das war der alte Wertheimer«, erklärte mir Felix. »Ein Onkel von mir, glaube ich.«

»Stumm oder taub?« fragte ich.

»Weder noch. Nur schweigsam. Der schweigsamste Onkel, den es jemals gab. Ich bekomme kein Wort aus ihm heraus. Er langweilt mich tödlich.«

Da überkam mich die Erleuchtung: »Hören Sie, Felix. Ich habe einen ungefähr gleichaltrigen, gut erhaltenen Onkel, der das Gegenteil von schweigsam ist. Er re-

det pausenlos, ohne besonderen Wert darauf zu legen, daß man ihm zuhört. Wenn man ihn nur reden läßt. Wie wär's . . .?«
Felix verstand mich sofort. Wir wechselten die Onkel. Seither kommt Onkel Wertheimer einmal wöchentlich zu mir, setzt sich stumm in eine Ecke meines Arbeitszimmers und starrt eine Stunde lang zur Decke, ehe er sichtlich zufrieden abgeht. Dafür ruft Onkel Kalman jeden Montag meinen Freund Felix an. Das Arrangement erfreut sich der Zustimmung aller Beteiligten, einschließlich meiner Mutter. »Hauptsache, daß Kalman jemanden hat, mit dem er plaudern kann«, entschied sie.
Kein Zweifel: Die Zukunft gehört dem Verwandtentausch. Ich werde demnächst ein Zeitungsinserat aufgeben: »Tausche gepflegte alte Tante mit toter Katze gegen lebensfrohe Cousine, 20 bis 25.«

Manche Menschen sind leichtgläubig. Ich bin es nicht. Ich brauche Beweise. Andererseits weiß ich sehr wohl, daß man vorsichtig sein muß. Wenn mir eine schwarze Katze über den Weg läuft, mache ich sofort kehrt oder streiche sie weiß an. Auch gehe ich nie unter einer Leiter durch, und wenn ich einen Kaminkehrer sehe, wünsche ich ihm Glück. Wer will, mag mich abergläubisch nennen. Aber es ist eine erwiesene Tatsache, daß in jedem meiner erfolgreichen Bücher ein Verkehrspolizist vorgekommen ist. Deshalb wird auch in diesem Buch einer vorkommen. Verkehrspolizisten, der Teufel soll sie holen, bringen mir Glück.

Grenzüberschreitung

Es war Abend. Ich saß am Steuer meines Personenkraftwagens und strebte heimwärts. Ein Verkehrspolizist hielt mich auf:
»Ihre Papiere bitte. Sie sind zu schnell gefahren.«
»Möglich«, sagte ich. »Beweisen Sie es.«
»Wie Sie wünschen.«
Er führte mich zu einem an der Ecke lauernden Poli-

zeiauto, in dem ein anderer Herr Verkehrspolizist saß, vor sich ein Instrument mit allerlei Schaltknöpfen, kreisrunden Meßapparaturen, Zeigern und sonstigen Vorrichtungen der Hölle. Kein Zweifel: ich war einer Radarfalle ins computergeknüpfte Netz gegangen. Endlich einmal sah ich mit eigenen Augen, wie unsere Steuergelder verschwendet werden.
Das zweite Sicherheitsorgan hatte die Inspektion meiner Papiere beendet und wandte sich an mich:
»Sie sind Schriftsteller? Da sollten Sie den anderen mit gutem Beispiel vorangehen, statt draufloszusausen wie ein Verrückter!«
»Es tut mir leid, Captain.« Schuldbewußt senkte ich die Augen. »Jetzt, da ich sehe, daß Sie mit Radar ausgerüstet sind, tut es mir wirklich leid.«
»Sie geben also zu, daß Sie die zugelassene Geschwindigkeitsgrenze überschritten haben?«
»Natürlich gebe ich es zu.«
»Warum haben Sie sie überschritten?«
»Ich war in Eile. In großer Eile.«
»Und warum?«
»Weil die mir entgegenkommenden Fahrer versäumt haben, das übliche Warnsignal zu geben. Sie wissen doch – zweimal blinken bedeutet: Achtung, Radarfalle! Aber es hat keiner geblinkt.«
»Ist das vielleicht ein Grund, die Geschwindigkeitsgrenze zu überschreiten?«
»Nein, gewiß nicht. Erlauben Sie mir die Bemerkung, daß ich seit fünfzehn Jahren fahre und heute zum erstenmal die Geschwindigkeitsgrenze überschritten habe.«

»Wurden Sie heute zum erstenmal erwischt oder haben Sie zum erstenmal die Geschwindigkeitsgrenze überschritten?«
»Ich habe sie zum erstenmal überschritten.«
»Wie kommt es, daß Sie fünfzehn Jahre lang die Geschwindigkeitsgrenze nicht überschritten haben und sie heute plötzlich überschreiten?«
»Purer Zufall. Und jetzt verpassen Sie mir bitte das fällige Strafmandat. Ich werde es sofort begleichen.«
»Sie schreiben Bücher. Haben Sie bedacht, was geschehen würde, wenn alle Fahrer die Geschwindigkeitsgrenze überschreiten?«
»Es würde Unfälle geben.«
»Wünschen Sie Unfälle zu verschulden?«
»Nichts liegt mir ferner.«
»Warum überschreiten Sie dann die Geschwindigkeitsgrenze?«
»Aus unverantwortlichem Leichtsinn.« Meine Bereitschaft, von seiten der Obrigkeit pädagogische Belehrungen entgegenzunehmen, war im Schwinden begriffen. »In der Regel wird man für ein solches Vergehen mit zwanzig Pfund bestraft. Bitte haben Sie die Gewogenheit, mir jetzt endlich –«
»Woher wissen Sie, daß die Strafe für die Überschreitung der Geschwindigkeitsgrenze zwanzig Pfund beträgt, wenn Sie noch nie wegen Überschreitung der Geschwindigkeitsgrenze bestraft wurden?«
»Andere Fahrer, die wegen Überschreitung der Geschwindigkeitsgrenze bestraft wurden, haben es mir gesagt.«

»Werden Sie jemals wieder die Geschwindigkeitsgrenze überschreiten?«
»Jawohl!« brüllte ich und riß meinen Hemdkragen auf. »Ich werde sie überschreiten. Sooft ich will! Immer wieder! Ich geschwindige die Überschreitgrenzen! Ich übergrenze die Geschwindigkeitsschreitung. . . !«
Das Auge des Gesetzes runzelte die Brauen:
»Dann kann ich Sie leider nicht mit einer bloßen Verwarnung entlassen, was ich ursprünglich tun wollte. Hier haben Sie Ihr Strafmandat für Überschreitung der Geschwindigkeitsgrenze.«
Und die Moral von der Geschicht: Man soll die Geschwindigkeitsgrenze nicht überschreiten.

Es war kurz nach der Feier unseres Unabhängigkeitstages. Ich stand vor dem Spiegel, sah mir tief in die Augen und fragte mich: »Aber du selbst, Ephraim – bist du unabhängig?« Nach kurzem Nachdenken, verbunden mit einer scharfen Selbstprüfung, hatte ich die Antwort gefunden, eine klare, präzise Antwort: Ja und nein. In wachem Zustand bin ich unabhängig, aber wenn ich schlafe, gerate ich unweigerlich in den Griff einer fremden Macht.

Mein Vetter Egon

Die Feindseligkeiten zwischen ihm und mir begannen, als ich ungefähr 40 Jahre alt war. Damals entdeckte ich den Drehstuhl in meinem Hinterkopf und daß auf diesem Drehstuhl ein koboldhaft kleiner Techniker sitzt, eine Art Schlafkontrollor, der sich damit vergnügt, die Drähte meiner Gehirnganglien durcheinanderzubringen und falsche Verbindungen herzustellen. Verspüre ich beispielsweise das dringende Bedürfnis nach Schlaf, betätigt das Teufelchen dort oben seinen Schalthebel, und ich bin plötzlich hellwach. Ergibt sich andererseits eine Situation, in der es für mich lebenswichtig ist, daß ich wachbleibe,

erfolgt eine andere Fehlschaltung, und ich schlafe auf der Stelle ein.
Vielleicht haßt er mich gar nicht, der Schalthebelzwerg. Vielleicht ist er nur – wie die Opposition im Parlament – grundsätzlich gegen alles, was ich in meiner Eigenschaft als Regierungspartei durchsetzen möchte. Irgendwie muß er mit meinem Über-Ich verwandt sein, ein entfernter Vetter oder dergleichen. Ich nenne ihn Egon.
Er ist ein wendiger kleiner Kerl, immer wachsam, immer auf dem Quivive, und zwar auf meinem. Wenn er irgendwo ein Bett, eine Couch, ein Sofa oder einen Liegestuhl erspäht, sorgt er blitzschnell dafür, daß ich die Augen aufreiße. Und mit der gleichen absoluten Sicherheit funktioniert er in umgekehrtem Sinn. Bei den unpassendsten Anlässen zwingt er mich zu hemmungslosem Gähnen: wenn wir zu Hause Gesellschaft haben, wenn ich mich am Schreibtisch niederlasse, um zu arbeiten, wenn ich in einem Konzert sitze, wenn ich Tante Ilka besuche oder wenn mein Blick auf die Gesammelten Werke eines anderen Autors fällt. Nicht einmal ein Thriller wie die Bibel ist gegen seinen Zugriff gefeit.
Überflüssig zu sagen, daß ich nie so wach bin wie zwischen 21 und 3.40 Uhr in der Nacht. Ich habe schon mehrmals festgestellt, daß ich aus einem kleinen nächtlichen Nickerchen, wie er es mir gelegentlich vergönnt, pünktlich um 3.40 emporfahre, um auf die Uhr zu schauen. Sie zeigt immer auf 3.40. Wenn sie ausnahmsweise auf 3.44 zeigt, stelle ich sie um vier Minuten zurück. Egon ist zuverlässiger als

sie. Daß ich den 3.40-Test verschlafe, geschieht nur dann, wenn ich einmal sehr zeitig aufstehen muß. Dann schlafe ich meistens bis Mittag.
In einer früheren Inkarnation war Egon vermutlich eine neurotische Fledermaus. Oder eine Schlaftablette. Oder, im Gegenteil, eine Portion schwarzer Kaffee.
Vor ein paar Wochen, als ich zu einer lang geplanten Reise nach Eilat, auf die sich meine Reisegefährtin sehr gefreut hatte, infolge Verschlafenhabens zu spät kam, beschloß ich, Egon mit seinen eigenen Waffen zu schlagen und kaufte mir einen wunderschönen großen, metallischen Wecker, der mit einem dröhnenden Alarmsignal ausgestattet war.
Die Bewährung kam bald darauf. Amir, mein Jüngster, brachte aus der Schule eine an alle Väter gerichtete Aufforderung mit, sich am nächsten Morgen um 6 Uhr im Schulgebäude einzufinden, man hätte Nachricht, daß ein Angriff der PLO bevorstünde, und wollte Sicherheitsmaßnahmen vorkehren. Ich stellte den Wecker auf 5.30 und erwachte pünktlich um 12. Wie sich zeigte, hatte ich das ordnungsgemäß erklungene Alarmsignal überschlafen. Das lag nicht am Wecker. Es lag an Egon.
Weitere Nachforschungen über das Zustandekommen meines Versagens ergaben folgenden Tatbestand:
Da ich mich am nächsten Morgen auf den Weg zur Schule machen mußte, empfing mein Unterbewußtsein von Professor Freud den Auftrag zu einem Traum, in dem ich wieder auf der Schulbank saß. Es

war gerade Mathematikstunde, wir sollten eine schriftliche Aufgabe lösen, die von Sinus und Kosinus handelte, und ich hatte keine Ahnung.
Bis zum Ende der Stunde fehlten noch fünf Minuten.
Auf meiner Stirne stand kalter Schweiß.
»Was zum Teufel ist Kosinus?« fragte ich meinen Sitznachbarn, der niemand anderer als Kossygin war.
»Weiß nicht«, flüsterte er zurück. »Vielleicht ein Planet.«
In diesem Augenblick erklang das Glockenzeichen, mit dem die Unterrichtspause eingeläutet wurde, und der Mathematikprofessor sammelte die Hefte ein. Das meine enthielt lauter leere Seiten. Aber das Läuten wollte nicht aufhören.
Die Sache war die, daß Egon zwei Drähte verlegt und den Wecker in eine Schulglocke verwandelt hatte. Ich sprang aus dem Bett und rannte zum Schulhaus, wo ich erfuhr, daß Arafat von seinem geplanten Besuch abgekommen war und so die Chance seines Lebens verpaßt hat . . .
Immer aufs neue bewies Egon seine Fähigkeit, die Funktion des Alarmsignals an die Erfordernisse des von mir gerade geträumten Traums anzugleichen. So versäumte ich einen wichtigen Theaterabend, weil mein Wecker dank Egons Intervention wie das dritte Läuten in einer Bühnengarderobe klang. In der Garderobe saß ich selbst und war zu diesem Zweck der Schauspieler Sir Laurence Olivier.
Ich kaufte mir einen neuen Wecker, aber es half nichts. Egon ließ ihn – je nachdem, was ich träumte –

als Zugspfeife, als Luftwarnungssignal oder als Fabrikssirene in Aktion treten.
Ich zog einen Psychoanalytiker zu Rat. »Egon? Machen Sie sich nicht lächerlich!« lautete sein Verdikt. »Ihr Unterbewußtsein hat eine Allergie gegen schrille Töne entwickelt, und ich kann Ihnen auch sagen, warum. Im Augenblick Ihrer Geburt fuhr an der Klinik eine Straßenbahn vorbei, die in der Kurve entsetzlich kreischte. Seither ist es Ihr geheimer Wunsch, mit einem Straßenbahnwagen ins Bett zu gehen. Da sich dieser Wunsch nur schwer verwirklichen läßt, haben Sie ihn verdrängt und projizieren ihn jetzt auf den Wecker, mit dem Sie im Bett bleiben.«
Das ist natürlich nicht wahr. Straßenbahnwagen reizen mich nicht. Immerhin veranlaßten mich die lichtvollen Ausführungen des Seelenforschers zum Ankauf eines elektronischen Chrom-Quarz-Weckers, dessen digitales Alarmsystem kein schrilles Läuten von sich gab, sondern ein sechs Minuten dauerndes Piep-Piep.
Egon ließ sich nicht täuschen. In der ersten Nacht führte mich mein Traum nach Kansas City, wo ich auf einem kleinen Postamt, weit draußen, als einziger Beamter angestellt war. Kurz bevor der Wecker sein Piep ertönen lassen sollte, erschien der Sheriff in der Türe:
»Dringendes Telegramm nach Alabama! Hier!«
Gehorsam setzte ich mich an den Apparat und begann zu senden, wie Morse es vorschrieb: Piep – piep piep – piep. Mein ganzer elektronischer Alarm ging

als Kabel nach Alabama. An diesem Tag wachte ich überhaupt nicht auf. Ich lag in Egonie.
Vergangene Woche fand die Entscheidungsschlacht zwischen mir und Egon statt. Ich hatte einen Platz nach Frankfurt gebucht, Abflug 7 Uhr früh. Um sicherzugehen, erstand ich im größten Fachgeschäft der Stadt den größten überhaupt erhältlichen Wekker, ein wahres Monstrum, rotlackiert und mit einer Alarmvorrichtung, die das ganze Haus aus dem Schlaf schrecken mußte.
In der Nacht griff Egon zu einer wahrhaft diabolischen List. Er kam mir mit Frauen. Er verpaßte mir die Traumrolle eines türkischen Paschas. Ich saß in meinem Harem, um mich herum eine unübersehbare Schar orientalischer Schönheiten und Tante Ilka, von denen eine nach der anderen auf meinem Schoß Platz nahm, und neben mir ein tickendes Metronom, denn meine Zeit für jede einzelne war knapp bemessen. Auf der Höhe der Orgie brach plötzlich am Eingang zum Harem ein Höllenlärm los, so daß ich erschrokken innehielt.
Aber da kam der Eunuch vom Dienst hereingestürzt – er trug die Züge Kossygins – und keuchte:
»Kümmern Sie sich nicht darum, Hoheit! Der Lärm kommt von Ihrem dummen Wecker. Machen Sie ruhig weiter, er wird gleich aufhören.«
Vielleicht täte ich am besten, einfach mit dem Schlafen aufzuhören.

Aufmerksame Leser meiner Geschichten haben sicherlich schon gemerkt, daß ich noch nie ein schlechtes Wort über das weibliche Geschlecht gesagt habe. Ungefähr die Hälfte der Menschheit besteht aus Frauen, und wenn es ihnen eines Tages einfallen sollte, sich ähnlich wie die Volksrepublik China auf sich selbst zu besinnen und eine Schwerindustrie ins Leben zu rufen, würden sie über kurz oder lang die Welt beherrschen. Es ist also der pure Selbsterhaltungstrieb, der mich veranlaßt, ihnen freundlich entgegenzukommen.

Oh! Kalkutta!

Mit manchen ihrer Eigenschaften gehen mir die Frauen doch auf die Nerven, das muß ich schon sagen. Ich denke da in erster Linie an ihre krankhafte Neugier.

Zum Beispiel berichte ich einer hingerissen lauschenden Runde vom großen Feuer in Kalkutta, und zwar berichte ich als einer, der beinahe selbst dabei war. In lebhaften Farben schildere ich, wie ein Wolkenkratzer gleich einem Kartenhaus zusammenstürzte, wie wagemutige Feuerwehrmänner in den Flammen umkamen, wie ein verzweifelter Vater, den ich fast mit eigenen Augen gesehen habe, nach seinen Kindern suchte, wie eine bildschöne junge Frau aus dem Fenster sprang –

An dieser Stelle erfolgt von seiten einer anwesenden Zuhörerin unweigerlich die Frage:

»Wer war die Frau?«

Es ist mir völlig unklar, warum sich jemand für die Personaldaten einer Frau im brennenden Kalkutta interessiert. Und da ich in meiner Geschichte fortfahren will, sage ich:

»Keine Ahnung. Irgendeine Frau. Eine Inderin.«

»Eine, die dort gelebt hat?«

»Wahrscheinlich.«

»War sie allein?« fragt die Wißbegierige.

Sie fragt noch vieles. Sie blockiert mit ihren Fragen meine Geschichte, beraubt sie der Spannung, verpatzt sie.

Und ich hätte doch so gerne vom Feuer in Kalkutta erzählt, das mir aus meinen wiederholten Schilderungen perfekt geläufig ist, mit allen dramatischen Details, die zu einem Großbrand gehören. Aber ich komme nie bis zu den ausgebrochenen Elefanten im Flammeninferno. Bei der schönen, jungen Frau und ihrem Fenstersprung gerät meine Erzählung hoffnungslos ins Stocken. Ich habe schon versucht das »schön« wegzulassen, aber es half nichts.

Bis mich eines Tages, ganz plötzlich, ein genialer Einfall überkam. Als eine meiner detaildurstigen Zuhörerinnen wieder wissen wollte, wer diese atemberaubende indische Schönheit war, antwortete ich mit der größten Selbstverständlichkeit:

»Rivka Weinreb.«
Und zum erstenmal seit zweitausend Jahren konnte ich meine Geschichte beenden.
Damals entdeckte ich die Grundregel für ein langes, glückliches Leben: Frauen wollen Namen hören.
Wann immer ich seither auf dem Höhepunkt einer Geschichte von der weiblichen Frage »Wer war das?« unterbrochen werde, reagiere ich mit der prompten Auskunft »Sarah Pickler« oder »Joel Kaminski« und erzähle weiter.
Ich empfehle allen meinen Geschlechtsgenossen, die unter der Neugier ihrer Zuhörerinnen leiden, immer ein paar Namen in Reserve zu haben. Sie sichern sich damit den ungestörten Fluß ihrer Erzählung und den inneren Frieden. Miriam Blumenthal ist besonders effektvoll.

Man muß weder ein Astronaut noch ein Japaner sein, um zu merken, daß wir mitten im Computer-Zeitalter leben. Wann es angefangen hat, wissen wir nicht. Es ging alles sehr schnell. Heute gibt es Computer für überhaupt alles. Sie liefern Wettervorhersagen, sie kontrollieren unsere Wäscheliste – und wunderbarerweise werden diese unheimlichen Spielzeuge immer kleiner und kleiner. Wenn das so weitergeht, werden sie eines Tags völlig verschwinden. Es könnte aber auch geschehen, daß *wir* verschwinden werden.

Compukortschnoi

Onkel Benno kam aus Amerika zu Besuch und brachte Geschenke für die ganze Familie mit. Als ich das mir zugedachte auspackte, fand ich ein flaches Kästchen vom Umfang eines Taschenbuchs, mit 16 blitzblanken Druckknöpfen versehen.

»Damit du dich nicht langweilst«, grinste Onkel Benno. »Ein Schach-Computer.«

Ich liebe das Schachspiel seit meiner Jugend. Die ganze Weisheit des Fernen Ostens liegt darin. Schriftsteller, besonders Satiriker, haben eine ähnliche Neigung zum Schach wie Politiker zum Poker. In den frühen Vierzigerjahren war ich sogar drauf und dran, ein Schachbuch zu schreiben. Leider kamen mir die Nazis dazwischen, und ich bin damals nur ganz knapp dem drohenden Matt entronnen.

Im Durchschnitt verbringe ich jetzt 36 Stunden täglich mit Onkel Bennos Geschenk. Wir beginnen schon am Morgen zu spielen, noch während ich mich rasiere, und hören erst auf, nachdem ich mit dem Kästchen im Arm zu Bett gegangen bin. Verdrängter Sex? Homoerotische Tendenzen? Möglich. Ich muß gestehen, daß ich an meinem hübschen Spielgefährten mit den süßen Blinkeknöpfchen leidenschaftlich hänge . . .

Und er ist nicht nur hübsch, er ist auch gescheit. Mit seinem kleinen, zarten Stimmchen piepst er nach jedem Zug – einmal, wenn's theoretisch ein richtiger Zug war, zweimal, wenn ich einen Fehler gemacht habe. Sein Gegenzug erscheint in roten Chiffren auf einer eigens für ihn eingebauten Fläche.

Ich nenne ihn Compukortschnoi, weil er ein guter Spieler ist. Er ist auch ein guter Verlierer. Wenn ihm klar wird, daß ich die Partie gewinne, läßt er ein trauriges Blinksignal aufleuchten: »I give up« (ich erwähnte schon, daß er aus Amerika kommt). Manchmal hingegen, wenn die Partie sich zu seinen Gunsten wendet, schaut er mich verächtlich an, und es erscheint rot auf seiner Fläche: »You bum«, was soviel heißt wie: »Du Patzer«. Und wenn er in eine bedrängte Situation gerät, verlangt er mehr Zeit zum Nachdenken. Er benimmt sich ganz wie ein Mensch.

Ob er eines Tags zu sprechen beginnen wird, mein Compukortschnoi? Russisch? Jiddisch?
Die beste Ehefrau von allen hält mich für verrückt, aber das ist natürlich nur Eifersucht. Sie versteht eben nichts vom Schach. Ihre Beziehung zur Geisteswelt des Fernen Ostens beschränkt sich auf Yoga und Yoghurt.
Was den Umgang mit Compukortschnoi besonders reizvoll macht, ist die Möglichkeit, mitten in der Partie seinen Intelligenzquotienten zu ändern, genauer: seine schachlichen Fähigkeiten zu steigern oder zu senken. Er verfügt über zehn Leistungsstufen. Auf der ersten denkt er immer nur eine Sekunde nach und spielt überhaupt wie ein Anfänger. Auf der zehnten braucht er für manchen Zug eine volle Stunde und ist nicht zu schlagen. Ich stelle ihn meistens auf den dritten Leistungsgrad ein. Und wenn er einen der schäbigen Tricks, mit denen sie ihn in Chikago gefüttert haben, an mir ausprobieren will, degradiere ich ihn mit maliziösem Lächeln auf Rang zwei. Dagegen ist er machtlos. Wer weiß, wie der Weltmeisterschaftskampf auf den Philippinen ausgegangen wäre, wenn sich der wirkliche Kortschnoi in der entscheidenden Partie zu Karpovs Jackett vorgebeugt und durch eine kleine Knopfdrehung den späteren Weltmeister in einen mittelklassigen Turnierspieler verwandelt hätte.
Es muß noch vermerkt werden, daß ich einen schlechten Zug im Bedarfsfall mittels Drucks auf einen Spezialknopf rückgängig machen kann. Er hingegen kann das nicht, weil er nicht fähig ist, seine ei-

genen Knöpfe zu drücken. Der Mensch ist also einer seelenlosen Maschine immer noch überlegen. Deshalb gewinne ich ja auch jede Partie gegen ihn. Neuerdings habe ich mir angewöhnt, mit ihm zu sprechen, wie das unter Schachspielern im Kaffeehaus üblich ist.

»Na«, sage ich nach einem raffinierten Zug, »was machst du jetzt, du dummes kleines Spielzeug?«

Ich weiß, daß es ihn erzürnt, als Spielzeug bezeichnet zu werden, aber der Zorn eines Taschenbuchformats schreckt mich nicht.

»Matt in drei Zügen, was? Das könnte dir so passen. Nicht mit mir, mein Kleiner!«

Und schon habe ich ihn auf die nächstniedrigere Stufe eingestellt und reiße seinen Königsflügel auf, daß ihm Hören und Blinken vergeht.

Manche Menschen in meiner Umgebung sind von Compukortschnoi ebenso begeistert wie ich, manche sind es nicht. So informierte mich zum Beispiel die beste Ehefrau von allen, daß ich mich zwischen ihr und »dieser blöden Schachtel« entscheiden müsse. »Entweder er oder ich«, sagte sie und drohte mir, zu ihrer Mutter zurückzukehren. Es war ein richtiges Ultimatum. Eine Art Damengambit.

Nun, über solche Betriebsunfälle auf Alltagsebene bin ich erhaben. Ich habe die Landung des ersten Menschen auf dem Mond miterlebt, ich habe mich mit dem Farbfernsehen abgefunden, ich bin in das Geheimnis des Reißverschlusses fast eingedrungen, und ich verstehe sogar, wie ein Computer funktioniert. Mehr oder weniger. Das heißt: beinahe. Zum

restlosen Verständnis fehlen mir noch ein paar Kleinigkeiten. Wieso weiß ein flaches Kästchen im Ausmaß von 10 × 18 cm, daß es den Turm mit einem der beiden Springer decken muß, wenn der Bauer über »E 5« hinauszieht, und daß ihm drei Züge später mein Läufer die Rochade sperren wird? Ich frage: wieso? Wie füttert man einen Computer mit den entsprechenden Daten? Sagt man ihm in der Fabrik: »Gib acht! Mach keine unvorsichtige Bewegung mit der Dame, solange der König nicht gesichert ist!« Und antwortet er darauf: »Keine Angst, Boß, ich bin nicht von gestern«? Oder wie geht das vor sich?
Schon mehrmals überkam mich die Lust, mit einem Schraubenzieher Compukortschnois Innenleben aufzubrechen. Ich habe es nicht getan. Wahrscheinlich würde ich drinnen nichts weiter finden als eine dünne Platte mit gestanzten Strichen und Punkten, ungefähr wie Mazzes aus Plastik . . .
Als ich vorige Woche nach Europa fliegen mußte, hatte ich das Glück, neben einem Herrn mittleren Alters zu sitzen, der sich gesprächsweise als Fachmann für Elektronik zu erkennen gab.
Sofort zog ich meinen Compukortschnoi hervor, der mich überallhin begleitet:
»Bitte erklären Sie mir, wie das Ding funktioniert! Bitte! So wahr wir dem Himmel näher sind als sonst – ich werde es Ihnen nie vergessen!«
Der Fachmann wog den Gegenstand meiner Wißbegier fachmännisch in der Hand:
»Ganz einfach«, sagte er. »Der Computer speichert jedes mögliche Konzept einer Schachpartie mit bis

auf binarische Dezimalstellen berechneten Formeln in ein arithmetisches Diagramm, das an einen bivokal gesteuerten Transistor angeschlossen wird und seine Impulse auf eine durch Dioden zu betätigende Registratur automatisch überträgt.«

Ich ergriff seine Hand und drehte sie im Gelenk so lange einwärts, bis sein Oberkörper eine geometrische Spirale bildete:

»Genug von diesen Propagandatexten! Ich will wissen, woher eine Plastik-Mazze die sizilianische Verteidigung kennt!«

»Genau weiß ich es nicht«, flüsterte er gequält. »Niemand weiß es genau. Vielleicht die Japaner . . .«

»Wie funktioniert ein Schachcomputer?« beharrte ich.

Aus seinem schmerzhaft aufgerissenen Mund entwich mit leisem Zischen etwas Luft; dann kamen kaum hörbar sein Worte:

»Es ist ein Wunder. Und Wunder kann man nicht erklären.«

Ich ließ seine Hand los. Wir knieten nieder und beteten. Dankbar richtete ich meinen Blick zum hohen Himmel empor. Ein Wunder, ja, das ist es! Das kann ich akzeptieren. Aber mit dem Gewäsch von Registern, Dioden und Impulsen möge man mich verschonen. Ich bin schließlich kein Kind. Ich glaube an Wunder.

Seit jenem Tag, seit jener himmlischen Erklärung, begehre ich nicht mehr nachzuforschen, wie ein Schachcomputer funktioniert. Man hat ja auch

Bobby Fischer nicht auseinandergenommen, um zu erfahren, wie es bei ihm drinnen aussieht.
Demnächst kaufe ich mir einen zweiten Schachcomputer und erfülle mir einen alten Wunschtraum: ich lasse die beiden gegeneinander spielen. Dann habe ich endlich Zeit, meine Frau und meine Kinder zu sehen. Sie leben bei meiner Schwiegermutter.

Die Hälfte meiner Zeit ist der Korrespondenz mit meinen Lesern gewidmet, die andere Hälfte den persönlichen Begegnungen mit ihnen. Während der Hochsaison komme ich mir manchmal wie eine Mischung aus Beichtvater und Heiratsvermittler vor – zwei Berufe, die sowohl Takt als auch Diskretion verlangen. Und ich bin tatsächlich der diskreteste Mensch, den ich kenne. Wer mir im Vertrauen eine Geschichte erzählt, darf sicher sein, daß ich sie für mich behalten werde, um sie in meinem nächsten Buch zu verwenden.

Weiblicher Instinkt

Gloria ließ sich in unseren teuersten Fauteuil plumpsen und saß da, bleich, zusammengekauert, ein Bild des Jammers, ein Bündel Elend, ein Schatten ihres Wracks. Hatte ich wirklich die selbe Gloria vor mir, die sich noch gestern zum Smart-set von Tel Aviv zählen durfte? Jene Gloria, die als eines der lebenslustigsten, attraktivsten Mädchen des ganzen Landes galt, es mag höchstens dreißig Jahre her sein? Was war ihr zugestoßen? Und warum war sie nicht mehr so jung wie früher? Sic transit Gloria Birnbaum, dachte ich unter schnöder Ausnützung ihres Vor-

namens. Der Name Birnbaum taugte zu nichts dergleichen. So hieß ihr Gatte.
Der war, wie sich zeigte, der Anlaß ihres Kommens und ihrer Verzweiflung.
»Ich muß mit dir sprechen«, begann Gloria. »Mein Mann betrügt mich.«
Ich erstarrte. Nathan Birnbaum betrügt seine Frau? Dieser stille, stets korrekte Brillenträger, dieses Muster von Ordnung, Recht, Gesetz und Feigheit geht fremd? Das ist das Ende. Das bedeutet den Zusammenbruch unseres Staatsgefüges: wenn sogar Nathan Birnbaum . . . Mir war zum Weinen. Aber ich ermannte mich und sammelte meine Stimme:
»Hast du Beweise, Gloria?«
»Beweise? Pah! Ich habe meinen Instinkt. Eine Frau braucht für so etwas keine Beweise. Sie spürt es. Aus hundert kleinen Anzeichen spürt sie es.«
Und sie gab mir das erste der hundert Anzeichen bekannt: Nathan legte ihr gegenüber ein völlig gleichgültiges Benehmen an den Tag. Er sprach kaum noch mit ihr.
»Wenn er sich wenigstens ab und zu eine kleine Aufmerksamkeit für mich einfallen ließe. Ein kleines Geschenk, oder Blumen, oder was immer. Aber damit ist es schon lange vorbei. Ich bin schon seit Monaten überzeugt, daß es eine andere Frau geben muß. Und vorige Woche wurde mein Verdacht bestätigt.«
»Bestätigt? Wie? Wodurch?«
»Nathan verwandelte sich plötzlich in den zärtlichsten aller Ehemänner. Bestand aus nichts als Liebe und Aufmerksamkeit. Kam mit kleinen Geschenken

an, mit Blumen, oder was immer. Ob er mit mir gesprochen hat? Pausenlos hat er mit mir gesprochen. Das ist typisch. Da weiß man sofort, woran man ist.«

»Aber Gloria, das alles –«

»Das alles reicht für eine liebende Frau vollkommen aus, um sie ins Bild zu setzen. Oder daß er plötzlich einen Appetit entwickelt wie ein junger Wolf. Besonders für Fische. Der Fisch enthält bekanntlich diese gewissen Proteine, die für den Mann in gewisser Hinsicht so wichtig sind. Jetzt frage ich dich: wozu braucht ein verheirateter Mann Proteine? Ich kann dir sagen, wozu. Er will sich für seine Nutten in Form bringen. Deshalb ißt er soviel.«

»Ich hatte den Eindruck, daß er in der letzten Zeit ein wenig abgenommen hat?«

»Natürlich hat er abgenommen. Er hält ja auch strenge Diät. Ißt nur noch Obst. Etwas anderes rührt er nicht mehr an. Damit er seinen Bauch wegbekommt. Geht in die Sauna. Läuft jeden Morgen vor dem Frühstück fünfmal um den Block. Macht Turnübungen. Liegt Tag und Nacht in der Sonne, um braun zu werden. Was tut ein Mann in seinem Alter mit Sonnenbräune?«

Als ich ihn neulich traf, schien er mir eher blaß.«

»Stimmt. Glaub nur ja nicht, daß mir das entgangen wäre. Blaß? Krankhaft bleich. Sieht aus wie eine Leiche. Schleppt sich nur noch mühsam dahin. Bringt es vor Erschöpfung nicht mehr fertig, ums Haus zu laufen oder ein paar Turnübungen zu machen. Seine ganze Kraft geht auf seine erotischen Abenteuer drauf. Ist doch klar.«

»Gloria, du übertreibst.«
»Ich übertreibe nicht. Ich bin eifersüchtig, das gebe ich zu. Aber wenn ich höre, wie er sich im Bett hin- und herwälzt, schwinden meine letzten Zweifel: er kann nicht schlafen, weil er an seine Liebesaffären denkt. Vor ein paar Tagen hätte ich ihm beinahe die Pantoffeln über den Kopf geschlagen.«
»Weshalb, um Himmels willen?«
»Stell dir vor: ich wache auf – mein Blick fällt auf meinen Gatten neben mir – und was sehe ich? Er schläft. Schläft wie ein sattes Baby. Ich, seine Frau, wälze mich nachts im Bett hin und her, krank vor Eifersucht – und er schläft! So friedlich und entspannt schläft nur einer, der sein Glück gefunden hat. Womöglich träumt er noch von dieser anderen. Oder gleich von mehreren.«
Gloria begann leise zu weinen, und auch in mir stieg allmählich ein dumpfer Zorn gegen Nathan auf. Konnte der Kerl nicht etwas vorsichtiger sein? Mußte er sich alles anmerken lassen?
Mittlerweile hatte Gloria ihre Fassung wiedergewonnen:
»Und wo finde ich ihn gestern? Ich finde ihn in der Garage, wie er gerade seinen Wagen wäscht und auf Hochglanz poliert. Ebensogut hätte er mir gestehen können, daß er eine neue Freundin hat. Nein, mein Lieber, man muß wirklich kein Genie sein, um das alles zu durchschauen. Du kennst doch sicherlich diese Sorte von Ehemännern, die sich plötzlich zweimal am Tag rasieren und mit eingezogenem Bauch und einer neuen Krawatte vor dem Spiegel

stehen, weil sie sich von ihrer verführerischen Wirkung überzeugen wollen?«

»Ja«, antwortete ich. »Ja, Gloria. Ich kenne diese Sorte von Ehemännern.«

»Siehst du!« Gloria triumphierte. »Und das alles macht mein Nathan nicht! Ich muß ihn zwingen, den Wagen zu waschen, ich muß ihm gut zureden, sich zu rasieren, sonst rennt er drei Tage lang mit Bartstoppeln im Gesicht herum. Damit will er mich täuschen, dieser raffinierte, niederträchtige, berechnende Lump . . .«

Gloria brach in Tränen aus:

»Ich liebe meinen Mann!« stieß sie hervor. »Was soll ich tun? Bitte sag mir, was ich tun soll!«

»Du mußt seine Eifersucht wecken, Gloria«, sagte ich. Und fügte der unmißverständlichen Deutlichkeit halber hinzu: »Du mußt ihn betrügen.«

»Das ist keine Lösung«, schluchzte Gloria. »Das mach' ich seit zwanzig Jahren.«

Die Dame, mit der das folgende Interview stattgefunden hat, ist von anderer Art. Aber wer weiß: vielleicht hat sie in jüngeren Jahren ihrer Vorgängerin geähnelt. Oder vielleicht wird ihre Vorgängerin, wenn sie alt genug wird, ihr ähneln.

Gerschons Witwe

Schauplatz des Interviews war ein Restaurant in der Umgebung von Tel Aviv. Ich hatte gerade begonnen, meinen Kalbsbraten zu verzehren, als sich an einem der Nebentische eine kleine, ältliche Frauensperson erhob und auf mich zutrat: ob ich nicht der Zeichner sei, der für die »Illustrierte Wochenzeitung« diese komischen Karikaturen macht?
»Sie haben meinem seligen Mann immer so gut gefallen«, erläuterte sie. »Obwohl er selbst keine gerade Linie zeichnen konnte. Auch für Musik war er sehr eingenommen. Und zwei- dreimal in der Woche hat er ganz gerne Karten gespielt. Mit dem Apotheker um die Ecke. Der arme Kerl hatte ein kürzeres Bein. Der Apotheker, meine ich. Aber am liebsten waren ihm Ihre Zeichnungen.«
Da ich nicht für eine illustrierte Wochenzeitung zeichne, sondern für eine nichtillustrierte Tageszeitung schreibe, konnte ich die Konversation von hier

aus nicht weiterspinnen und ließ es bei einem stummen Nicken bewenden. Die Witwe des Liebhabers meiner Zeichnungen nickte zurück, ein freundliches Lächeln im rosigen Gesicht. Zu ihren weiteren Ausrüstungsgegenständen gehörten schwarze, lebhafte Kugelaugen, weißes, artig im Nacken geknotetes Haar, eine schwarze Geldbörse und ein zusammengeknülltes Taschentuch. Wenn sie ihren verstorbenen Gatten erwähnte, legte sich ein feuchter Schleier über ihre Augen.

»Wie schade«, seufzte sie, »daß Gerschon jetzt nicht mit uns sein kann. Es hätte ihn so sehr gefreut, Ihre Bekanntschaft zu machen. Er war ein Menschenfreund, müssen Sie wissen. ›Bertha‹, pflegte er zu sagen, ›die Menschen sind verschieden, man muß sie nur richtig kennenlernen.‹ Er hat sich auch mit Graphologie beschäftigt. Nicht wissenschaftlich. Nur so, als Hobby.«

Ich lud die trauernde Witwe ein, an meinem Tisch Platz zu nehmen und fragte, ob ich ihr etwas bestellen dürfe. Vielleicht ein Kompott?

»Ja, gerne. Sehr liebenswürdig. Ich darf gar nicht dran denken, daß auch Gerschon eine große Vorliebe für Süßigkeiten hatte. Und wenn ich ihn ermahnte, auf seine Gesundheit zu achten, sagte er nur: ›Bertha‹, sagte er, ›ich kümmere mich nicht um die Ärzte.‹ Er war immer lustig und guter Dinge, mein Gerschon. Allerdings wurde er leicht seekrank. Natürlich nur auf Schiffsreisen. Aber sonst: die Lebensfreude selbst, das können Sie mir glauben. Nie hätte er auf eine Fußballübertragung im Fernsehen ver-

zichtet, nie! Von seinen Prinzipien ging er nicht ab. Fisch, zum Beispiel, aß er um keinen Preis.«
Es schien mir an der Zeit, höfliche Anteilnahme zu bekunden:
»Wann haben Sie ihn denn verloren, Ihren Mann?«
»Vor achtzehn Jahren. Aber manchmal glaube ich, es wäre gestern gewesen. Das liegt wahrscheinlich an seiner starken Persönlichkeit. Es ging eine kolossale Ausstrahlung von ihm aus. Sie verstehen mich. Jeden Tag hat er die Zeitungen gelesen. Nicht nur gelesen – er hat sie gekauft. Jeden Tag. Obwohl wir gar nicht so reich waren. Aber das gehörte eben zu seinen kleinen Schrullen. Auch daß er nie im Bus gefahren ist. Immer im Taxi. Selbst wenn er kein Geld bei sich hatte. Einmal hätte ihn ein Taxifahrer deswegen fast erschlagen. Er hieß Silbermann. Der Taxifahrer, meine ich. Oder Silberstein? Na, ist ja egal. Gerschon kam damals mit einem schweren Schock nach Hause. ›Bertha‹, sagte er, ›du kannst dir nicht vorstellen, was für ein Schock das war.‹ Gott sei Dank ging es bald vorüber.«
Nachdenklich vertiefte ich mich in den Rest des Kalbsbratens. Gerschon nahm vor meinem geistigen Auge immer deutlichere Gestalt an. Dennoch wäre mir ein Themawechsel nicht unwillkommen gewesen. Ich versuchte das behutsam anzudeuten:
»Wissen Sie, wir dürfen nicht nur in der Vergangenheit leben . . .«
Gerschons Witwe stimmte mir begeistert zu:
»Wie recht Sie doch haben! Was geschehen ist, ist geschehen. Genau mit diesen Worten hat es mein Ger-

schon immer gesagt. ›Bertha‹, hat er immer gesagt, ›man muß in die Zukunft schauen.‹ Daraus ersehen Sie sein Temperament. Er hat sich mit allen Leuten herumgestritten. Auch mit der Regierung. Nur bei seinen Briefmarken – da war er wie ein kleines Kind. So eine schöne Sammlung! Und jetzt verrate ich Ihnen etwas: er hat die Marken nicht in einem Album aufgehoben, sondern in kleinen Pappschachteln. Was sagen Sie dazu?«

»Kaum zu glauben«, sagte ich dazu und fuhr nach einer kleinen Pause der Verblüffung fort: »Aber jetzt habe ich Ihre Zeit schon allzu lange in Anspruch genommen . . .«

Das befürchtete Dementi erfolgte sogleich:

»Wo denken Sie hin! Ich bin es gewohnt, daß man sich für meinen Gerschon interessiert. Er selbst pflegte zu sagen: ›Bertha, alles zu seiner Zeit.‹ denn er war ein grundehrlicher Mensch, ehrlich gegen sich und gegen die anderen. Und er ging gerne ins Kino. Eigentlich gab es nichts, was er lieber tat. Außer Kreuzworträtsel lösen. Polnische. Ich meine, in der polnischen Zeitung.«

Ich unternahm einen kühnen Ablenkungsversuch:

»Es sieht so aus, als ob der Herbst bald vorüber wäre. Dann kommt der Winter.«

»Mein Gerschon spürte das in den Knochen«, bestätigte seine Witwe. »Er spürte jeden Wetterumschlag im voraus und verließ sich nur auf sich selbst. ›Bertha‹, sagte er, ›ich kümmere mich nicht um die Ärzte . . .‹«

Diesen Ausspruch hatte ich schon gehört. Gerschon

begann sich zu wiederholen. Gerschon, um es offen auszusprechen, ging mir allmählich auf die Nerven. Vor allem deshalb, weil er jeden seiner Sätze mit »Bertha« anfing. Es war höchste Zeit, seinen Geist vom Tisch zu scheuchen.

»Was halten Sie von den bevorstehenden Gesprächen zwischen Sadat und Begin?« fragte ich unumwunden.

Gerschons Witwe dachte gründlich nach, ehe sie antwortete:

»Wenn mein Gerschon noch am Leben wäre, würde er sagen: ›Bertha, ich wünsche beiden alles Gute.‹ Er sah die Dinge von einem höheren Standpunkt aus. Wenn es sein mußte, rasierte er sich auch zweimal am Tag. ›Bertha‹, pflegte er zu sagen, ›was sein muß, muß sein‹. So ein Mensch war er.«

Immer heftiger verlangte es mich, der Witwe Gerschons einen Satz zu entlocken, in dem Gerschon nicht vorkäme. Ich versuchte es auf jede erdenkliche Weise, ich schwenkte von der Politik zur Inflation (»Bertha, Geld ist nicht alles«), zum Sport (»Gerschon konnte meilenweit zu Fuß gehen«), zum dreißigjährigen Bestandsjubiläum des Staates Israel (»Bertha, ich ziehe Hosenträger einem Gürtel vor«) – es half nichts.

Ob sie ihren Mann auch schon zu seinen Lebzeiten immer zitiert hatte, wenn sie mit ihm sprach? »Bertha, hast du unlängst zu mir gesagt . . .«

Und warum, zum Teufel, hat das Schicksal gerade mich verurteilt, meinen Kalbsbraten in Berthas und Gerschons Gesellschaft zu konsumieren? Ich werde

keine Zeichnungen mehr für die »Illustrierte Wochenzeitung« machen.
Unterdessen hatte meine verwitwete Freundin ein zweites Kompott bestellt.
»Gerschon aß Kompott lieber als frisches Obst«, erinnerte sie sich und starrte aus verschleierten Kugelaugen wehmütig in den Teller. Plötzlich blickte sie auf: »Da reden wir und reden wir, und dabei habe ich mich noch gar nicht vorgestellt. Ich heiße Bertha.«
Mühsam brachte ich ein »Angenehm« hervor, ehe sie weitersprach:
»Merkwürdig. Wissen Sie, wem Sie ähnlich sehen? Sie werden es mir nicht glauben: meinem verstorbenen Mann. Besonders um die Mundpartie. Auch bei ihm stand die Unterlippe ein wenig zur Seite, nur ein ganz klein wenig, die meisten Leute bemerkten es gar nicht. Gerschon wußte es natürlich. Oh, er wußte sehr viel. ›Bertha‹, sagte er mir, ›man lebt nur einmal‹. Das war an dem Tag, als er mir mit dieser dikken Wäschereibesitzerin davonlief und sich die Lungenentzündung holte, an der er dann starb. Ich sagte noch: ›Gerschon‹, sagte ich –«
Jetzt hatte ich genug. Drohend beugte ich mich vor und zischte:
»Noch ein ›Gerschon‹, und ich schicke dich ihm nach, Bertha!«
Bertha bewahrte ihren Gleichmut. Sie war nicht ein bißchen überrascht.
»Na, na, na«, machte sie. »Spricht man so mit einer Witwe? Wenn mein Gerschon noch am Leben wäre . . .«

In diesem Augenblick überkam mich blitzartig die Erleuchtung, was es mit Gerschons Todesursache auf sich hatte. Er war *nicht* an Lungenentzündung gestorben, das stand für mich fest. Von Panik erfaßt, stürzte ich aus dem Lokal und rannte nach Hause, wo ich mir unter der Dusche die letzten Spuren Berthas vom Leibe wusch . . .

Des Nachts erschien mir Gerschon im Traum und schüttelte mir stumm und teilnahmsvoll die Hand, ehe er mit der dicken Wäschereibesitzerin davonschwebte. Wir verstanden einander wie Brüder.

Jeder Mensch will von seinen Mitmenschen geliebt werden. Der römische Kaiser Caligula gab sogar Unsummen Geldes dafür aus; zum Beispiel ließ er im Zirkus, sooft sich die Gelegenheit bot, einige seiner Untertanen massakrieren, nur um sich bei der großen Menge, die das gerne sah, beliebt zu machen. Über das Thema »Wie man Freunde gewinnt« wurden zahlreiche Bücher geschrieben. Mir haben sie nichts genützt. Ich bin höflich wie ein französischer Diplomat, ich bin taktvoll, still und bescheiden – niemand weiß es zu würdigen.

Traktat über die Nächstenliebe

Es gab Zeiten, da wurde ich noch gefragt, wie es mir geht. Ich pflegte mit gewinnendem Lächeln zu antworten: Danke, es geht mir ausgezeichnet, mein neues Buch verkauft sich wie warme Semmeln, mein Golfspiel wird von Mal zu Mal besser, und gestern habe ich beim Rennen 50 Pfund gewonnen. Aber statt mich daraufhin zu lieben, reagieren die Leute mit einem brummigen Soso, und ich sollte endlich aufhören, wie ein Besessener hinter dem Geld herzujagen.

Mit anderen Worten: sie wollen nichts mit mir zu tun haben. Besonders in der letzten Zeit. Genauer: in den letzten dreißig Jahren.
Schön, sagte ich mir, wenn ich schon keine Freunde gewinnen kann, will ich wenigstens Bekannte gewinnen, ein paar belanglose Gesprächspartner für ein nichtssagendes Geplauder.
»Ich darf mich wirklich nicht beklagen«, beginne ich den unverbindlichen Gedankenaustausch. »Gestern habe ich mein Opernlibretto fertiggestellt, und nächste Woche fliege ich mit meiner Familie nach Tahiti.«
»Übertreiben Sie's nicht«, antworten die Belanglosen eisig. »Auch Sie werden nicht jünger.«
Damit entschwinden sie und weichen mir von Stund an in weitem Bogen aus. Kein Mensch will etwas von mir wissen. Ich bin einsam und verlassen wie Israel in der Vollversammlung der UNO. Manchmal habe ich mich schon selber gefragt: »Ephraim, altes Haus, wie geht's dir?« – nur um mir vorzuspiegeln, daß sich jemand für mich interessiert.

So lagen die Dinge, als ich mir die große Zehe einklemmte.
Ich war vom Supermarkt nach Hause gekommen, hatte beide Arme voll mit Flaschen und Konservenbüchsen, konnte die Haustüre nicht öffnen und versetzte ihr einen Tritt. Sie gab mir den Tritt sofort zurück und verwandelte meine große Zehe in eine bläuliche, breiige Masse.
In diesem Augenblick erschien mein Nachbar Felix

Seelig, der seit zwei Jahren kein Wort mit mir gesprochen hatte.
»Was ist passiert, um Himmels willen?« fragte er teilnahmsvoll.
Ich deutete mit schmerzverzerrtem Gesicht auf meinen Fuß.
Felix schleppte mich in meine Wohnung, bettete mich auf die Couch, mixte mir einen Drink und blieb, bis meine Frau nach Hause kam.
Das gab mir zu denken.

Als ich eine Woche später wieder gehen konnte, traf ich auf dem Postamt Frau Blum, die sich sofort nach meiner Zehe erkundigte.
Ich machte eine wegwerfende Gebärde:
»Ach was, die Zehe ... Viel schlimmer ist dieses schreckliche Stechen in der Hüfte.«
Frau Blum begleitete mich nach Hause.
»Sie müssen einen Arzt konsultieren«, empfahl sie mir unter allen Anzeichen größter Besorgnis. »Wahrscheinlich haben Sie Gallensteine. Ts, ts, ts. Sehr unangenehm, was Ihnen bevorsteht. Sehr, sehr unangenehm.«
Und sie rief täglich an, um zu erfahren, wann ich operiert werde.
Allmählich begannen die Menschen mir wieder Aufmerksamkeit zuzuwenden. Ich wartete ihre Erkundigungen nach meinem Befinden erst gar nicht ab:
»Es ist die Hölle«, erzählte ich ungefragt. »Diese Gallensteine bringen mich um den Verstand. Ich

kann keine Zeile mehr schreiben. Morgen muß ich zum Röntgen.«
Ich gewann immer neue Freunde. Aus purer Neugier sah ich in den einschlägigen Ratgebern nach – nirgends fand ich Gallensteine erwähnt. Lauter Stümper.

Um meine neugewonnenen Freunde nicht zu enttäuschen und weitere anzulocken, schmückte ich meine Leidensgeschichte mit zusätzlichen Katastrophen aus. Besonderen Anklang fand die Mitteilung, daß ich wegen der Gallenstein-Operation meinen Film nicht drehen könnte.
Die beste Ehefrau von allen weigerte sich, für die Massen der täglich erscheinenden Freunde, die mir ihre guten Wünsche überbrachten, Kaffee zu kochen.
Mein Glaube an die Menschheit kehrte zurück. In den wenigen Stunden des Alleinseins begann ich mit der Niederschrift eines Buchs: »Wie beklage ich mich erfolgreich?« Und ich untermauerte meinen Erfolg durch rastlose Erfindung von Schicksalsschlägen. Ich litt an Schmerzen im Rücken und im Becken, an Kreislaufstörungen und Steuerschulden, mein neues Stück war in Timbuktu durchgefallen, ich stand vor dem Ruin, und als mir gar nichts mehr einfiel, setzte ich das Gerücht in Umlauf, daß meine Frau mit dem Basketballspieler Micky Berkowitz durchgegangen sei. Ich war beliebt wie nie zuvor.
Eine der Erfahrungen, die ich in dieser Zeit machen durfte, nenne ich »Das Sandwich-Syndrom«: man

kann zwischen zwei Unglücksfälle eine dünne Schicht von Glück einlegen. Das fiel mir auf, als ich zwischen einem Brand in unserer Küche und einer Blinddarmreizung mit einem Literaturpreis ausgezeichnet wurde, ohne daß man mich deshalb in Acht und Bann getan hätte.

Es war zu schön, um dauerhaft zu sein.
Eines Tages – die Schreibmaschine zittert unter meinen Fingern, während ich es zu Papier bringe – verspürte ich einen stechenden Schmerz im Unterleib. Der Doktor kam und diagnostizierte Gallensteine. Ich wandte mich vorsorglich an die beste Ehefrau von allen:
»Liebling, vielleicht solltest du dir bei unseren Nachbarn ein paar Sitzgelegenheiten ausborgen. Es werden sehr viele Besucher zum Kaffee kommen.«
Niemand kam. Kein einziger meiner neugewonnenen Freunde zeigte sich. Wer vom Schicksal wirklich heimgesucht wird, hat keine Anteilnahme zu erwarten. Die Menschen bevorzugen erzähltes Unglück. Wahres Unglück schreckt sie ab. Eigenartig, nicht wahr?

An diesem Punkt unserer Unterhaltung möchte ich den geduldigen Leser daran erinnern, daß all die seltsamen Begebenheiten, von denen im vorangegangenen Abschnitt die Rede war, sich in einer weit entfernten Gegend zugetragen haben, in einem von Hitze und Wüstenwind geplagten Landstrich, dessen Einwohnerschaft sich aus ungefähr neunzig verschiedenen Herkunftsländern zusammensetzt und dennoch ein einziges Volk bildet, ein Volk, das in den Jahrtausenden seiner Existenz kaum jemals Zeit zum Atemholen hatte und das jetzt endlich wieder seinen eigenen Staat besitzt, nämlich Israel.

Es mag verwunderlich erscheinen, wieso man die subtropischen Geschichten, die sich dort abspielen, auch in jedem anderen Klima verstehen kann. Die Erklärung ist ziemlich einfach. Sie besteht darin, daß auch wir Israelis, ob man's glaubt oder nicht, Menschen sind. Wir leben und sterben wie alle anderen, wir heiraten genauso und lassen uns genauso scheiden, ja selbst die Herstellung von Kindern erfolgt bei uns nach der allgemein üblichen Methode. Kurzum: wir gleichen der übrigen Menschheit so sehr, daß man keinen Unterschied merkt.
Oder höchstens den einen, daß wir ganz anders sind als die anderen. Wir machen alles auf unsere eigene Art. Die Besonderheiten unseres Charakters treten bei jeder Gelegenheit zutage.
Dafür einige Beispiele.
Nehmen wir an, daß Sie, lieber Leser, friedlich und nichtsahnend die Straße entlang gehen und daß sie plötzlich jemand in den Hintern tritt. Überall auf der Welt würde sich der anonyme Treter, wenn Sie sich indigniert nach ihm umwenden, sofort bei Ihnen entschuldigen. In Israel jedoch sagt er nicht etwa: »Verzeihung« oder: »Es war nicht bös gemeint«, sondern er sagt:
»Oh, ich dachte, Sie wären mein Schwager.«
Nichts liegt daraufhin näher als Ihre vorwurfsvolle Replik:
»Und wenn ich Ihr Schwager wäre? Rechtfertigt das einen Tritt in den Hintern?«
Aber damit richten Sie gegen Ihren Widerpart nichts aus.

»Herr!« schnaubt er empört. »Wollen Sie mir vielleicht vorschreiben, ob ich meinen Schwager in den Hintern treten darf oder nicht?«
Und Sie müssen zugeben, daß der Mann von seinem Standpunkt aus recht hat.
Wenn Sie eine Woche in Israel verbringen, was ich Ihnen herzlichst empfehle, werden Sie eine Menge ähnlicher Erfahrungen machen. Israel ist ein faszinierendes Land, wo immer Sie es kennen lernen, sei es auch nur in einem kleinen Lebensmittelgeschäft an der Straßenecke. Sie treten ein, schrecken den Inhaber aus seiner Nachdenklichkeit über das Welträtsel auf und fragen ihn, ob er Limburger Käse hat.
»Ich?« fragt er zurück. »Limburger? Nein. Habe ich nicht.«
»Gut, dann geben Sie mir bitte ein halbes Pfund.«
»Gerne.«
Und er schneidet Ihnen ein halbes Pfund vom feinsten Limburger ab. Warum? Weil er ein israelischer Lebensmittelhändler ist. Eine andere Erklärung gibt es nicht.
Sollten Sie zum Abschluß dieses ereignisreichen Tags ein Kino besuchen wollen, dann tun Sie es. Es geht ganz glatt. Niemand steht vor oder hinter Ihnen, wenn Sie an den Kassenschalter treten, um Ihre Eintrittskarte zu lösen.
Doch da kommt plötzlich ein Bürger in Hemdärmeln auf Sie zugestürzt und keucht:
»Würden Sie bitte auch für mich eine Karte nehmen? Ich stehe so ungern in der Schlange.«
Gewiß, solche Dinge könnten auch anderswo in der

Welt passieren. Aber dort passieren sie nicht. Sie passieren, wie schon der Titel dieses Abschnitts andeutet, nur bei uns.

Nur in Israel

Wie jede Hausfrau weiß, muß ein Schnellkochtopf Dampf ablassen, sonst zerspringt er. Auch der kleine Mann auf der israelischen Straße würde zerspringen, wenn er einen bestimmten Überdruck nicht loswerden könnte. Andere Nationen besorgen das beim Stierkampf, beim Gruppensex oder beim Militärputsch. Wir tratschen.

Stille Post

Beim Verlassen des Hauses gesellte sich unser Wohnungsnachbar Felix Seelig an meine Seite.
»Schon gehört?« fragte er lauernd. »Haben Sie es schon gehört?«
»Was?« fragte ich zurück. »Solange ich nicht weiß, was es ist, kann ich nicht feststellen, ob ich es schon gehört habe.«
Felix blieb stehen und sah sich nach allen Seiten um: »Schwören Sie mir, daß Sie es nicht weitersagen werden.«
»Abgemacht. Also?«
Die Stimme des Geheimnisträgers senkte sich zu kaum hörbarem Flüstern:
»Dieser Architekt um die Ecke . . . der mit dem Chevrolet . . . wissen Sie, mit wem er seine Freundin erwischt hat?«
»Nein. Mit wem?«

Felix schwieg. In seinen Gesichtszügen spiegelte sich der harte innere Kampf, der in ihm tobte.
»Ich habe Angst, es Ihnen zu sagen«, stieß er hervor.
»Warum denn?«
»Weil ich geschworen habe, daß ich es niemandem sagen würde – und jetzt steh' ich da und sage es Ihnen. Wenn es sich herumspricht, gehen dreieinhalb Familien zugrunde oder mindestens auseinander. Man kann ja heute niemandem mehr vertrauen.«
»Das stimmt«, bestätigte ich. »Und das ist sehr schlimm. Wir stehen vor einem schweren Problem, lieber Felix.«
Tatsächlich: der schönste Tratsch über »Sie-wissen-schon-welche« Scheidung, über »Sie-können-sich-denken« warum, über »Sie-werden-es-nicht-glauben« seit wann – all dies verliert jeden Sinn, wenn man nicht seine Freunde, Verwandten, Bekannten und solche, die es werden wollen, brühwarm darüber informieren kann. Zurückgehaltener Tratsch bedeutet geradezu ein Gesundheitsrisiko für den, der ihn zurückhält, führt zu inneren Stauungen und im Hinblick auf mögliches Bersten sogar zu einer Art Platzangst.
Dennoch verlangt eine altehrwürdige Regel, daß der Tratschinhaber den Tratschabnehmer zu völligem Schweigen verpflichtet, bevor er zu tratschen beginnt. Ein läppischer Unfug! Wozu tratscht man, wenn nicht zum Zweck der Weitergabe?
»Also geschworen haben Sie«, wandte ich mich an Felix. »Bei was haben Sie geschworen?«
»Bei allem was mir heilig ist.«

»Gut. Das darf als unverbindlicher Schwur gelten.« Erfahrungsgemäß soll man sich beim Schwören an nichts Konkretes binden, weder an die eigene Gesundheit noch an ein bestimmtes Familienmitglied, es sei denn, man wünscht ihm den Tod. Empfehlenswert sind allgemein gehaltene Floskeln wie »Aber das versteht sich doch von selbst« oder »Nicht einmal meiner Frau« oder »Auf mich können Sie sich verlassen«. Ich für meine Person bevorzuge einen kurzen, in leicht gekränktem Ton vorgebrachten Hinweis auf meine oft bewährte Verschwiegenheit. Im äußersten Notfall setze ich das Leben meines Onkels Julius ein, er ruhe in Frieden.

»Nun?« sagte Felix Seelig. »Schwören Sie?«

»Nein.«

Ich weiß nicht, was da in mich gefahren war. Plötzlich widerstrebte es mir, das Spiel mitzumachen. Man darf füglich sagen, daß mein Verhalten einer Ein-Mann-Revolte gegen eine gesellschaftliche Konvention gleichkam.

»Wissen Sie, wer in die Affäre verwickelt ist?« lockte Felix Seelig. »Der Chauffeur eines Ministers!«

»Bitte reden Sie nicht weiter.«

»Ein Schwuler.«

»Ich will nichts hören. Ich kenne mich, Felix. Ich bin nicht imstande, den Mund zu halten. Ich werde meiner Schwester und meinem Freund Jossele davon erzählen, wahrscheinlich auch dem alten Wertheimer. Und wenn ich zwei Gläschen Wodka getrunken habe, kann es passieren, daß ich bei einer Verkehrsampel wildfremde Fußgänger in die Sache einweihe.«

Felix wand sich in Qualen:
»Dann nennen Sie wenigstens keine Namen!«
»Namen sind die Würze des Tratsches, Felix.« Ich konnte ihm nicht helfen.
»Aber der Gatte jener Dame, die in flagranti erwischt wurde, zählt zu Ihrem engsten Bekanntenkreis! Das muß Sie doch interessieren!«
»Wie Sie meinen. Reden Sie, wenn Sie unbedingt wollen. Ich habe mich auf nichts festgelegt, und Sie wissen es.«
»Versprechen Sie mir, eine Woche lang keinen Wodka zu trinken?«
»Ich verspreche Ihnen gar nichts.«
»Warum?« stöhnte Felix. »Warum tun Sie mir das an? Was veranlaßt Sie dazu?«
»Mein Ehrgefühl.«
Felix begann haltlos zu schluchzen. Ich klopfte ihm beruhigend auf die Schulter:
»Vielleicht wäre es am besten, wenn Sie die ganze Geschichte aufschreiben und in einem versiegelten Kuvert bei Ihrem Anwalt deponieren.«
»Der Architekt«, schluchzte Felix, »wollte den Chauffeur überfahren ... mit seinem Chevrolet ... weil er wußte, daß die geschiedene Frau des Ministers ... mit der Siamkatze, die eigentlich dem Schwulen gehört ...«
Ich hielt mir beide Ohren zu und wandte mich ab:
»Hören Sie auf! Kein Wort weiter! Ich erzähle alles, was Sie sagen, in unserer Redaktion. Die Reporter werden ausschwärmen und jedes Detail recherchieren. Morgen weiß es die ganze Stadt.«

»Sie sind ein Schuft!« brüllte Felix. »Sie tun, als wäre es Ihnen gleichgültig, mit wem die Freundin des Architekten ein Verhältnis hat!«
»Mit Benzion Ziegler«, replizierte ich trocken.
Felix glotzte:
»Wer . . . wieso wissen Sie das?«
»Weil ich es Ihnen vor ein paar Wochen selber erzählt habe, Sie Idiot. Und damals haben Sie mir bei allem, was Ihnen heilig ist, geschworen, daß kein Wort davon jemals über Ihre Lippen kommen würde.«
Es dauerte ungefähr eine Minute, bis Felix sich gesammelt hatte.
»Richtig«, murmelte er verlegen. »Ich habe diese Geschichte schon so oft erzählt, daß mir die Quelle entfallen ist.« Plötzlich erhellte ein glückliches Lächeln sein Gesicht. »Aber dann breche ich ja gar kein Versprechen, wenn ich es Ihnen zurückerzähle! Also hören Sie.«
Arm in Arm setzten wir unseren Weg fort, und Felix sprudelte ungehemmt drauflos:
»Die Sache kam dadurch ins Rollen, daß Frau Ziegler bei der bewußten Dame anrief und daß eine männliche Stimme antwortete. Frau Ziegler legte auf, ergriff ihre Kamera, ihre Reitpeitsche und nahm sofort ein Taxi . . .«
Begierig schlürfte ich seine Worte. Wir gingen die ganze Geschichte nochmals durch, bis zum Ende. Was in unserer Stadt vorgeht, ist wirklich skandalös, das muß ich schon sagen. Ich würde es gar nicht glauben, wenn ich es nicht selber erzählt hätte.

Was wünscht ein Jude einem anderen Juden, wenn er ihm etwas Gutes wünschen will? Er wünscht ihm Gesundheit.

Das ist ja auch wirklich die Hauptsache, und es ist kein Wunder, daß in meinem Land ein respekteinflößender Professor mit goldgefaßter Brille absolute Gewalt über deinen Körper und deine Seele hat. Die Beziehung zwischen dem israelischen Patienten und dem israelischen Arzt kommt in bedrohliche Nähe der Beziehung zwischen dem Menschen und seinem Schöpfer.

Schluck auf, Schluck ab

Ich saß friedlich am Familientisch, als ohne ersichtlichen Grund etwas in mir aufstieß. Ich machte »Hick!« und hatte damit den Grundstein zu einer nicht endenwollenden Schluckauf-Serie gelegt.

Meine Familie schritt sofort zu den in solchen Fällen erprobten Gegenmaßnahmen. Die beste Ehefrau von allen ließ dicht an meinem Ohr zahlreiche Papiersäcke explodieren, die Kinder brüllten in meinem Rücken bis zur Erschöpfung des Überraschungsmoments »Buh!«.

Ich selbst blieb beim Hick.

In der Nacht konnte ich nicht schlafen. Am Morgen ging ich ins Spital.

Nach einigem Hin und Her wurde mir die Vergünstigung einer Bettstatt am Ende des Korridors zuteil. Eine junge Krankenschwester schob mir ein Kissen unter den Nacken und forderte mich energisch auf, mich zu entspannen.

»In wenigen Minuten«, sagte sie, »beginnt Professor Oppit die Morgenvisite. Sie werden im Nu geheilt sein.« Hierauf steckte sie mir ein Thermometer in den Mund und entschwand.

Tatsächlich sah ich bereits nach einer Stunde am anderen Ende des Korridors die weißgekleideten Gestalten des Professors und seiner Gefolgschaft auftauchen.

Professor Oppit, eine majestätische Erscheinung mit durchdringendem Blick und dröhnender Stimme, beauftragte zunächst einen Wärter, die Scherben meines Thermometers vom Boden aufzulesen. Dann trat er an mich heran. Hinter ihm ballten sich die devoten Assistenzärzte und eine Schar wißbegieriger Studenten zusammen.

»Schluckauf«, diagnostizierte er mit der unfehlbaren Sicherheit des großen Mediziners. »Singultus excessivus. Ein typischer Fall. Beachten Sie den pfeifenden Atem.«

Er zog mich an den Haaren hoch. Ich bezog eine sitzende Position und pfiff gehorsam. Sollte ich eine Kapazität seines Ranges vielleicht Lügen strafen?

»Das Pfeifen«, verkündete er, »könnte binnen kurzem in ein Stöhnen übergehen, falls sich die Respirationsorgane durch eine Verengung der Stimmbänder stärker zusammenziehen.«

»Hick«, entgegnete ich.
Der Professor nahm es mit einem kaum merklichen Nicken zur Kenntnis und fuhr fort:
»Unter bestimmten Voraussetzungen ergibt sich aus den daraus resultierenden Reflexen eine völlige Unfähigkeit des Patienten, durch den Mund zu atmen.«
Er griff zu Demonstrationszwecken nach meiner Nase und klemmte sie zwischen Daumen und Zeigefinger ein:
»Das Gesicht verfärbt sich bis zu tiefem Blau, die Membrane reagiert mit periodischen Spasmen. In extremen Fällen kann der fortgesetzte Sauerstoffentzug die Augen des Patienten in Mitleidenschaft ziehen und die Hornhaut beschädigen.«
Gebannt beobachtete die Suite des bedeutenden Mannes meine Versuche, ohne Atemtätigkeit zu überleben. Als ich nicht mehr weiterkonnte, gab ich ein paar höfliche Grunzlaute von mir, denen sich eine wilde »Hick«-Salve anschloß.
»Bitte, Herr Professor«, ließ ein Student sich vernehmen, »wie lange können solche Schluckauf-Attacken dauern?«
»Je nachdem. Wochen. Monate. Sogar Jahre.«
»Mit tödlichem Ausgang?«
»Auch das.«
Professor Oppit zog mir die Pyjamajacke aus, drückte mich nieder und setzte sich mit vollem Gewicht auf meinen Unterleib. Ich konnte ein leises Wimmern nicht unterdrücken und spürte deutlich, wie die Matratze nachgab.
»Im Augenblick«, nahm Professor Oppit die Live-

Übertragung wieder auf, »befinde ich mich direkt über der Gallenblase. Wenn die umliegenden Gewebe degenerieren, was sehr wahrscheinlich ist, dringt der Nitrogenüberschuß in die Leber, wo er zur Bildung von Stärke führt.«
Hier unterbrach der Professor seinen Vortrag, erhob sich, packte meinen Kopf und zwängte ihn zwischen meine Knie. Die Menge schwärmte zur anderen Seite des Bettes, um nichts von mir zu versäumen.
Als alle Zuschauer ihre Plätze bezogen hatten, stemmte Professor Oppit mit Hilfe eines Bleistifts meinen Mund auf, steckte seine Hand hinein und kam mit meiner Zunge ans Licht, was mich zu heftigem Wehklagen nötigte. Bei dieser Gelegenheit nahm er endlich meine Anwesenheit zur Kenntnis.
»Hallo«, grüßte er. »Wie fühlen Sie sich?«
»Hick«, antwortete ich wahrheitsgemäß.
Ich lag noch immer zusammengekrümmt da, mit heraushängender Zunge und bis zum Rand mit Stärke gefüllt. Professor Oppits Finger rochen nach Seife und strahlten gleichzeitig Äther und Autorität aus.
»Die an Verwelkung grenzende Trockenheit der Zunge« – damit winkte er das Publikum zu näherem Augenschein an mein Bett – »ist eine Folge der unzulänglichen Speichelzufuhr. Das bewirkt in sechzig Prozent der Fälle deutliche Lähmungserscheinungen und ein völliges Aussetzen der normalen Reflexe.«
Zum Beweis seiner These nahm er aufs neue meine Zunge, drehte mir den Kopf ins Genick und klopfte mehrmals an meine Hirnschale, die tatsächlich jeden

Reflex vermissen ließ. Ein Assistenzarzt sprang eilfertig herzu, um meine Augen, sollten sie mir aus den Höhlen fallen, sofort aufzufangen.
Der Anblick einer an meinem Bett vorüberfahrenden Leiche weckte meinen Selbsterhaltungstrieb. Mit einer letzten Kraftanstrengung riß ich meine Zunge an mich:
»Der Schluckauf hat aufgehört!« rief ich. »Verbinden Sie mich mit unserer Botschaft!«
Professor Oppit gab meinen Kopf frei und ließ mich zurückfallen, wobei ich verschiedene Gliedmaßen um mich streute.
»Hier, meine Herren, können Sie die tragischen Auswirkungen eines Schluckaufs feststellen«, schloß er seine Demonstration. Dann wandte er sich an einen der Sekundarärzte: »Schaffen Sie den Mann in die orthopädische Abteilung«, ordnete er an und begab sich unter dem Beifall der Menge zu seinem nächsten Objekt.
Ich begann meine Gliedmaßen zu sammeln, fand alle bis auf einen ohnehin schon gebrauchten Daumen und wurde von der jungen Krankenschwester, nachdem sie meine Arme und Beine richtig eingeschraubt hatte, vorsichtig auf den Boden gestellt.
»Die einzig mögliche Heilmethode für Schluckauf«, erklärte sie stolz, während sie mich zum Ausgang geleitete. »Schockbehandlung. Eine Spezialität unseres Professors. Er ist auf diesem Gebiet einsame Spitze.«
Hoffentlich bleibt er's. So einsam wie möglich.

Das hebräische Wort »Schalom« ist nicht nur eine wunderbar kurze Grußformel, die kürzeste neben dem italienischen »Ciao« – es ist der schönste Gruß überhaupt, denn »Schalom« bedeutet »Frieden«. Was »Ciao« bedeutet, habe ich von italienischen Freunden erfahren: es bedeutet »Ciao«. Daß der friedlichste Gruß auf Erden just bei jenem Volk beheimatet ist, das sich seit seinen Anfängen in mehr oder weniger permanentem Kriegszustand befindet, mag man als eine Ironie des Schicksals empfinden. Israelische Papageien finden es besonders lästig.

»Sag Schalom!«

Die Sache begann damit, daß mein Töchterchen Renana, unsere Jüngste, mit demonstrativer Eilfertigkeit den Stuhl für mich zurechtrückte, kaum daß ich an den Tisch getreten war. Als nächstes erkundigte sich mein zweitgeborener Sohn Amir, ob ich vielleicht möchte, daß er meinen Wagen wäscht. Und schließlich überraschte mich die beste Ehefrau von allen mit der Mitteilung, daß ich in der jüngsten Zeit ein paar wirklich hervorragende Geschichten geschrieben hätte.

»Nützt alles nichts«, sagte ich. »Ihr bekommt keinen Papagei.«
Des Übels Wurzel war, daß unser Nachbar Felix Seelig eines Tages einen Papagei nach Hause gebracht hatte, über den meine Familie in helle Begeisterung geriet. Angeblich konnte er mehrere Sprachen sprechen, konnte lachen – ein glucksendes Lachen, so ähnlich wie Graf Dracula, es ist zu komisch, Pappi – und konnte sogar »rrrr« machen wie eine richtige Weckeruhr . . .
»Das mit der Weckeruhr stimmt«, nickte Felix Seelig, als er mir vor ein paar Tagen begegnete, schwarze Ringe unter den Augen von den vielen schlaflosen Nächten. »Wollen Sie ihn kaufen?«
Ich wollte nicht. Warum soll ich Felix Seeligs Papagei kaufen, wo wir doch schon einen zu Hause haben? Gestern nämlich, nach einem Frontalangriff aller meiner Lieben, hatte ich Zlobniks Tierhandlung aufgesucht und ein Prachtexemplar mit graugrünem Federkleid erworben.
»Unter einer Bedingung«, warnte ich den alten Zlobnik. »Das Vieh kann reden, soviel es will – aber wehe, wenn es läutet. Ich wünsche in meinem Haus keine Alarmvorrichtungen.«
Zlobnik verpfändete sein Ehrenwort, daß unser Papagei sich wie ein menschliches Wesen benehmen und lediglich reden würde.
»Diese grauen Afrikaner sind die gescheitesten von allen«, behauptete er. »Da hat mir neulich ein Polizist, mit dem ich befreundet bin, eine Geschichte erzählt, hören Sie zu. Plötzlich geht bei ihm auf der

Wachstube das Telephon, er hebt ab, und der Anrufer meldet, daß soeben eine große Katze in sein Zimmer gekommen ist. Sagt mein Freund: ›Na wenn schon. Das ist doch kein Grund, die Polizei anzurufen.‹ Sagt die Stimme: ›Für mich schon. Hier spricht der Papagei.‹ Gut, was?«

Nachdem Zlobnik zu Ende gelacht hatte, gab er mir noch einige Ratschläge für die Behandlung des Papageis. Der Papagei, so schärfte er mir ein, sei von geselliger Wesensart, liebe den Kontakt mit Menschen und lasse sich gern verwöhnen. Ich sollte ihm zuerst beibringen, sich auf meine Finger zu setzen, und erst dann mit dem Sprechunterricht beginnen. Jeder Erfolg sei mit einer Erdnuß zu belohnen, empfahl Zlobnik. »Aber geben Sie acht, daß er Ihnen mit dem Schnabel nicht zu nahe kommt, der kleine Fresser!« schloß er wohlgelaunt.

Die Bezeichnung »Fresser« gab mir zu denken. Eigentlich hatte ich eine Fresserin haben wollen, aber zwischen männlichen und weiblichen Papageien gibt es anscheinend keinen Unterschied, zumindest keinen feststellbaren. Der Papagei scheint ein puritanischer Vogel zu sein, der sich als Gefangener unter Menschen nicht fortpflanzt; wahrscheinlich auch sonst nicht. Er ist der geborene Junggeselle und kennt keine andere Leidenschaft als das Reden. Darin gleicht er den Politikern.

»Ich übernehme seine Erziehung«, erbot sich mein Sohn Amir. »In spätestens einer Woche begrüßt er jeden Besucher mit einem lauten Schalom, verlaßt euch auf mich.«

Gleich am nächsten Tag setzte sich Amir vor den Käfig, steckte den Finger hinein, schrie auf, zog den Finger wieder heraus und begann die erste Lektion: »Sag Schalom! Sag Schalom! Sag Schalom! Sag Schalom! Sag Schalom! . . .«
Raummangel verbietet mir, den vollständigen Text des Unterrichts wiederzugeben. Jedenfalls war es Amir, der nachher die Erdnüsse aß. Der Papagei hatte ihn aus glasigen Augen angestarrt, stumm wie der Goldfisch in Zlobniks Tierhandlung, und bei diesem Verhalten blieb er. Unsere Besucher hörten von ihm weder ein Schalom noch sonst etwas. »Er ist heute nicht in der richtigen Laune«, murmelten wir verlegen.
Drei Wochen lang hielt Amir durch. Wir unterstützten ihn mit Erdnüssen und Bananen, wir versuchten abwechselnd durch freundlichen Zuspruch und bittere Vorwürfe auf den Vogel einzuwirken, wir baten und schimpften, wir kitzelten ihn und kratzten ihn – ohne Erfolg. Allmählich begannen wir uns damit abzufinden, daß uns der alte Gauner Zlobnik einen taubstummen Papagei verkauft hatte.

Und dann, an jenem unvergeßlichen Morgen, als mich ein wichtiger Anruf aus Übersee erreichte, der unter so fürchterlichen atmosphärischen Störungen litt, daß ich nicht einmal den Namen des Anrufers verstand – erklang es plötzlich laut und klar hinter mir:
»Sag! Sag! Sagsagsag! . . .«
Er hatte also doch angebissen, unser Papagei, wenn

auch am falschen Ende. Immerhin stand jetzt fest, daß er belehrbar war, daß er sich abrichten ließ, daß er reden konnte. Er brauchte dazu nur ein Überseegespräch mit möglichst schlechter Verbindung, dann ging's schon.

Amir schwor, dem verdammten Vogel das Schalom-Sagen beizubringen, oder er würde ihm alle graugrünen Federn ausreißen. Wie es sich für ein Kind unseres technischen Zeitalters gehört, baute er in den Käfig ein Tonband ein, das dem widerspenstigen Insassen ununterbrochen das selbe Wort vorsagte: »Schalom . . . Schalom . . . Schalom . . .«

Das Band lief so lange, bis die Batterie leer war. Nichts geschah.

Aber ein paar Tage später, gerade als im Fernsehen die Abendnachrichten begonnen hatten, erklang es aus dem Käfig:

»Wer! Wer-wer! Werwerwer!«

Was »wer«? Wieso »wer«? Wer »wer«? Erst nach längerem Nachdenken kam ich dahinter, daß es sich nur um meinen überseeischen Anrufer handeln konnte. Wieder ein kleiner Fortschritt. Wir beschlossen, unseren Papagei fortan Werwer zu nennen. »Man muß«, erklärte ich meiner Familie, »dem Tier ein wenig entgegenkommen, ob es Schalom sagt oder nicht.«

Allem Anschein nach lagen die größeren Chancen bei »oder nicht«. Am folgenden Wochenende erweiterte Werwer sein Vokubalar in eine gänzlich andere Richtung:

»Wuff!« bellte er »Grrr-wauwau.«

Offenbar hatte auch Franzi, unsere gemischte Rassehündin, einen Anruf aus Übersee bekommen. Sie bellte zurück, und seither plaudern die beiden oft stundenlang miteinander, es sei denn, daß wir Besuch haben. Dann verstummt Werwer sofort.
Andererseits hat er tanzen gelernt. Wenn man ihm »Halleluja« vorsingt und sich dabei in den Hüften wiegt, schaukelt er mit, allerdings ohne zu singen. Er pfeift. Das macht er den Fußballschiedsrichtern nach, die im Fernsehen auftreten. Am liebsten übt er in den späten Nachtstunden, zwischen Sagsagsag und Werwerwer.
Ich ging zu Zlobnik und erhob Klage:
»Unser Papagei bellt bei Tag und pfeift bei Nacht. Was ist mit Ihrem Ehrenwort? Ich kann nicht schlafen.«
»Natürlich nicht«, erwiderte der erfahrene Tierhändler. »Sie müssen den Käfig bei Nacht zudekken.«
Und er verkaufte mir eine dicke Plastikhülle, belgisches Erzeugnis, garantiert pfiffdicht. Ich ging nach Hause, stülpte bei Einbruch der Dunkelheit die Hülle über den Käfig, ging zu Bett und schlief wie ein Mehlsack bis 3 Uhr früh, als die beste Ehefrau von allen aufstand und die Hülle wieder entfernte.
»Soll das arme Tier im Gefängnis leben?« fragte sie. Ihrem humanen Empfinden machte das alle Ehre. Dem Papagei machte es Freude. Meinen Schlaf machte es zunichte. Manchmal bedauere ich, daß Papageien nicht fliegen können.
Als Renana sich eine Erkältung zuzog, begann Wer-

wer prompt zu husten. Renana erfreut sich als einziges Mitglied unserer Familie der Zuneigung Werwers. Das zeigt sich immer wieder und hatte eines Tages böse Folgen.
Wenn das kluge Kind Renana allein zu Hause ist, öffnet sie niemals die Türe, ohne vorher mit ihrer lieben kleinen Kinderstimme zu fragen: »Wer ist da?«
Einmal aber war Werwer allein zu Hause. An diesem Nachmittag geschah es. Der Mann von der Wäscherei brachte unsere Wäsche und läutete an der Türe. Von drinnen kam eine liebe kleine Kinderstimme:
»Wersda?«
»Die Wäsche«, antwortete der Wäschemann.
»Wersda?« erklang es noch einmal.
»Der Mann mit der Wäsche.«
»Wersda?«
»Die Wäsche!«
»Wersda?«
»Die Wä-ä-sch-e!«
Wie lange das phonetische Drama dauerte, weiß niemand. Als wir gegen Abend nach Hause kamen, fanden wir den Garten voll mit Hemden, Unterhosen und Taschentüchern, überallhin verstreut wie die Juden in der Diaspora. Der Mann von der Wäscherei, so hörten wir, war mit einem Schreikampf und wild um sich schlagend von einer Ambulanz ins Krankenhaus gebracht worden . . .
Vorsichtig betraten wir die Wohnung. Ein heiserer Zuruf begrüßte uns:
»Wäsche! Wäsche! Wäschewäschewäsche! . . .«
Zusammen mit Sagsag, Werwer, Wuffwuff, Wersda

und verschiedenen Formen des Hustens ergab das einen recht ansehnlichen Wortschatz. Und bald darauf erfolgte mit Hilfe der Weltgeschichte die von uns allen angestrebte Lösung.
Stundenlang saßen wir in diesen Tagen vor dem Bildschirm und ließen die langen, dornigen Friedensverhandlungen an uns vorüberziehen, von Camp David bis El Arisch, Tag für Tag. Und immer wieder kam da ein Wort zu prominenter Geltung: das Wort Schalom.
Am vierten Tag war es soweit.
»Schalom!« krächzte Werwer.
Unser Papagei ist eine Taube geworden.

Nach dreißig Jahren Eigenstaatlichkeit und angesichts der herannahenden Jahrtausendwende beschäftigt uns die Verwirklichung eines alten Traums: zwei israelische Astronauten in den Weltraum zu schießen. Warum auch nicht? In der Stratosphäre verlieren die Gegenstände bekanntlich ihre Schwerkraft, so daß man leere Flaschen und Konservendosen dort ohne weiteres wegwerfen kann.

Telephonophobie

Ein überwältigender Gedanke: Man muß sich nur vorstellen, wie Oberstleutnant Weizmann, unser erster Raumfahrer, in seiner schönsten Sabbathuniform zwischen den Sternen einherschwebt, mit seinem Raumschiff »Golda I« nur durch Funk und einen Oxygenschlauch verbunden. Und wir hier unten können die Gespräche zwischen ihm und seinem Mutterschiff mithören.
»Hallo, hallo. Hier Kommandant von Golda I. Hören Sie mich?«
»Hier Weizmann. Ich höre.«
»Wie fühlen Sie sich?«
»Ausgezeichnet.«
»Instrumente funktionieren?«
»Hervorragend.«

»Wie hoch ist die Außentemperatur?«
»Bitte nicht am Telephon!«
Genauso wird sich das abspielen. Wir wissen aus Erfahrung, daß es sich so abspielen wird. Es geht gar nicht anders. Warum sollte ein israelischer Astronaut von der israelischen Zwangsneurose frei sein, die sich in den Worten »Nicht am Telephon« äußert? Jedes Telephongespräch unter Israelis endet früher oder später mit diesen Worten. Ich rufe Weinreb an, wir sprechen über alles mögliche, und im Verlauf des Gesprächs, an einer mir geeignet scheinenden Stelle, sage ich:
»Übrigens, Weinreb – wann geben Sie mir den Tausender zurück, den ich Ihnen geborgt habe?«
Daraufhin höre ich zuerst einmal nichts, und dann Weinrebs flüsternde Stimme:
»Bitte nicht am Telephon.«
Angenommen, ich gebe mich mit dieser Antwort ausnahmsweise nicht zufrieden und brülle zurück:
»Warum nicht, Weinreb? Warum nicht am Telephon? Warum gerade am Telephon nicht? Warum?«
»Ich habe meine Gründe«, lautet Weinrebs Auskunft.
»Was für Gründe, zum Teufel? Sagen Sie mir, welche Gründe Sie haben!«
»Nicht am Telephon.«
Es ist zum Verzweifeln. Aber was steckt dahinter? Eine allgemein grassierende Sicherheits-Hysterie? Eine tief verwurzelte jüdische Angst vor Provokateuren? Niemand weiß es. Wir wissen nur, daß jedesmal, wenn ein Israeli am Telephon auf Geld, Zif-

fern, Namen, Steuern, Kartenspiele, Zollvorschriften, Auslandsreisen oder dergleichen zu sprechen kommt, der andere Israeli sofort verstummt und mit den Worten »Bitte nicht am Telephon« das Gespräch abbricht.
Vielleicht liegt der Ursprung dieses nationalen Verhängnisses in grauer, biblischer Vorzeit, als von oben her die Stimme des Herrn ertönte: »Hast du nicht gegessen von dem Baum, davon ich dir gebot, du solltest nicht davon essen?«
Adam aber antwortete und sprach: »Bitte nicht am Telephon!«
Vielleicht hat dieses erste Ferngespräch alles weitere verursacht bis auf den heutigen Tag.

Eine andere Quelle unseres Vergnügens ist die neuhebräische Sprache, die sich seit 3000 Jahren nicht geändert hat. Man schreibt sie bekanntlich von rechts nach links, mitten in den heranrollenden Straßenverkehr hinein, ohne Rücksicht auf dessen Regeln. Die Ursachen sind, wie so vieles, bei unseren Vorvätern zu suchen, die ihre ersten schriftlichen Mitteilungen – lange vor Erfindung der Qumramrollen – mit Hammer und Meißel in Stein zu hauen liebten. Und wenn man einen Hammer in die rechte Hand nimmt und einen Meißel in die linke, laufen die Worte unvermeidlich von rechts nach links. Versuchen Sie es einmal. Es braucht Zeit, aber es hält länger.

Paka

Mein Neffe Aladar ist ein Neueinwanderer, stammt ebenso wie ich aus Ungarn und hat sein Leben lang nur Ungarisch gesprochen. Diesem zweifachen Mißgeschick versuchte er dadurch zu steuern, daß er sofort nach seiner Ankunft mit dem Hebräischlernen begann.

Als er an einer Eisenpfanne seiner bescheidenen Küchenapparatur einen Sprung feststellen mußte, begab er sich zu Landesmann & Abramski, Metallwaren und Haushaltgegenstände, um einen Lötkolben zu erwerben. Bevor er eintrat, konsultierte er sein ungarisch-hebräisches Taschenwörterbuch, das ihm die Auskunft »Paka = Malchem« erteilte, denn »Lötkolben« heißt auf ungarisch »Paka« und auf hebräisch »Malchem«.

Begierig, die Erweiterung seines hebräischen Wortschatzes anzuwenden, wandte sich Aladar in bestem ungarischen Akzent an den Verkäufer:

»Ich möchte einen großen Malchem.«

Dem in Israel geborenen Verkäufer waren – fast möchte man sagen: infolgedessen – so ausgefallene Vokabeln wie Malchem nicht geläufig. Er setzte ein freundliches Lächeln auf und fragte demonstrativ langsam:

»Sprechen Sie noch eine andere Sprache? Vielleicht Jiddisch?«

Da aber erwachte in Aladars Brust der schlafende Löwe des Patriotismus:

»Ich spreche nur Hebräisch!« brüllte er. »Und wenn Sie mich nicht verstehen, rufen Sie Ihren Chef!«

Vom Gebrüll ohnehin herbeigelockt, erschien Herr Landesmann:

»Sie wünschen, mein Herr?«

»Einen Malchem. Einen großen Malchem.«

»Sprechen Sie Deutsch?«

»Malchem!« wiederholte Aladar beharrlich. »Malchem! Mal – chem!«

»Was ist das?«

Angesichts dieser Provokation begann Aladars Ungarblut zu sieden. Kopfüber stürzte er sich in die Arme seiner Muttersprache:
»Ein Paka!« rief er zornbebend. »Paka! Verstehen Sie jetzt? Pa-ka!«
Herr Landesmann, durch seinen eigenen deutschen Akzent verunsichert, wagte keinen weiteren Widerstand. Etwas Undeutliches stotternd, trat er an das Warengestell, glitt mit der Hand die Regale entlang und hielt bei jedem Stück mit einem fragenden Blick inne. Als er zum Lötkolben kam, durfte er endlich aufatmen: Aladar hatte genickt.
»Ach so«, murmelte Herr Landesmann, während er ihm das Gewünschte übergab. »Sie wollten einen ... hm ... einen ...«
»Einen Paka«, ergänzte Aladar nicht ohne Hohn. »So heißt das nämlich. Paka.«
Und er verließ triumphierend den Laden.
Herr Landesmann winkte den Verkäufer zu sich:
»Ich möchte wissen, Jossi, wozu ich mir einen Sabre im Geschäft halte, wenn er erst von der Kundschaft Hebräisch lernen muß. Schämen Sie sich. Nicht einmal ein so einfaches Wort wie ›Paka‹ kennen Sie.«
»Doch, ich kenne es«, widersprach der im Land Geborene. »Aber bei uns zu Hause haben wir es ›Lotkolban‹ genannt. ›Paka‹ ist ... wie soll ich sagen ... ein mehr literarischer Ausdruck.«

Ungeduldig wartete Herr Landesmann auf seinen Kompagnon Abramski, einen Schüler des großen

Rabbi von Podgoretz und profunden Kenner der hebräischen Sprache.
»Während Ihrer Abwesenheit«, flocht er dann in das Gespräch mit ihm ein, »haben wir einen Paka verkauft.«
»Einen – was?«
»Einen Paka. Sogar einen großen.«
Herr Abramski wackelte mit dem Kopf und sagte nichts. Im Geiste schlug er das Buch der Bücher auf . . . Kapitel 4, Leviticus . . . »Und ging zu Tubal, welcher umzugehen wußte mit Stahl und Eisen und . . .« nein, mit Paka nicht. Vielleicht Samuel, Kapitel 15 . . . »Da schärfte ein jeder von den Israeliten Sichel und Pflugschar« . . . und keiner seinen Paka. Ezechiel 33? Auch nichts . . . Im Talmud? Wie kommt ein Paka in den Talmud? Und wieso weiß dieser Ignorant Landesmann etwas von Paka, wenn ich es nicht weiß?
»Jossi«, ließ er dem Verkäufer gegenüber beiläufig fallen, »wie ich höre, haben Sie heute vormittag einen Paka verkauft?«
»Ja, Herr Abramski. Einen großen Paka. So wie dieser hier.«
Herr Abramski betrachtete den Paka. Seit wann heißt das ›Paka‹? fragte er sich. Das heißt doch ›Malchem‹? Aber wenn einer mit hebräischer Muttersprache ›Paka‹ sagte, wird's schon stimmen . . . Na ja, ich werde alt . . .
Auch Jossi war in ein Selbstgespräch verwickelt und kam zu dem Ergebnis: Wenn ein gelehrter Mann wie der alte Abramski das Wort ›Paka‹ gebraucht, dann

kann man Gift drauf nehmen, daß es dieses Wort auch wirklich gibt.
»Herr Landesmann«, sagte Jossi ein wenig später, »im Regal ist nur noch ein einziger Paka. Ich glaube, wir sollten ein paar Pakas bestellen.«

Die Sitzung der Metallwarenhändler wurde vom Präsidenten Abramski eröffnet.
»Meine Herren«, begann er, »die Lage ist kritisch. Man verweigert uns die Einfuhrgenehmigung für ein so wichtiges Gerät wie den Paka. Wohin soll das führen . . .«
Er sagte nicht ›Malchem‹, sondern ›Paka‹ und war nicht sicher, ob auch die anderen Metallwarenhändler diesen neuhebräischen Ausdruck verstehen würden. Seine Zweifel erwiesen sich als unbegründet. Die Versammlung reagierte mit kennerischem Nikken, und als Herr Landesmann, der in der vierten Reihe saß, halblaut vor sich hinsagte: »Ein Paka ist ein Lotkolban«, wurde er von den Umsitzenden mit verächtlichen Blicken bedacht, als wollten sie ihm bedeuten: »Wer sind Sie denn, Herr Landesmann, daß Sie uns Hebräisch beibringen wollen?«

»Paka« ist zu einem festen Bestandteil unserer Umgangssprache geworden. Nur die Linguisten streiten noch über den Ursprung des Wortes und über seine etymologische Einordnung.
»Keinesfalls«, erklärte Professor Elimelech Bar-Friedländer von der Hebräischen Akademie der Wissenschaften, »dürfen wir diese farbige Vokabel, die

sich zumal unter unseren Handwerkern so großer Beliebtheit erfreut, als zweitrangig einstufen. Auch wenn sich in den hebräischen Quellen keine zuverlässigen Anhaltspunkte finden, ist nicht daran zu zweifeln, daß ›Paka‹ aus der Wurzel ›p-k-k‹ entstanden ist, deren Ableitungsformen sich wahrscheinlich auf das Verschließen, Versiegeln oder Verlöten unwillkommener Freiräume beziehen. Ich für meine Person heiße diesen reizvollen Neologismus in unserer Mitte herzlich willkommen und wende mich mit aller Entschiedenheit gegen die von meinem geschätzten Kollegen Professor Chavatzelet vertretene These, derzufolge wir das Wort ›Paka‹ nur in der aramäischen Version ›Pa'kah‹ oder ›Pak'ah‹ akzeptieren dürften. Die Erfahrung hat uns gelehrt, daß der Mann auf der Straße – und er ist es, dem wir die Wiederbelebung unserer Sprache zu danken haben – alle Bevormundungen von außenher unweigerlich ablehnt und eine Unterwanderung des Hebräischen durch fremdsprachige Einflüsse nicht zuläßt.«

Wenn man von der »Gelben Gefahr« hört, denkt man gewöhnlich an Chinesen oder Japaner. Ich weiß aus Erfahrung, daß es noch eine andere gelbe Gefahr gibt. Meine Bekanntschaft mit ihr erfolgte in einem überfüllten städtischen Autobus.

Ein Ei, das keinem andern gleicht

Gestern ließ mein Wagen deutliche Anzeichen von Unwohlsein erkennen. Ich tat, was in solchen Fällen jeder Autofahrer tut, um sich als solcher zu legitimieren: ich klappte die Kühlerhaube hoch, besichtigte mit durchdringendem Kennerblick die Innereien des Motors, klappte die Kühlerhaube wieder zu und brachte den Wagen zu seinem Lieblingsmechaniker. Dann ging ich zur nächsten Bushaltestelle.
Unterwegs freute ich mich des schönen Wetters, das ich in dieser Form sonst wohl nicht hätte genießen können. Wie man sieht, hat es auch seine Vorteile, wenn der Wagen einmal in der Zeit zusammenbricht. Plötzlich kam mir Tante Ilka entgegen. Es hat eben auch alles seine Nachteile. Sie trug eine Einkaufstasche, aus der ein Karton mit großen, weißen Eiern bedrohlich hervorstand.

»Das sind aber schöne Eier«, sagte ich. Irgend etwas muß man ja schließlich zu Tante Ilka sagen.
»Nicht wahr«, bekräftigte sie stolz. »Nimm dir doch eines!«
Tante Ilka ist seit den ersten Seiten dieses Buches noch älter geworden, und ihre Geisteskräfte lassen nach. Ich versuchte alle möglichen Ausflüchte, mußte jedoch alsbald erkennen, daß es besser wäre, das mir angebotene Ei zu nehmen, als den Bus zu versäumen. Ich nahm das Ei und verabschiedete mich. Da ein erwachsener Mensch, der mit einem Ei in der Hand einhergeht, auf seine Umwelt einen eher befremdlichen Eindruck macht, ließ ich das Ei in meine Aktentasche gleiten.
War schon das ein schwerer Fehler, so beging ich einen noch schwereren, indem ich – nach einer Viertelstunde Wartens auf den Bus und nach all der Drängelei im Wageninnern – völlig vergaß, daß sich in meiner Aktentasche ein rohes Ei befand.
Ein Geräusch wie von leisem Splittern erinnerte mich daran.
Ich steckte meine Hand in die Aktentasche, wo sie auf etwas Klebriges auftraf. Als ich sie wieder hervorzog, war sie von kränklich gelber Färbung. Ich versuchte sie mit dem anderen Ärmel abzuwischen, denn ich besitze glücklicherweise zwei Ärmel, und nannte daraufhin außer einer gelben Hand auch noch einen gelben Ärmel mein eigen. Der Versuch, mit dem Taschentuch in der gelben Hand den gelben Ärmel zu säubern, zeitigte das Ergebnis, daß nunmehr der größere Teil meiner äußeren Erscheinung

gelb war. In meiner rechten Hosentasche mußte sich desgleichen ein wenig Gelb angesiedelt haben.
Schüchtern wie ich bin, hatte ich alle diese Operationen so unauffällig wie möglich durchgeführt und nahm an, daß niemand etwas davon bemerkt hätte.
»Es tropft!« hörte ich dicht hinter mir eine ungehaltene Männerstimme.
Offenbar war Tante Ilkas Original-Ei durch die Nähte der Aktentasche hindurchgesickert und tropfte jetzt auf die wunderschönen, hocheleganten Schlangenlederhalbschuhe meines Hintermanns.
»Was ist das, zum Teufel?« fauchte er und rieb das Schlangenleder mit seinem Handschuh ab.
»Es ist ein Ei«, antwortete ich wahrheitsgemäß. »Entschuldigen Sie, bitte.«
Der Mann tat mir von Herzen leid. Das Ei ließ ihn eine ähnliche Skala der Pein durchlaufen wie vorher mich: vom Schlangenleder zum Handschuh, vom ersten Handschuh zum zweiten, vom zweiten Handschuh zum Taschentuch und vom Taschentuch – dies allerdings schon ohne Absicht – an die scharf hervorspringende Nase einer knochigen Dame, die unter lautem Gackern die Eierspuren mit ihrem Seidenschal wegzuputzen begann. Nun sind Eierspuren bekanntlich sehr klebefreudig, so daß auf dem Schal binnen kurzem ein anmutiges Dottermuster sichtbar wurde. Die Knochige, immer noch gackernd, hielt den Schal zwischen Daumen und Zeigefinger weit von sich weg.
»Ruhe!« Es klang autoritativ und befehlsgewohnt von links. »Alles bleibt ruhig! Keine Bewegung!«

Höchste Zeit, daß jemand das Kommando übernahm. Vielleicht war es ein General der Reserve. Die Fahrgäste nahmen Haltung an.
Schon machte ich mir Hoffnungen, daß das Schlimmste vorbei wäre, als ich einen unwiderstehlichen Drang zum Niesen verspürte.
Ich mußte ihm nachgeben und griff instinktiv nach meinem Taschentuch.
Rings um mich entstand Panik.
»Rühren Sie mich nicht an!« kreischte eine dicke Frauensperson, als hätte ich mich ihr unsittlich genähert. Auch die übrigen Fahrgäste gingen in feindselige Distanz. Allmählich kam ich mir wie ein Aussätziger vor.
»Hören Sie, Mann«, sagte der General, der mit seinen zwei gelben Streifen auf der Stirne wie ein indianischer Medizinmann aussah. »Möchten Sie nicht den Bus verlassen?«
»Fällt mir nicht ein!« gab ich wagemutig zurück. »Ich habe noch drei Stationen zu fahren.«
Aber die Menge schlug sich auf die Seite des Generals und brach in laute Aufmunterungsrufe aus, als er – vom Schlangenleder unterstützt – Anstalten traf, mich gewaltsam aus dem Bus zu befördern. Wieder einmal stand ich allein gegen die öffentliche Meinung.
Da schritt ich zur Tat. Blitzschnell tauchte ich meine Hände in die Aktentasche, erst die rechte, dann die linke, und hielt sie tropfend hoch:
»So, jetzt könnt ihr mich hinauswerfen!« rief ich.
Murrend wich der Mob zurück. Ich hatte den Wagen

in meiner Gewalt. Gebt mir einen Korb mit rohen Eiern, und ich erobere die Welt.

Aus der Schar der angstvoll Zusammengedrängten ertönten zaghafte Stimmen:

»Bitte, lieber Herr«, baten sie. »Würden Sie so gut sein und wenigstens die Aktentasche wegtun? Bitte!«

»Na schön. Warum nicht.«

An meine Großmut hat noch niemand vergebens appelliert. Ich bückte mich nach der Aktentasche.

In diesem Augenblick fuhr der Bus auf ein Schlagloch auf.

Im Vergleich zu dem, was nun folgte, nahm sich eine Slapstickposse aus Stummfilmzeiten wie ein klassisches Trauerspiel aus. Ich sprang ab und überließ den Bus seiner klebrigen Weiterfahrt.

»Guter Gott!« Die beste Ehefrau von allen schüttelte fassungslos den Kopf, als ich zu Hause eintrat. »Was ist geschehen?«

»Tante Ilka«, sagte ich, stürzte ins Badezimmer und blieb eine halbe Stunde lang unter der Dusche, voll bekleidet, mit Aktentasche.

Auf die alte Frage, ob zuerst das Ei da war oder die Henne, weiß ich auch heute keine Antwort. Ich weiß nur, daß ich in einem öffentlichen Verkehrsmittel lieber mit einer Henne fahren würde als mit einem Ei.

Der Leser ist nicht gehalten, aus den dramatischen Ereignissen der vorangegangenen Geschichte irgendwelche Konsequenzen zu ziehen. Angehörige des Mittelstandes mit Ei werden ohnehin lieber ein Taxi benützen und werden am Ende der Fahrt keinerlei Symptome von Gelbsucht an sich entdecken. Wohl aber Symptome von Taubheit.

Eine Geheimsprache für graue Zellen

Beim Durchblättern der Wochenendbeilagen unserer Tageszeitungen stieß ich auf einen medizinischen Beitrag, dem Interessenten über 50 allerlei Lehrreiches über die Senilität entnehmen konnten. Nach Angaben des Verfassers, eines vollbärtigen Doktors über 50, sterben im menschlichen Gehirn, wenn man einmal über 50 ist, täglich Millionen grauer Gehirnzellen ab. Durch Alkoholgenuß wird dieser Prozeß noch gefördert, behauptete der Vollbart.

Da ich über 50 bin, zog ich sofort meinen Taschencomputer zu Rate, multiplizierte die Anzahl meiner Jahre mit 365, fügte sechs Nullen hinzu und kam zu dem Ergebnis, daß ich so gut wie keine grauen Zellen mehr besaß. Das verursachte mir keinen geringen Schock.

Schon vor einigen Monaten hatte ich ein ähnlich schockierendes Erlebnis, als ich gelegentlich einer im Bad vollzogenen Kopfwaschung entdecken mußte, daß auf dem Grund der Badewanne eine größere Menge meines Haars zurückgeblieben war. Selbstverständlich zog ich daraus die einzig mögliche Konsequenz und bemühe mich seither, durch Verzicht auf jegliche Waschung meinem Haarschwund vorzubeugen. Aber was unternimmt man gegen den drohenden Gehirnzellenschwund? Da ich mich niemals einer Gehirnwäsche unterzogen habe, kann ich sie auch nicht einstellen. Es ist eine vertrackte Situation, und sie bestärkt mich in meiner Abneigung gegen Wochenendbeilagen. Sooft ich mir ein Glas Bier vergönne, erscheint vor meinem geistigen Auge jener bärtige Senilitätsforscher, hebt mahnend den Finger und raunt mir zu:

»Schon wieder ein paar tausend graue Zellen beim Teufel . . .«

In der Tat habe ich bereits deutliche Anzeichen von Senilität an mir festgestellt. Wenn beispielsweise in einer Fernsehsendung jemand telephonisch interviewt wird, springe ich beim Klingelsignal sofort auf, greife nach dem Hörer meines Apparats und entschuldige mich beim tü-tü-tü, das an mein Ohr dringt. Oder ich selbst rufe jemanden an, aber bevor der Betreffende sich meldet, haben meine noch vorhandenen Grauzellen schon wieder vergessen, mit wem ich sprechen wollte.

»Hallo«, sage ich. »Hier Kishon. Wer spricht?«

»Zum Teufel«, tönt es vom anderen Ende des

Drahts. »Wissen Sie nicht, wen Sie angerufen haben?«
»Leider nein. Ich bin nämlich senil.«

Das zeigt sich besonders deutlich im Zusammenhang mit Taxis. Ich benütze sie regelmäßig, seit ich dahintergekommen bin, daß es billiger ist, mit dem Taxi zu fahren als mit eigenem Treibstoff. Überdies ist es bequemer. Man läßt sich wohlig in eine amerikanische Polsterung aus dem Herstellungsjahr 1954 sinken, bittet den Fahrer, das Radio auf leiser zu drehen, erfüllt seinen im Gegenzug unwirsch vorgebrachten Wunsch, nicht zu rauchen, und ist restlos glücklich. Das heißt: man wäre es, wenn es die Funkverbindung mit der Taxizentrale nicht gäbe.
Jedes Taxi verfügt über diese entsetzliche Einrichtung, die es der Zentrale ermöglicht, mit dem Fahrer Kontakt zu halten und ihm, wo immer er ist, bekanntzugeben, wohin er fahren soll. Das geschieht durch ein explosives Gemisch aus gurgelnden, knacksenden und krachenden Geräuschen, gegen die sich die menschliche Stimme nur sporadisch durchsetzen kann. In den schätzungsweise 800 Taxistunden, die ich hinter mir habe, ist es mir noch nie gelungen, auch nur ein einziges Wort zu verstehen – ausgenommen das stereotype »Zipp«, mit dem jede Durchsage beginnt und endet. Ich mobilisiere meine gesamten Geisteskräfte, ich schließe die Augen, konzentriere mich nach Yogi-Art und verbrauche Dutzende grauer Zellen – es hilft nichts. Ich verstehe kein Wort.

Nicht so der Fahrer. Er versteht alles, und anscheinend ohne die geringste Mühe.
»Zipp«, höre ich vom Vordersitz her. »Grrr-klick-popocatepetl-kabunzu-krk-siebenbumbum-schruck-luck-zipp.«
Das ist es, was ich höre, das und nichts anderes. Der Fahrer hingegen hält sein Mikrophon an den Mund und sagt mit der allergrößten Selbstverständlichkeit:
»Zipp – Mendel – vierdreißig Rothschild – in Ordnung – zipp.«
Da ich auch mit dieser ruhig vorgebrachten Äußerung nichts anzufangen weiß, beuge ich mich zu meinem Fahrer vor und erkundige mich zaghaft, was ihm die Zentrale mitgeteilt hat.
»Diese Verbrecher!« antwortet er. »Sie haben mich für den Nachtdienst eingeteilt.«
Ich murmle etwas von »Unverschämtheit« und glaube zu spüren, wie einige Hundert meiner Gehirnzellen, ihrer grauen Existenz überdrüssig, die Flucht ergreifen.

Manchmal habe ich den Eindruck, daß ich aus alledem etwas voreilig auf meine Senilität geschlossen habe. Vielleicht bedeutet dieses ganze drahtlose Kauderwelsch in Wahrheit überhaupt nichts, vielleicht ist es nur eine Verschwörung der Taxifahrer, um uns minderwertiges Kundengezücht in Schach zu halten. Wir sollen an unseren klaren Sinnen zweifeln, wir sollen außer dem Fahrpreis und dem Trinkgeld unsere Selbstachtung einbüßen.

»Zipp-grrr-schrunk-pk-wulz-schächter-zipp«, sagt das Funkmikrophon.
Und der Fahrer antwortet:
»Mach's aus Gefälligkeit, Rina. Zipp.«
Dann wendet er sich halb zu mir um:
»Überstunden soll ich ihr zahlen. Ich danke nicht daran.«
»Recht haben Sie«, bekräftige ich. »Sie ist nicht von der Zentrale?«
»Keine Spur. Schächters neue Freundin. Sind Sie schwerhörig?«
Ich bin entschlossen, diese geheimnisvolle Sprache zu erlernen. Auf meine nächste Taxifahrt nehme ich ein Tonband mit, um ein vollständiges Schächter-Programm festzuhalten, vom ersten Gurgeln bis zum letzten Zipp. Das lasse ich dann zu Hause ablaufen, wieder und wieder, erst ganz langsam, dann immer schneller, so lange, bis ich eines Morgens erwache und die Sprache der Tiere verstehen kann wie einst König Salomon.
Vorausgesetzt, daß mir noch einige graue Gehirnzellen verblieben sind.

»Demokratie« bedeutet »Regierung durch das Volk«, aber die Wirklichkeit hält sich nicht ganz genau an diese Definition. In Israel, wie in den meisten parlamentarisch regierten Staaten Westeuropas, wählt das Volk nicht eigentlich seine Regierung, sondern es wählt bestimmte Parteien, deren siegreiche ein Wahlkomitee wählt, und dieses Komitee wählt dann die Volksvertreter, wobei es sich nach dem Gesetz von Angebot und Nachfrage richtet. Das eröffnet ein weites Feld für alle jene, die keinen richtigen Beruf erlernt haben und sich infolgedessen als Politiker betätigen.

Flüssiger Ablauf einer politischen Karriere

Bis zu den letzten Wahlen, die den rechtsgerichteten Likudblock unter Führung Begins an die Macht brachten, galt der Knesset-Abgeordnete Elieser Gurnischt als zuverlässiger, ja geradezu unerschütterlicher Parteigänger des Likud. Daß seine konservative Haltung der Öffentlichkeit kaum bekannt war, hatte einen einfachen Grund: er selbst war nämlich der Öffentlichkeit kaum bekannt. Selbst im poli-

tischen Bereich gab es nur wenige, die von seiner Existenz wußten. Ein einziges Mal hatte er sich in der Knesset zu Wort gemeldet und eine längere Rede gegen die allgemeine nationale Indifferenz gehalten, aber der Zufall wollte es, daß sich das Haus gerade zu dieser Zeit leerte, sogar der Parlamentssprecher ging hinaus, um eine Zigarette zu rauchen, und die Fernsehtechniker befanden sich noch immer im Streik.
Als Gurnischt am folgenden Tag im Likud-Parteihaus erschien – wie immer äußerst korrekt gekleidet, dunkler Anzug, weißes Hemd, diskrete Krawatte, ganz im Stil seines verehrten Parteiführers Begin – hatte er das Pech, daß ihn der Generalsekretär der Partei bemerkte. »Wer ist das?« fragte er seinen Gesprächspartner. »Einer unserer Abgeordneten«, lautete die Antwort. »Sitzt seit sieben Legislaturperioden in der Knesset. Mehr weiß man nicht von ihm.«
Gurnischt, bisher auf Rang 43 der Wahlliste des Likud, wurde für die nächsten Wahlen auf Rang 77 abgeschoben. Das Ende seiner politischen Laufbahn schien gekommen.
Und dann passierte die Sache mit der Suppe.

Sie passierte eines Samstags in einem Restaurant, wo Gurnischt mit einigen Gefährten aus der untersten Parteischublade das Abendessen einnahm. Alle, wie sie da saßen und ihre Hühnersuppe löffelten, zeigten sich höchst besorgt über die jüngste demoskopische Umfrage, der zufolge die Chancen der regierenden Arbeiterpartei ständig wuchsen.
Um das Thema zu wechseln, richtete einer aus der

Tischrunde an Gurnischt die Frage, ob auch er ein Bankkonto im Ausland unterhalte. Gurnischt erschrak so heftig, daß ihm der Löffel aus der Hand und in den Teller fiel, von wo ihm eine kleinere Portion Hühnersuppe, garniert mit zwei Nudeln, auf die makellose Krawatte spritzte. Seine Versuche, dem Malheur durch Reiben mit der Serviette beizukommen, hatten lediglich zur Folge, daß der Fleck sich immer mehr ausbreitete. Gurnischt gab auf, entledigte sich der Krawatte, steckte sie in die Tasche und öffnete aus Bequemlichkeitsgründen den obersten Knopf seines weißen Hemds. Dann fuhr er fort, seine Suppe zu löffeln und zwischendurch feindselige Bemerkungen über die Linkskoalition zu machen.

In diesem Augenblik öffnete sich die Türe. Jakov Slutschkovsky, Mitglied der Knesset und Säule der Arbeiterpartei, betrat das Restaurant, gefolgt von seiner ständigen Entourage und einigen Journalisten. Während er nach einem freien Tisch Ausschau hielt, fiel sein Blick auf den offenen Hemdkragen, der zu Elieser Gurnischts weißem Hemd gehörte und aus den bürgerlichen Krawatten ringsum wie ein Leuchtfeuer hervorschien.

Slutschkovsky, Routinier und Ränkeschmied der er war, nahm sofort Witterung. Ein Mann der Rechten mit offenem Hemd, dem traditionellen Habitus der Linksparteien – was hatte das zu bedeuten? fragte er zuerst sich und dann seine Gefolgschaft.

Vielleicht sei dieser Gurnischt gar nicht so konservativ wie man glaubte, meinte einer.

Ein anderer vertrat die Ansicht, daß der Likud sich volkstümlich geben wolle.
»Nichts von alledem«, entschied Slutschkovsky. »Die Rechte wird nervös, das ist es. Wir müssen ihre Nervosität weiter anheizen.«
Und er schritt geradewegs auf Gurnischt zu, um ihm mit einem leutseligen »Wie geht's denn immer, mein lieber Gurnschik?« kameradschaftlich die Hand zu schütteln.
Die am Tisch Sitzenden glotzten. Sie konnten sich Sinn und Ursache dieser plötzlichen Freundschaftsdemonstration nicht erklären.
Gurnischt, der das ebensowenig konnte, beschränkte sich auf ein undurchdringliches Lächeln.
Zu Hause angelangt, übergab er seiner Frau – immer noch lächelnd – die fleckige Krawatte.
»Stille Wasser sind tief«, sagte er.
»Und du hast zwei linke Hände«, sagte seine Frau.

Es waren nicht nur seine Hände, die mit dem Begriff »links« in Zusammenhang gebracht wurden. Am nächsten Morgen – die anwesenden Journalisten hatten dafür gesorgt – las man in der Presse von einer beginnenden Annäherung der Linkskoalition an den vom Abgeordneten Gurnischt geführten Flügel des Likud. Prompt wurde Gurnischt daraufhin vom Generalsekretär seiner Partei zu einem Gespräch eingeladen – übrigens das erstemal seit der Staatsgründung, daß er überhaupt von jemandem eingeladen wurde. Was es mit diesen Kontakten nach links auf sich hätte, wollte der Generalsekretär wissen.

»Ich bitte Sie«, replizierte Gurnischt und wurde vor lauter Bescheidenheit um zwei Köpfe kleiner. »Welche Kontakte kann ein Kandidat mit der Wahllistennummer 77 schon haben?«
»Soll das heißen, daß Sie Ihren Platz auf unserer Wahlliste für aussichtslos halten?«
»Jawohl, genau das soll es heißen!«
In einem plötzlichen Anfall von Selbstbehauptung machte sich Gurnischt Luft: über die Unfähigkeit der Parteiführung, über die interne Cliquenwirtschaft und über all die vielen Mängel und Fehler, die es nicht gäbe, wenn Männer wie er auf der Wahlliste am richtigen Platz stünden. Der Generalsekretär wakkelte betreten mit dem Kopf. Er werde sehen, was sich da machen ließe, sagte er.

Als nächstes rief die Säule Slutschkovsky an und schlug eine private Zusammenkunft vor. Sie fand im Säulenheim statt, unter allen Anzeichen wichtigtuerischer Geheimhaltung und betont formlos. Gurnischt erschien in Leinenhosen und offenem Sommerhemd, was sein Gastgeber mit sichtlicher Befriedigung zur Kenntnis nahm.
»Wir haben Ihre Integrität seit jeher bewundert, lieber Gurnschik«, stellte er einleitend fest. »Und wir respektieren Ihre ideologisch-pragmatische Einstellung zu den Problemen der arbeitenden Bevölkerung.«
Es war, wie man so sagt, ein konstruktives Gespräch von Anfang an. In freundschaftlichem Klima, wie man so sagt.

»Ich war immer ein sozial denkender Mensch«, betonte Gurnischt. »Fragen Sie unsere Putzfrau.« Auch seiner Wertschätzung für den Führer der Arbeiterpartei gab er beredten Ausdruck. Gewiß, er stimme nicht in allen Punkten mit ihm überein – aber man müsse ihm lassen, daß er eine bedeutende Persönlichkeit sei. »Es wäre durchaus denkbar, daß ich aus dieser Tatsache unter Umständen auch politische Konsequenzen ziehe«, schloß er.
Slutsch, wie seine Freunde ihn nannten, berichtete am nächsten Tag der Parteizentrale, daß man hier vielleicht eine Bresche in den Rechtsblock schlagen könnte.
»Schlagen Sie«, sagte die Zentrale.
Der Generalsekretär des Likud bekam Wind von der Sache, berief Gurnischt zu sich und bot ihm den 57. Platz auf der Wahlliste an, als Gegenleistung für eine eindeutige Erklärung in den Massenmedien, mit der Gurnischt allen Gerüchten über seinen Flirt mit der Arbeiterpartei und über die Bildung einer nach links tendierenden Splittergruppe ein- für allemal ein Ende setzen sollte.
»Es ist mein heiliger Grundsatz, daß man seine Überzeugung nicht um eines persönlichen Vorteils willen aufgeben darf«, ließ Gurnischt sich vernehmen.
»Etwas anderes« – und mit diesen Worten entließ ihn der Generalsekretär – »haben wir von einem Mann, der auf unserer Wahlliste den 40. Platz innehat, auch nicht erwartet.«
Unterdessen beschäftigten sich die Zeitungen immer

ausführlicher mit der Geheimsitzung im Hause Slutschkovskys. Überschriften wie: »Spaltet Gurnischt den Likud?« oder: »Gurnischt auf Zickzackweg nach links« veranlaßten schließlich die Parteiführung, dem Unbotmäßigen ein geharnischtes Ultimatum zu stellen: »Entweder«, so hieß es, »brechen Sie Ihre Kontakte zur Linkskoalition ab, oder wir müßten Ihnen Platz 32 auf unserer Wahlliste wieder entziehen.«

Jetzt endlich besann sich Gurnischt auf seine Parteidisziplin, was ihn jedoch nicht hinderte, weiterhin mit offenem Hemdkragen in der Öffentlichkeit zu erscheinen und seinem Freund Slutschkovsky, wenn er ihm in einem Restaurant oder sonstwo begegnete, herzlich zuzuwinken. Seine politische Zukunft scheint in jedem Fall gesichert.

Es dürfte der erste Fall in der Geschichte des Parlamentarismus sein, daß eine Persönlichkeit des politischen Lebens unter der Einwirkung von Hühnersuppe Sozialist wurde.

Wie im vorigen Abschnitt dargelegt, gibt es Dinge, die nur in Israel passieren, und Dinge, die auch anderswo passieren könnten, es aber nicht tun. Unter diesen Dingen nimmt das Familienleben eine Sonderstellung ein, wobei ich unter »Familienleben« auch die Elternerziehung verstehe. Die israelischen Kinder – nicht zu verwechseln mit den »Kindern Israels«, wie in der Bibel das ganze Volk genannt wird, weniger deshalb, weil es zur biblischen Zeit noch in den Kinderschuhen steckte, als vielmehr weil Gott

der Herr sich damals als Vater seines Volks betrachtete und betrug – die heutigen israelischen Kinder also sind zu ihren Eltern ein wenig strenger als andere Kinder, verlangen augenblicklichen Gehorsam und schrecken notfalls auch vor einer Ohrfeige nicht zurück, mit der sie natürlich nur das Beste für den Papa im Sinn haben.
Die jüdischen Eltern ihrerseits sind dafür bekannt, daß sie ihren Kindern hingebungsvolle Liebe zuwenden. Sie tun das überall auf der Welt, nur in Israel nicht. In Israel hängen sie an ihren Kindern mit blindem Fanatismus, idealisieren sie, stellen sie auf ein Piedestal und blicken in seliger Verzückung zu ihnen auf. Zum Aufblicken als solchem bedarf es übrigens keines Piedestals, weil die Kinder ohnehin größer gewachsen sind als ihre Eltern – ein weiterer Grund, sie bedingungslos anzubeten. Gewiß, die lieben Kleinen sind manchmal ein wenig unhöflich, ja sogar roh und brutal und, kurz gesagt, unerträglich – aber was soll's. Sie sind seit zweitausend Jahren die ersten Kinder mit hebräischer Muttersprache, und dafür darf man schon einen gelegentlichen Mangel an Manieren in Kauf nehmen.
Als ich vor ein paar Tagen bei meinem Anwalt saß, erschien sein Sohn, der kleine Avigdor, 1,80 groß, im Zimmer und nahm von mir nicht die geringste Notiz. Der Papa zeigte sich seiner erzieherischen Verpflichtung vollauf bewußt:
»Avigdor, hast du unseren Besucher schon begrüßt?«
»Nein«, sagte Avigdor und ging hinaus.

Der Papa, leuchtenden Vaterstolz im Gesicht, wandte sich zu mir:
»Sehen Sie? Avigdor würde mich niemals anlügen!«
Was meine eigenen Kinder betrifft, halte ich meine Zuneigung in vernünftigen Grenzen. Ich nütze meinen Nachwuchs sogar für literarische Zwecke aus. Rafi, Amir und Renana spielen – ebenso wie die beste Ehefrau von allen – in meinen Geschichten eine nicht unerhebliche Rolle. Manchmal sind sie geradezu meine letzte Rettung. Wenn mir trotz stundenlanger Anstrengung nichts Brauchbares einfallen will, betrete ich wie von ungefähr Amirs Zimmer und lege eine Falle:
»Pfui«, sage ich. »Hier sieht's ja aus wie in einem Schweinestall.« Oder: »Ach, mein Herr Sohn lümmelt auf der Couch. Hast du schon deine Hausarbeiten gemacht?«
»Nein«, antwortet Amir, denn auch er lügt seinen Vater niemals an. »Unser Lehrer läßt sich morgen scheiden.«
Das genügt mir. Schon sitze ich am Schreibtisch, schon nimmt in meinem erfindungsreichen Kopf eine Geschichte Gestalt an: Der Lehrer läßt sich scheiden . . . warum läßt er sich scheiden . . . weil die Schüler in seinem Namen eine Heiratsannonce aufgegeben haben . . . Es wird eine köstliche kleine Geschichte, und sie erscheint am nächsten Tag.
Am übernächsten steckt Amir seinen rothaarigen Kopf durch die Türe:
»Der Lehrer will mit dir sprechen, du Lügner.«
Meine Kinder begnügen sich nicht damit, mich mit

Stoff zu versorgen. Sie bleiben dem Ergebnis auf der Spur, sie wollen wissen, wie es weitergeht. Die Geschichten an sich interessieren sie nicht. Sie lesen sie ohne Regung und Anteilnahme, sie lassen keine Spur eines Lächelns sehen und keine Silbe der Anerkennung hören. Wenn man mich schon einmal eines Urteils für würdig erachtet, dann lautet es:
»Was du da geschrieben hast, ist wirklich nicht sehr gescheit.«
Soweit die beste Ehefrau von allen. Demgegenüber geht Rafi mehr ins Detail:
»Dieser Satz hier ist einfach unmöglich.«
Renana nimmt ein wenig Rücksicht auf meine Gefühle. Sie sagt gar nichts und läßt es bei einer müden Handbewegung bewenden, wenn ich meinen fragenden Blick auf sie richte.
Alle meine Kinder halten es für selbstverständlich, daß ihr Vater Geschichten über sie schreibt, und nehmen ihre daraus resultierende Berührmtheit ungerührt zur Kenntnis. Wenn Renana auf der Straße angesprochen wird: »Hallo, kleines Fräulein, bist du nicht –«, antwortet sie gelangweilt: »Ja, die bin ich« und geht weiter. Oder sie hebt eine Augenbraue und sagt: »Kein Kommentar.« Sie ist rothaarig, nach der Mama.
Außerdem legen die drei Rotköpfe größten Wert auf Gleichmaß und Gerechtigkeit. »Pappi«, bemerkt Amir tadelnd, »in diesem Monat hast du schon zwei Geschichten über Rafi geschrieben, aber nur eine über mich.« Und in Renanas geheimem Tagebuch, dessen geheimer Abonnent ich bin, stieß ich vor kur-

zem auf folgende Eintragung: »Heute in der Zeitung ein vollkommener Blödsinn von Pappi über mich. Der traut sich was.«

Neuerdings ist auch die beste Ehefrau von allen ins feindliche Lager übergegangen:

»Ephraim, ich finde, du hast mich jetzt schon genug ausgenützt. Such dir doch bitte ein anderes Opfer für deine läppischen Geschichten.«

Sie hat recht. Ich streiche sie von der Liste meiner Stofflieferanten. Sie wird bei mir nicht mehr vorkommen. Spätestens mit dem nächsten Buch beginnt ein neues Zeitalter. Ich bin neugierig, ob sie sich damit abfinden wird. Von mir ganz zu schweigen.

Es bleibt in der Familie

Wir sind eine durchschnittliche Gartenvorstadtfamilie mit zwei Wagen, woraus hervorgeht, daß auch die beste Ehefrau von allen einen Kleinwagen besitzt. Es ist ein ziemlich großer Kleinwagen, der nur einen einzigen Fehler hat: er fährt nicht. Genauer gesagt: er fährt, aber nur, wenn man die Handbremse löst. Das heißt, er fährt nicht.

Rauchzeichen

Die beste Ehefrau von allen vergißt nämlich mit Vorliebe, die Handbremse zu lösen. Und das lähmt die Zugkraft des Wagens. Er kommt über ein paar ruckartige Ansätze nicht hinaus. Als nächstes beginnen dann die Reifen zu rauchen. Überdies verbreiten sie einen merkwürdigen Gestank, wie nach verbranntem Gummi oder Kautschuk.

Wenn es soweit ist, ruft meine Frau aus seiner stadteinwärts gelegenen Werkstatt den Mechaniker Mike herbei.

»Mike«, sagt sie, »als ich heute vormittag –«

»Ich weiß«, antwortet Mike. »Machen Sie die Handbremse los.«

Andererseits hat das handbremsenfeindliche Verhalten meiner Frau auch seine Vorteile. Sie ist dadurch leichter zu orten. Wenn ich sie zu Hause vergebens suche und wissen möchte, wo sie sich gerade befindet, brauche ich nur aufs Dach zu steigen und meine Blicke in Richtung Stadt zu lenken. Dort, wo eine kleine Rauchsäule aufsteigt, ist Frau Kishon. Eine sehr praktische Methode; allerdings keine sehr originelle, denn auch Indianer und Kardinäle verwenden Rauchzeichen.

Das Glück, wie man weiß, ist mit den dümmeren Bataillonen und sorgt dafür, daß der Kleinwagen meiner Frau nicht zu Schutt und Asche verbrennt. Im entscheidenden Augenblick, knapp vor dem tödlichen Infarkt, geht ihm das Benzin aus. Dann holt er tief Atem, hustet noch ein- oder zweimal und bleibt stehen.
Warum fährt meine Frau immer bis zum letzten Tropfen Benzin und noch ein paar Tropfen darüber hinaus? Warum tankt sie nicht rechtzeitig? Künftige Forscher werden das entscheiden müssen. Mir ist es ein Rätsel. Vielleicht hofft sie, daß man irgendwo in der Negev-Wüste auf Öl stoßen wird. Vielleicht wartet sie auf ein ähnliches Wunder, wie es sich damals bei der Wiedereroberung des Tempels in Jerusalem begeben hat, als ein kleines Öllämpchen den Makkabäern trotz des Embargos sieben Tage und sieben Nächte lang brannte – zur Erinnerung daran feiern wir ja noch heute unser eigenes, Chanukka genanntes Lichterfest. Vielleicht wohnt der tiefe Glaube in ihr, Gott werde sie sieben Tage und sieben Nächte lang mit einem leeren Tank fahren lassen.
Vorläufig jedoch geschieht nichts dergleichen, der

Wagen hustet und bleibt stehen, und da meistens der Ehemann der besten Ehefrau von allen neben ihr sitzt, wendet sie sich an ihn und sagt:
»O weh. Mir scheint, wir haben kein Benzin mehr. Geh welches holen.«
Da wir auf einem Zebrastreifen stehen, bleibt mir nichts anderes übrig. Es ist, als erwachte ein klassisches Ölgemälde, betitelt »Mann mit Kanister«, plötzlich zum Leben. Der Kanister liegt im Kofferraum und müßte eigentlich eine Treibstoffreserve enthalten. Leider vergißt meine Frau sehr oft, ihn zu füllen. Oder wenn sie ihn füllt, vergißt sie ihn zuzuschrauben, und da wäre es mir immer noch lieber, daß sie ihn zu füllen vergäße. Jedenfalls haben wir kein Benzin. Manchmal haben wir auch keinen Kanister, nicht einmal einen leeren. Dann muß ich mich eben vor einen herankommenden Wagen werfen und darauf vertrauen, daß der erschrockene Fahrer uns im Tausch gegen eine nicht erfolgende Schadenersatzklage etwas Benzin überläßt. Dieser erpreßte Treibstoff wird durch einen stinkenden Gummischlauch aus dem Tank des Spenders gesaugt, und die saugende Person ist immer der gesetzlich angetraute Ehemann meiner Frau. Ich habe mit der Zeit eine gewisse Vorliebe für Esso Super Oktan 96 entwikkelt.
Nun mag ja die nicht gelöste Handbremse eine Folge von Vergeßlichkeit sein. Der nicht gefüllte Tank ist jedoch eine Folge kühler, wohldurchdachter Berechnung von seiten meiner Frau. Sie hat das Handbuch, das die Erzeugerfirma jedem Wagen mitgibt,

sorgfältig gelesen, und dort steht schwarz auf weiß: »Wenn der Benzinanzeiger die rote Linie erreicht, enthält der Tank noch Treibstoff für etwa 8 km.«
»Alles in Ordnung«, beginnt Madame ihren inneren Monolog. »Der Zeiger steht auf Rot, ich habe noch acht oder neun Kilometer bis nach Hause, und das schaffe ich mit Leichtigkeit.«
Manchmal schafft sie es wirklich und völlig unbekümmert darum, daß sie am nächsten Morgen nicht anfahren kann, weil der Tank leer ist. Hauptsache, daß sie es geschafft hat. Und außerdem: wozu hat sie einen Mann mit Kanister?
Ein- oder zweimal im Monat entfernt sich unser Haus, wenn der Zeiger den roten Distrikt betritt, bis auf 10 km vom Standort des Wagens. Dann steht die beste Ehefrau von allen vor der Alternative, entweder zu tanken oder eine Abkürzung zu nehmen. Tanken kommt, wie man weiß, nicht in Frage. Also abkürzen. Aber wie kürzt man ab? Noch dazu mit angezogener Handbremse?

Natürlich besitzt der Wagen ein kleines rotes Warnsignal, das wie verrückt zu blinken beginnt, wenn die Handbremse angezogen ist. Aber meine Frau muß zuerst feststellen, ob noch genug Benzin im Tank ist, und kann doch nicht gleichzeitig auf das Warnlicht und auf den Benzinanzeiger achten. Entweder – oder.
Einmal, nach einer besonders anstrengenden »Mann-mit-Kanister«-Episode, fuhr ich den Wagen heimlich zu Mike dem Mechaniker und fragte ihn, ob

er nicht ein zusätzliches Warnsignal einbauen könnte, etwas, das bei angezogener Handbremse laut zu ticken beginnt oder eine Sirene auslösen würde oder eine kleine Explosion.
Das hätte man ihn schon oft gefragt, sagte Mike. Einer seiner Kunden wollte sogar ein System von entsicherten Drähten installiert haben, das im Bedarfsfall elektrische Schläge austeilt.
Da ich das für übertrieben hielt, entschieden wir uns für eine musikalische Lösung. Dank einer sinnreichen Leitung vom Gaspedal zu einer Musikkassette wird in Hinkunft, wenn meine Frau mit angezogener Handbremse startet, der Toreromarsch aus »Carmen« ertönen.
Sollte einer meiner geneigten Leser demnächst auf einer der Hauptstraßen von Tel Aviv mitten im Stoßverkehr einen Wagen mit rauchenden Pneus stehen sehen, aus dem Bizets mitreißende Melodien erklingen, dann möge er getrost sein. Der Mann mit dem Kanister ist nicht weit.

Umweltschutz beginnt zu Hause. Ich weiß nicht, ob es eine politische Partei gibt, die dieses Schlagwort auf ihr Banner geschrieben hat – wenn nicht, steht es ihr zur Verfügung.
Was mich betrifft, so meine ich vor allem den Schutz der Umwelt gegen jede Art von Lärm. Ich denke dabei an den Lärm in meinem eigenen Haus. Er ist das Ergebnis des bodenlosen Leichtsinns, mit dem ich eine Anzahl von Kindern gezeugt habe.

Wozu der Lärm?

Mit Wehmut erinnere ich mich an meinen verstorbenen Vater. Das erste, was er tat, wenn er aus dem Büro nach Hause kam: er stellte das Radio ab. Das waren Zeiten. Heute verhält es sich umgekehrt. Wenn das Haupt unserer Familie, mein Sohn Amir, aus der Schule nach Hause kommt, dreht er alle lärmerzeugenden Apparate an, die ihm unter die Hand kommen, den Transistor, den Plattenspieler, das Fernsehen, den elektrischen Mixer – gleichgültig, was es ist, Hauptsache, daß es lärmt. Die junge Generation liebt den Lärm. Je lauter, desto besser. Verläßlichen Berichten zufolge wächst die Zahl der

Eltern, die nur noch mit Watte in den Ohren herumgehen, ständig an.
Manchmal entdecke ich beim Betreten meines Arbeitszimmers, daß sämtliche Kugelschreiber und Bleistifte vom Schreibtisch auf den Boden gerollt sind. Dann weiß ich, daß Amir die neueste »Rolling-Stones«-Platte gespielt hat, mit der Lautstärke einer Concorde-Maschine. Die Concorde ist bekanntlich jener Flugzeugtyp, dem eben darum, der Lautstärke wegen, in New York die Landeerlaubnis verweigert wurde.
Ebenso vielversprechend entwickelt sich Renana, unsere Jüngste. Wenn sie ihre Lieblingsplatten abspielt, klirren die Fensterscheiben, Gemälde fallen von den Wänden, und vergangene Woche bewirkte der Luftdruck eines von ihr veranstalteten Elvis-Presley-Revivals, daß der Kühlschrank aufging und sich entfrostete.
Mein Nachbar Felix Seelig hat in seiner Wohnung ganz ähnliche Wirkungen einer Travolta-Platte festgestellt. Als die Decke einstürzte, blickten seine Zwillingssöhne nicht einmal auf. Ungerührt hockten sie in der Ruine und lauschten ihrem Idol.
»Damals«, so erzählte mir Felix, »verlor ich die Geduld und begann zu brüllen. ›Zum Teufel, könnt ihr diesen Travolta nicht etwas leiser spielen?‹ brüllte ich.«
»Bravo! Und was sagten die Zwillinge?«
»Nichts. Sie hatten mich gar nicht gehört.«

Auch ich rebellierte einmal gegen den Höllenlärm

ringsum. Wütend betrat ich das Kinderzimmer, ging direkt auf Amir zu und schrie ihn an:
»Genug! Aufhören! Ruhe!«
Amir, mein bekanntlich rothaariger Sohn, drehte den Apparat auf eine etwas höhere Lautstärke.
Ich nahm Papier und Bleistift zur Hand:
»Schluß mit dem Krach!« schrieb ich.
»Mit welchem Krach?« schrieb Amir zurück.
Sie sind ganz anders geartet als wir, unsere Kinder. Vielleicht sind sie schon mit verdicktem Trommelfell zur Welt gekommen. Vielleicht besitzen sie eine uns verschlossene Empfänglichkeit für Klangeffekte. Denn es ist nicht etwa die Musik, die sie fasziniert. Es ist der schiere, der lautere Lärm. Sie können, ich habe es an meinen drei Sprößlingen oft genug beobachtet, stundenlang einer in der Rille steckengebliebenen Nadel zuhören. Abani – bani – bani – bani . . . Am wohlsten fühlen sie sich bei einer Kombination von Transistor plus Fernsehen plus Elvis plus Trommeln der Fäuste auf den Tisch. Eine Vorahnung davon findet sich schon im Alten Testament. »Wahrlich«, heißt es bei Jeremias (X, 22), »wahrlich, es ist ein großes Lärmen über uns gekommen und ein großer Aufruhr, und die Städte Judas werden verwaist sein und die Wohnungen Israels werden gleichen den Drachenhöhlen.« Und das war *vor* Erfindung des Stereo.
Gestern ist uns unsere Katze entlaufen. Es geschah, als Rafi, mein Ältester, Pink Floyd und sein Orchester entdeckte. Angeblich wimmelt es in der Stadt von tauben Katzen. Wenn Renana »Abba« sagt, was

hebräisch soviel wie »Papa« bedeutet, meint sie das gleichnamige schwedische Combo-Quartett, nicht mich. Mich meint sie überhaupt nicht mehr. Keines meiner Kinder nimmt noch Notiz von mir. Bestenfalls werde ich bemitleidet.
»Ich brauche gute Musik«, erklärte mir Amir. »Sonst kann ich mich nicht für die Abschlußprüfungen vorbereiten. Ich muß mich konzentrieren.«
Meine Kinder halten mich für einen alten, überflüssigen Lappen, für ein nutzloses Fossil. Sei's drum. Ich weiß, daß ich wenigstens nicht als einziger in dieser traurigen Lage bin. Ich kenne viele Väter, denen es genauso ergeht. Eines Tages werden wir uns alle, mit Hörrohren ausgerüstet, in einer aufgelassenen Drachenhöhle treffen.
In Amerika tun die Angehörigen der jungen Generation keinen Schritt ohne dröhnend aufgedrehten Transistor. Wahrscheinlich bereiten sie sich auf ihre Abschlußprüfungen vor.
Mein Zahnarzt behauptet, man müsse der irregeleiteten Jugend mit psychologischem Raffinement beikommen.
»Sie lärmen mit Absicht«, sagte er. »Weil sie wissen, daß wir das nicht vertragen. Und sie freuen sich, wenn sie uns leiden sehen. Das darf man ihnen natürlich nicht zeigen. Deshalb bitte ich meinen Danny immer, das Radio oder den Plattenspieler stärker aufzudrehen.«
»Und wie reagiert Ihr Danny?«
»Er dreht stärker auf.«
Im Notfall greift mein Zahnarzt zu einem Abwehr-

manöver, das er »Wurzelbehandlung« nennt. Er packt das Übel an der Wurzel. Vermittels eines Wakkelkontakts, den kein anderes Mitglied seines Haushalts kennt, stellt er einen Kurzschluß her. Gegen den Transistor hilft das zwar nichts, aber schon die kleine Ruhepause, die in der dunklen Wohnung eintritt, ist eine Wohltat.

Ich meinerseits denke nicht daran, mich geschlagen zu geben. Ich bin eine Kämpfernatur. Letzten Samstag haben Seeligs Zwillinge unten im Garten eine Party veranstaltet. Eine Party? Eine Concorde-Massenlandung. Um 3 Uhr früh befand ich mich in jenem Zustand, in dem selbst der härtestgesottene Spion zusammenbricht und alles gesteht. Es war mir klar, daß ich im Augenblick nichts tun konnte. Hätte ich polizeiliche Hilfe angefordert, so hätte sich lediglich die Zahl der tauben Polizisten um zwei vermehrt. Aber am folgenden Tag wurde ich aktiv und suchte unser führendes Warenhaus auf, Abteilung Musikinstrumente.

»Geben Sie mir die stärkste Trompete, die Sie auf Lager haben«, heischte ich. »Die größte. Die lauteste. Ich brauche sie für Abschreckungszwecke.«

Zu Hause wartete ich auf die nächste Concorde-Party. Mit der Trompete in der Hand stand ich am offenen Fenster. Als ungefähr zehn Maschinen gleichzeitig landeten, füllte ich meine Lungen mit Oxygen und ließ einen Fanfarenton erschallen, der eine Herde ausgewachsener Elefanten in die Flucht geschlagen hätte. Da sich das Trompetenblasen als erstaunlich leicht erwies – jeder Vater mit genügend

Wut im Bauch ist dazu imstande –, folgte alsbald eine weitere Fanfare.
»Tuut – tutuut – tuut!«
Die im Garten versammelte junge Generation wurde allmählich aufmerksam, blickte verwundert zu meinem Fenster empor und bedachte mich, als ich eine Atempause einlegen mußte, mit lebhaftem Applaus. Angeregt und ermutigt fuhr ich fort. Meine Leistung steigerte sich, je besser ich meinen Speichel unter Kontrolle bekam. Die Schlußpassage mußte ich auf allgemeines Verlangen wiederholen.
Tags darauf klopfte mir mein Sohn Amir anerkennend auf die Schulter, zum erstenmal seit 15 Jahren: »Meine Freunde finden, daß du gar nicht so übel bist. Kein solcher Musikmuffel wie andere Väter.«
»Bin ich auch nicht.« Ich konnte ein Gefühl der Genugtuung nicht unterdrücken. »Also macht dir dein Vater keine Schande, was?«
»Du bist okay, Alter«, sagte Amir.
Wirklich – ich verstehe nicht, warum manche Leute sich über ein bißchen Lärm so aufregen.

Es begann mit dem Chanukkafest, welches bekanntlich acht Tage lang dauert. Also Zeit genug, die Kinder zur Großmama zu schicken. Was wiederum unsere Haushalthilfe zu der Erkundigung veranlaßte, ob wir sie unter diesen Umständen unbedingt brauchten. Nein, sagten wir. Dann möchte sie die acht Tage frei haben, sagte sie. In Ordnung, sagten wir. Und blieben allein zurück, die beste Ehefrau von allen und ich. Und diese drei kleinen Affen, ohne die wir zwar regelmäßige Mahlzeiten gehabt hätten, aber keine Geschichte.

Vereinfachte Nachrichtenübermittlung

Wir beschlossen, gründlich zu faulenzen und unseren Haushalt für die kommende Festwoche auf das allernötigste Minimum zu reduzieren. Im Grunde war es die beste Ehefrau von allen, die das beschloß, und zwar mit den Worten:
»Du erwartest hoffentlich nicht, daß ich jetzt für dich allein kochen werde?«
»Natürlich nicht, Liebling.« Sie sollte an meine Ritterlichkeit nicht vergebens appelliert haben. »Auch mich verlangt es einmal in der Zeit nach gutem Essen.«

Wir kamen überein, täglich zweimal, mittags und abends, ein nahegelegenes Restaurant aufzusuchen, Hand in Hand, turtelnd wie ein Paar neuvermählter Tauben.
Die einzige Schwierigkeit lag in der Festsetzung eines genauen Zeitpunkts für das gemeinsame Unternehmen. Ich kann niemals auf die Minute genau sagen, wann ich nach Hause komme, und meine Frau kann das erst recht nicht. Oder wenn sie es kann, legt sie keinen Wert darauf, ihr Können zu demonstrieren. Jedenfalls wollte es zunächst mit dem Taubenarrangement nicht richtig klappen. Wenn ich in den ersten Tagen hungrig nach Hause kam, fand ich die Wohnung leer und ließ auf dem großen Tisch im Wohnzimmer kleine Zettel zurück: »Bin ins Restaurant vorgegangen, bitte komm nach!« Oder: »Beeil Dich, dann triffst Du mich vielleicht noch beim Kaffee!« Oder: »Mußte gleich wieder weggehen und hab mir rasch ein paar Sandwiches gemacht.«
Ursprünglich hätte uns der Entschluß, auswärts zu essen, das Leben erleichtern sollen. Statt dessen wurde es immer komplizierter. Die Enttäuschung beim Anblick der einsamen Wohnung drückte auf meine Laune, die zeitraubende Nachrichtenübermittlung ging mir auf die Nerven, einmal brach der Bleistift ab, dann konnte ich kein Papier finden – nein, so ging's nicht weiter. Es mußte etwas geschehen.
Suchend ließ ich meine Blicke schweifen . . . da! Die Affen! Das war die Lösung.
Man kennt sie in aller Welt, die drei symbolträchti-

gen Affen, von denen sich einer die Augen, einer die Ohren und einer den Mund zuhält. Nichts sehen, nichts hören, nichts reden. Auf dem Kamin unseres Wohnzimmers stehen die Drei in einer holzgeschnitzten chinesischen Ausführung. Sie erinnern mich irgendwie an die UNESCO, wenn Israel eine Beschwerde einbringt, aber darum ging es jetzt nicht. Jetzt hatten sie uns die Verständigung über unsere gemeinsamen Mahlzeiten zu erleichtern.

»Keine Schmierzettel mehr, Liebling«, informierte ich meine Partnerin. »Das Leben ist kurz, und wir wollen es nicht damit zubringen, daß wir miteinander korrespondieren. Von nun an gilt folgende Abmachung: Wenn ich vor dir nach Hause komme, drehe ich das Affengespann mit der Vorderseite zur Wand – dann weißt du, daß ich schon im Restaurant bin und auf dich warte. Andernfalls, also wenn die Affen dich ansehen, so wie jetzt, bedeutet das: ›Warte noch ein wenig, wir gehen zusammen.‹ Wie findest du meinen Einfall?«

»Einfach hinreißend.«

»Wirklich?«

»Was bleibt mir schon übrig.«

Ich konnte es kaum erwarten, mein neues, zeitsparendes Benachrichtigungssystem am nächsten Tag auszuprobieren und kam sogar etwas früher nach Hause. Richtig – die Wohnung war leer. Ich drehte die Affen zur Wand und machte mich auf den Weg. An der Wohnungstür hielt ich inne. Mir fiel ein, daß meine Ehefrau – sie ist die beste von allen, gewiß,

aber sie ist ein wenig zerstreut und hört nicht immer zu, wenn man ihr etwas erklärt – daß sie also vergessen haben könnte, was wir besprochen hatten. Vielleicht würde sie zu Hause sitzen bleiben, um auf mich zu warten, und würde langsam verhungern. Das durfte nicht sein. Ich legte sicherheitshalber einen Zettel auf den Tisch:
»Mein Schatz! Wirf einen Blick auf die Affen! Komm bald!«
Fröhlich pfeifend trat ich den Weg ins Restaurant an. Diesmal kam ich bis zur Haustüre. Was, wenn mein Täubchen sich gar nicht erst umsehen würde, ob eine Nachricht für sie da wäre? Weil wir doch gestern vereinbart hatten, nicht mehr miteinander zu korrespondieren?
Ich ging zurück, suchte nach einem Pappendeckel, fand ihn, fand nach einigem Suchen auch einen Filzstift und befestigte auf dem Kleiderständer im Vorraum die folgende Mitteilung:
»Liebling! Auf dem Tisch im Wohnzimmer liegt ein Zettel für Dich! Bussi.«
Die nächsten Zweifel überkamen mich im Vorgarten. Es ließ sich ja keinesfalls ausschließen, daß die Gute, sparsam wie sie ist, das Licht im dunklen Vorraum nicht andreht. Vor meinem geistigen Auge erschien das bejammernswerte Bild einer reglos dasitzenden Gattin, die Hände im Schoß, geduldig wartend und auf das Knurren ihres Magens lauschend.
Solches zu verhindern, schrieb ich mit roter Kreide auf die Haustüre: »Mein Täubchen! Mach Licht im Vorraum! Ich liebe Dich!«

Dann klingelte ich bei unseren Wohnungsnachbarn an, dem Ehepaar Seelig. Ich wollte ihnen sagen, daß die Beschriftung der Haustüre nicht von der Aktion »Frieden jetzt!« stammte und nicht vom orthodoxen Kampfbund »Kein Autobusverkehr am Sabbath!«, sondern von mir persönlich zur Information meiner Frau. Die Seeligs waren nicht zu Hause. Ich schob einen Zettel unter ihre Türe und gab einem am Gartenzaun gelangweilt in der Nase bohrenden Knaben 1 Isr. Pfund mit der Bitte, den ersten in Sicht kommenden Seelig zu verständigen, daß unter seiner Wohnungstüre ein Zettel läge.

Dann, im erhebenden Gefühl, daß ich nunmehr nichts, wirklich nicht das mindeste dem Zufall überlassen hätte, begab ich mich ins nahe Restaurant.

Mit wohlverdientem Appetit verzehrte ich mein Mahl und wartete auf meine Frau. Ich wartete vergebens.

Als ich nach Hause zurückkam, fand ich sie bleich und abgemagert im Wohnzimmer. Sie schwor mit versagender Stimme einen heiligen Eid: Wir hätten vereinbart, daß die zur Wand gekehrten Affen besagen sollten: »Warte auf mich, wir gehen zusammen.«

Den freundlichen Lesern dieses Berichts sei geraten, doch lieber zu Hause zu essen. Vielleicht gefüllte Tauben.

Die Gastfreundschaft gilt im Nahen und Mittleren Osten als heiliges Gebot. Ein Beduine würde sie selbst seinem ärgsten Feind nicht versagen und würde ihm sogar eine Wasserpfeife anbieten. Ich meinerseits entrate dieser Tugend. Ich kann die Spiegels, die uns von Zeit zu Zeit besuchen kommen, nicht ausstehen.

Ein lieber Besuch

Im Grunde habe ich nichts gegen die beiden. Er ist ein netter, schweigsamer Mann und sie eine charmante, fettgepolsterte Frau. Beide sind aufrechte Bürger, die redlich arbeiten und falsche Zollerklärungen abgeben wie alle anderen auch. Wenn sie uns besuchen, bieten wir ihnen mangels Wasserpfeifen Tee oder Kaffee an, bringen die Weltlage in Ordnung und sitzen plaudernd und gähnend bis 2 Uhr früh beisammen. Nachher habe ich immer das Gefühl, kostbare Zeit verschwendet zu haben.
An diesen ziemlich trostlosen Zustand hätten wir uns längst gewöhnt, wäre er nicht mit einem enervierenden Spannungsmoment verbunden. Das spielt sich etwa folgendermaßen ab:
Ich sitze mit der besten Ehefrau von allen beim

Abendessen. Plötzlich treffen unsere Blicke ineinander:
»Die Spiegels!« rufen wir gleichzeitig.
Und in der Tat: sie kommen. Sie kommen uneingeladen, denn wir laden sie niemals ein, und daß wir niemals uneingeladen zu ihnen kommen, scheinen sie nicht zu merken.
Sie besuchen uns ganz formlos, wie man eben gute Freunde besucht, und bleiben bei den guten Freunden bis 2 Uhr früh sitzen, Kaffee oder Tee trinkend, plaudernd oder gähnend.
Eine Zeitlang glaubten wir, daß der Zeitpunkt ihrer Besuche etwas mit dem Stand des Mondes zu tun hätte, oder mit dem Stand bestimmter Aktien an der Börse, aber das bestätigte sich nur selten. Unser Instinkt erwies sich als wesentlich sicherer.
Zum Beispiel tritt meine Frau ans Fenster und schnuppert hinaus:
»Es wird schwül. Das ist ein gutes Wetter für die Spiegels.«
Oder mir fällt beim Frühstück etwas ein:
»Der Wasserhahn im Badezimmer hat die ganze Nacht getropft. Die Spiegels kommen.«
Es gibt auch noch andere Vorzeichen, auf die man sich verlassen kann. Eines Abends spürte ich plötzlich ein heftiges Stechen im linken Knie – Grund genug, sofort das Haus zu verlassen und ins Kino zu gehen. Dort trafen wir die Spiegels.
Ein anderes Mal begannen unten im Garten fliegende Ameisen zu schwärmen. Ich erbleichte, stopfte Watte in die Nasenlöcher und rief bei den Spiegels an:

»Ich wollte Sie nur für alle Fälle verständigen, haptschi, daß wir beide, meine Frau und ich, kuz-kuz, an einer schweren Grippe leiden. Mit Schnupfen und Husten. Haptschi, kuz-kuz.«
»Das trifft sich gut«, kam heiser und nasal Frau Spiegels Stimme aus dem Apparat. »Uns geht es genauso, kuz-kuz, und wir wollten deshalb unseren Besuch bei Ihnen verschieben, haptschi. Aber wenn Sie ohnehin angesteckt sind, kommen wir auf einen Sprung vorbei. Kuz-kuz, haptschi.«
Da man gegen die Spiegels mit so primitiven Mitteln nichts ausrichtet, haben wir uns eine raffiniertere Methode zurechtgelegt. Wir stehen abwechselnd Wache am Fenster – wer die Spiegels herannahen sieht, stößt einen Pfiff aus – und auf dieses Signal hin wird das Licht im ganzen Haus abgedreht und die Atmung eingestellt.
Neulich am Abend, als ich Spiegelwache stand, trat unser Plan erstmals in Kraft. Die Spiegels nahten, ich pfiff, alle Lichter erloschen, wir erstarrten in Schweigen.
Jetzt waren die Spiegels an unserer Wohnungstür angelangt. Jetzt betätigten sie die Klingel. Wir drückten uns flach an die Wand und verharrten in atemloser Starre. Die Spiegels klingelten, machten eine Pause, klingelten, pausierten, klingelten, warteten. Dann gab Frau Spiegel einen lauten Seufzer der Erleichterung von sich, wir hörten ihn durch die Türe; und hörten sie sagen:
»Gott sei Dank, sie sind nicht zu Hause!«

Die folgende wahre Geschichte rührt an die geheimnisvolle Welt der Restaurants. Ort der Handlung ist nicht Israel, sondern eine Stätte fernöstlicher Kochkunst im nicht ganz so fernen Westen. Wer hätte gedacht, daß sich gerade dort der marxistische Lehrsatz vom Umschlag der Quantität in Qualität bestätigen würde, noch dazu mit flüssiger Schokolade übergossen.

Vergangener Appetit

»Können Sie uns ein gutes Restaurant empfehlen?« fragten wir den Portier unseres Amsterdamer Hotels, als es Zeit zum Abendessen wurde.
Wir waren sehr hungrig, die beste Ehefrau von allen und ich. In den letzten drei Tagen hatten wir ein holländisches Restaurant nach dem andern ausprobiert, wobei wir uns teils nach unserem Instinkt richteten und teils nach den Preisen der am Eingang ausgehängten Speisekarten. Die Preise trogen uns nur selten, der Instinkt fast immer. So hatte zum Beispiel unsere letzte Mahlzeit aus hauchdünn geschnittenen Scheiben rohen Fleisches bestanden. Eine holländische Spezialität, wie uns versichert wurde. Deshalb waren wir ja so hungrig.

Und deshalb beschlossen wir, uns endlich ein normales, ausgiebiges Menu zu gönnen.
»Wenn Sie wirklich gut essen wollen«, sagte der Portier, »empfehle ich Ihnen ein indonesisches Restaurant.«
Ich hielt es für meine Pflicht, ihn aufzuklären: »Indonesien, lieber Herr, unterhält keine diplomatischen Beziehungen mit unserem Land.«
»Aber die hiesigen Indonesier sind brave Leute«, beharrte er. »Sie schätzen ausländische Touristen.«
Na schön, dann sollten sie uns haben. Wir machten uns auf den Weg zum bestempfohlenen Restaurant »Bali«, reihten uns an die Schlange der draußen Wartenden an und wurden, als wir endlich eintreten durften, von einem indonesischen Empfangschef begrüßt. Er hieß, wie ein an seinem Rockaufschlag befestigtes Kärtchen bekanntgab, Max Fleischmann und führte uns nicht etwa an einen Tisch, sondern bat uns, an der Bar Platz zu nehmen; sobald ein Tisch frei wäre, würde er uns rufen, in zehn oder längstens fünfzehn Minuten.
Wir nahmen Platz an der Bar und betrachteten, nur dann und wann vom Knurren unserer Mägen abgelenkt, das dicht gefüllte Lokal. Es war über die Maßen vornehm eingerichtet, mit girlandengeschmückten Bambusmatten, allerlei exotischen Pflanzen und diskreten Kerzen in kunstvoll verschlungenen Haltern – so richtig das, wofür die internationale Küche den Ausdruck »chichi« geprägt hat. Zwischen den Tischen huschten auf lautlosen Sandalen viele kleine Indonesier umher, in folkloristische Pyjamas geklei-

det, die Köpfe von gebatikten Taschentüchern umhüllt. Es war sehr schön.
Als uns der Indonesier Fleischmann nach längstens einer halben Stunde an einen Tisch wies, wurde uns von einem sofort herbeigehuschten Pyjama die Menukarte eingehändigt, ein exzessiv großes, in südbalinesischem Dialekt gehaltenes Schriftstück, auf dem es von Ausdrücken wie »Kroepoek«, »Gado-gacho«, »Nasigoreng«, »Orang-Utan« und dergleichen wimmelte. Aus unserer Ratlosigkeit erlöste uns Max durch die Mitteilung, daß alle diese Speisen ausgegangen wären und daß wir uns eine »Rijstafel à la Bali« bestellen sollten, die Spezialität des Hauses und ein typisch indonesisches Gericht. Mir fiel auf, daß es zugleich das teuerste Gericht des gesamten Angebots war, aber ich bestellte es trotzdem.
In Sekundenschnelle war unser Tisch von weiteren vier Tischen umstellt, jeder mit der gebührenden Anzahl Kerzen und auf jedem ungefähr ein Dutzend flacher Schüsselchen voll des köstlichsten Inhalts. Da gab es braungebratene Hühnerbrüste in dunkler Sauce, da gab es geräucherte Zunge und gebackene Fischfilets, Krustentiere und Sardinen, Broccoli und Gurken, Bananenscheiben und Ananasringe, Süßes und Saures und eine Vielfalt paradiesischer Düfte.
»Aahh«, seufzte im Vorgeschmack der kulinarischen Genüsse die beste Ehefrau von allen. »Das ist der Ferne Osten in seiner ganzen überquellenden Pracht. Man weiß gar nicht, wo man anfangen soll. Vielleicht nehme ich zuerst eine Schildkrötensuppe . . . dann die pikant gewürzten Champignons . . . dann eine

Melone mit ausgelösten Krebsschwänzen ... dann ...«

In diesem Augenblick trat ein Kellner mit rosafarben verbundenem Kopf an uns heran und entzog die Tische mit den Schüsseln unserem Zugriff.

»Ich anlichten Speisen wie in Indonesien«, verkündete er lächelnd, fistelnd und unter mehrfachen Verbeugungen. »Dankesön.«

Damit klatschte er einen Löffel Reis in die Schildkrötensuppe, tat ein paar Scheiben roter Rübe und grüner Gurke dazu, ließ einen Zwiebelring folgen, den er durch ein Näpfchen mit Zimt gerollt hatte, und krönte sein Werk mit einer in Honig getauchten Morchel.

»He!« rief ich dazwischen. »Wir keine Indonesier! Wir Islaelis! Möchten alles extla! Nicht zusammen! Extla!«

»Speisen anlichten wie in Indonesien gut«, war die von tiefen Bücklingen begleitete Antwort. »Ich anlichten. Dankesön.«

Während die beste Ehefrau von allen verzweifelt zusah, wie ihr gebackener Fisch in Tomatenketchup getränkt und mit senfbestrichenen Ananasscheiben bedeckt wurde, griff ich blitzschnell nach einer noch unversehrten Hühnerbrust und versteckte sie unter meiner Serviette.

Zu spät. Der Rosafarbene hatte mich gesehen, nahm mir das Huhn wieder weg und tauchte es zur Strafe in die heiße Schokolade.

Mit geschlossenen Augen wandten wir uns von dem aufgehäuften Unheil ab.

»Bitte Lechnung«, sagte ich tonlos.
»Nicht essen?« fragte unverändert lächelnd der Kellner. »Dankesön.«
Er zog einen indonesischen Block hervor und bedeckte ihn mit deutlich lesbaren arabischen Ziffern.
»Kaffee?« fragte er noch.
»Nein, dankesön.«
Ich zahlte. Von der Türe her sah ich ihn unsere beiden Teller behutsam in die Küche zurücktragen. Wahrscheinlich zerlegen sie dort das Angelichtete in seine Bestandteile und verteilen es wieder auf die einzelnen Schüsseln, getreu dem alten Grundsatz »Teile und herrsche«. Das müssen sie, obwohl die Holländer ihre Kolonialherren waren, von den Engländern gelernt haben, den Erfindern des »Divide and rule«, des Epsomsalzes und des warmen Biers.

Die aufregenden Begebenheiten, von denen ich jetzt berichte, hätten sich nie ereignen können, wenn die Katze Bianca nicht gestorben und von Tante Ilka durch eine neue Katze ersetzt worden wäre. Alles weitere besorgte ein verliebter Kater bei Vollmond.

Herkules und die sieben Kätzchen

Wenn Tante Ilka mit einem Korb in der Hand auf der Schwelle unseres Hauses erscheint, muß man sich auf etwas gefaßt machen. Und da hatte sie uns auch schon an ihren Busen gedrückt.
»Ihr meine lieben, lieben Kinder!« sagte sie mit vor Rührung halb erstickter Stimme. »Wie lieb von euch, an meinen Geburtstag zu denken! So einen süßen Brief habt ihr mir geschrieben! Ihr seid schrecklich lieb zu eurer alten Tante!«
Wir wußten nicht, was wir sagen sollten. Ich meinerseits war ganz sicher, in der letzten Zeit keinen Brief geschrieben zu haben, geschweige denn einen süßen, und die ratlosen Blicke der besten Ehefrau von allen gaben mir zu verstehen, daß es sich bei ihr nicht anders verhielt.
»Schon gut, Tante«, murmelten wir einigermaßen verlegen. »Es ist nicht der Rede wert.«

Aber Tante Ilka blieb weich:
»Nein, nein, nein. Ihr habt mich so glücklich gemacht, daß ich mich unbedingt erkenntlich zeigen muß.«
»Keine Ursache, Tante. Wirklich keine Ursache.«
»Natürlich kann sich eine alte, alleinstehende Frau wie ich keine kostbaren Geschenke leisten. Aber das hier wird euch sicherlich freuen.«
Und Tante Ilka zog aus ihrem Korb ein kleines, flaumiges Etwas hervor.
Eine junge Katze.
Wir standen da wie Lots Weib im Augenblick ihrer Salzwerdung. Eine Tafel Schokolade in Geschenkpackung – schön. Auch ein Erinnerungsalbum »Sadat in Jerusalem« hätten wir hingenommen. Aber eine Katze? Wer braucht Katzen? Wir hatten nicht die Absicht, einen Zoo einzurichten, und kein Bedürfnis nach einem noch so herzigen Kätzchen.
»Nein, Tante Ilka«, sagte ich mit aller mir zu Gebote stehenden Entschiedenheit. »Wir können dieses Geschenk nicht annehmen. Es ist zu wertvoll.«
Nichts half. Tante Ilka bestand auf ihrem Opfer. Sie hatte sich vorgenommen, uns eine Freude zu machen – und wir mußten sie uns machen lassen, ob es uns freuen würde oder nicht.
Seufzend gaben wir nach und erkundigten uns mit geheucheltem Interesse nach Alter und Geschlecht der Schenkung. Männlichen Geschlechts, lautete die Antwort. Eine Woche alt. Hört auf den Namen Herkules.

Fortan gehörte Herkules unserem Haushalt an, wuchs und gedieh und erwies sich im übrigen als ein ungemein menschenfreundliches Tier. Es gab keinen Schoß im ganzen Haus, auf den er nicht sofort gesprungen wäre, wohlig schnurrend und mit seinem Dasein sichtlich zufrieden. Mäuse zu fangen, angeblich eine natürliche Beschäftigung des Katzengeschlechts, fiel unserem Herkules nicht ein. Als wir ihm einmal eine lebende Maus in die Milchschüssel setzten, erlitt er einen Nervenzusammenbruch und verkroch sich unterm Bett. Er war offenbar keine Wildkatze.

Und noch etwas anderes war er nicht.

»Wir überfüttern das Tier«, stellte ich fest. »Herkules wird zu dick.«

Die beste Ehefrau von allen stimmte mir bei und setzte ihn auf strenge Diät, hatte aber keinen Erfolg damit.

»Um Himmels willen!« rief sie ein paar Tage später aus. »Herkules kriegt Junge!«

Er war, entgegen der Auskunft Tante Ilkas, kein Kater, sondern im Gegenteil und schwanger.

Damit weckte er nun freilich die Muttergefühle meiner Gattin. Sie begann den fetten Transvestiten zu hegen und zu pflegen, umgab ihn mit weichem Linnen, übersiedelte seinen Wohnkorb in die Küche, damit er's schön warm hätte, und sah dem freudigen Ereignis mit zärtlicher Anteilnahme entgegen.

»Wir werden zwei süße kleine Kätzchen haben . . .« flüsterte sie. »Ein weißes und ein geflecktes . . .«

Eines Morgens, als wir in die Küche kamen, war das freudige Ereignis eingetreten, und zwar dergestalt, daß wir beinahe in Ohnmacht fielen.
Herkules hatte sieben Junge geworfen.
Es waren süße kleine Kätzchen, das ließ sich nicht leugnen, manche weiß und manche gefleckt und zahlreich wie der Sand am Meer, und was sollten wir mit sieben kleinen Kätzchen anfangen. Ertränken? Das brächten wir nicht übers Herz. Behalten? Das auch nicht. Also was?
Da hatte ich einen genialen Einfall:
»Wir werden sie verschenken!«
»Ja, aber mit welcher Begründung?« fragte besorgt die beste Ehefrau von allen.
»Mit irgendeiner. Als Dank für einen Geburtstagsbrief oder so.«
Tags darauf erschienen wir beim Ehepaar Paschut, einen Korb in Händen, bedankten uns überschwenglich für all die vielen Freundlichkeiten, die Frau Paschut uns erwiesen hatte, und händigten ihr ein neugeborenes Kätzchen ein.
»Nein«, stieß Frau Paschut hervor. »Wie komm' ich dazu . . . Danke . . . Ich will nicht . . .«
Ihr Protest stieß auf taube Ohren. Wir informierten Frau Paschut, daß es ein männliches Kätzchen namens Romeo war, und empfahlen uns hastig.

Noch am gleichen Abend hörten wir an unserer Wohnungstüre ein leises Kratzen. Draußen stand Mutter Herkules und hielt Klein-Romeo zwischen den Zähnen. Mit jenem untrüglichen Instinkt, den

Katzen nun einmal ihr eigen nennen, hatte sie ihr Kleines aufgespürt und zurückgebracht, so daß sich in unserem Haus wieder sieben junge Kätzchen befanden.

Am nächsten Tag ergriff ich das kräftigste von ihnen, bestieg einen städtischen Autobus und verließ ihn ohne Kätzchen.

Da waren's nur noch sechs.

Dabei blieb es zwei Tage lang. Dann vernahm ich aus der Küche die Stimme meiner Frau. Sie zählte.

»Eins – zwei – drei – vier – fünf – sechs – sieben«, zählte sie.

Ich erbleichte. Was immer man dem Mutterinstinkt einer Katze zutrauen mochte – das ging zu weit. Die Paschuts wohnten schließlich ganz in unserer Nähe. Aber daß eine Katze zur Autobuszentrale ging und aus dem Fundbüro ihr verlorenes Kind abholte – nein, so etwas gab es nicht.

Es lag auch nichts dergleichen vor. Ein Blick in die Katzenwiege belehrte mich, daß es sich bei dem siebenten Baby um ein Findelkind handelte, um einen schokoladebraunen Stiefsohn.

Offenbar hatte sich Herkules ein Beispiel an der siegreichen Roten Armee genommen, der die Identität ihrer Gefangenen völlig gleichgültig ist, wenn nur die Anzahl stimmt. Entwischt ein Gefangener – macht nichts, dann schnappt man eben den nächstbesten Fußgänger, der des Weges kommt, und die Liste ist wieder aufgefüllt . . .

Die sieben Kätzchen wuchsen mit unglaublicher

Schnelligkeit heran und terrorisierten das ganze Haus. Man konnte sich nirgends hinsetzen, ohne daß von unterhalb ein schriller Schmerzenslaut ertönte. Das brachte mich abermals auf einen genialen Einfall: »Wir werden der Tante Ilka zum Zeichen unserer Liebe und Dankbarkeit das Geschenk zurückbringen!«
»Die komplette Garnitur?«
»Nein. Nur Herkules.«
Und so geschah es. Wir gratulierten Tante Ilka zur Genesung, von der sie nichts wußte, umarmten sie stürmisch und übergaben ihr den stattlichen Kater Herkules, den sie noch gekannt hatte, als er *so* klein war. Ich schilderte in bewegten Worten, wie sehr sich Herkules nach ihr gesehnt und wie er sich buchstäblich das Herz aus dem Leib miaut hatte. Herkules sprang denn auch prompt auf Tante Ilkas Schoß, wo er wohlig zu schnurren begann. Tante Ilka schmolz. Wir standen noch ein paar Sekunden gerührt daneben und entfernten uns winkend.
Donnerstag verschwanden zwei von den sieben Kätzchen, Freitag drei, Sonntag war keines mehr da. Herkules hatte sie alle abgeholt. So triumphierte wieder einmal menschlicher Erfindungsgeist über die rohen Kräfte der Natur.

Zuerst hatten wir Mazal, die tüchtigste, sauberste, verläßlichste Hausgehilfin, die man sich wünschen kann. Leider verließ sie uns von einer Stunde zur anderen. In der einen hatten wir ihre Gefühle verletzt, in der anderen wußten wir noch immer nicht, wodurch, und wir haben es bis heute nicht erfahren. Jedenfalls war sie weg.
Daraufhin erklärte die beste Ehefrau von allen, sie würde das Haus allein in Ordnung halten, mit Hausgehilfinnen hätte man immer nur Schwierigkeiten, und sie fühle sich der Arbeit durchaus gewachsen. Dieses Gefühl hielt einen ganzen Tag lang an. Die folgende Woche verbrachte sie mit Rundgängen in der Nachbarschaft, um sich nach einer tüchtigen, sauberen, verläßlichen Hausgehilfin zu erkundigen.
Und dann kam Etroga.

Die Sache mit den Socken

Wir liebten sie auf den ersten Blick und nannten sie schon nach kurzer Zeit, um ihr unsere Wertschätzung zu bekunden, Mazal die Zweite. Sie gewöhnte sich sehr rasch bei uns ein, sie fand Gefallen an uns,

sie wurde ein Mitglied der Familie, was schon daraus hervorging, daß meine Frau auch mit ihr zu streiten begann. Es war alles in bester Ordnung.
Doch dabei blieb es nicht. Eines Tages eröffnete mir meine Frau unter allen Anzeichen heftiger Erregung, daß sie ein Paar Socken von mir vermißte. »Die grauen«, fügte sie hinzu. »Sie sind nirgends zu finden.«
Ein anderer Mann wäre unter der Wucht dieses Schlags vielleicht zusammengebrochen. Nicht so ich. Der geheime Stoßdämpfer, den ich in meinen Organismus eingebaut habe, befähigte mich zu der gleichmütigen Replik:
»Du meinst?«
»Ja. Ich meine. Ich bin sogar sicher. Außer Mazal Zwei kommt ja niemand mit der Wäsche in Berührung.«
»Unmöglich. So tief würde sie nie sinken.«
»Woher weißt du das? Die Sache liegt klar zutage. Ich stehle keine Socken. Auch du, so nehme ich an, wirst deine eigenen Socken nicht stehlen. Und den Kindern sind sie zu groß. Also? Also bleibt nur Mazal Zwei. Ist dir noch nicht aufgefallen, was für eine große Handtasche sie trägt, wenn sie an ihrem freien Tag das Haus verläßt?«
»Dann mußt du sie feuern.«
»Und das Haus allein in Ordnung halten? Ich denke nicht daran. Mazal Zwei ist die tüchtigste, sauberste, verläßlichste Hausgehilfin, die man sich wünschen kann. Soll ich auf sie verzichten, nur weil sie ein wenig stiehlt? Nein. Ich mache es anders. Ich werde sie warnen. Ich lege einen Zettel mit ein paar warnenden

Worten zu deinen Socken, und du wirst sehen . . .«
Was ich sah, als ich am nächsten Tag den Wäscheschrank öffnete, war ein Zettel folgenden Inhalts: »Etroga! In der Bibel steht: ›Du sollst keine Socken stehlen.‹ Wir wissen alles. Gehen Sie in sich!«
Die beste Ehefrau von allen nahm meine Glückwünsche mit bescheidenem Stolz entgegen.
»Raffiniert gemacht, nicht wahr? Wir wollen sie ja nicht bestrafen. Wir wollen sie erziehen. Wenn sie den Zettel gelesen hat, wird sie wissen, daß wir von ihrem Sockendiebstahl wissen, kann aber so tun, als wüßte sie nicht, daß wir's wissen, kann also ruhig weiter bei uns bleiben und trotzdem ihr Gesicht wahren. Und die grauen Socken wird sie unauffällig zurückgeben.«

Das Raffinement verfehlte seine Wirkung. Tagelang lag der Zettel in meinem Sockenfach, Etroga hatte ihn ohne Zweifel gelesen – aber sie ließ sich nicht das mindeste anmerken, verrichtete ihre Arbeit gleichmütig wir zuvor und sah ganz offenbar keinen Anlaß, meinen Sockenvorrat um ein Paar in Grau zu vermehren.
Die Zeit, so sagt man, heilt alle Wunden, auch solche, die von fehlender Fußbekleidung herrühren. Zweifellos hätten wir die ganze Geschichte allmählich vergessen, wenn nicht ein neues Kapitel hinzugekommen wäre.
»Jetzt hab' ich aber genug!« fauchte eines Morgens die beste Ehefrau von allen, als sie in mein Zimmer gestürmt kam. »Jetzt stiehlt diese Person auch noch

Strümpfe von *mir*! Ein Paar erstklassige hellbraune Nylonstrümpfe! Das ist die Höhe!«
Auf meine Beschwichtungsversuche reagierte sie mit unheilkündender Entschlossenheit:
»Nichts da. Ich weiß, was ich zu tun habe. Ich werde ihre Handtasche durchsuchen. Fräulein Etroga soll mich kennenlernen.«
Damit sauste sie ab.
Schon nach wenigen Minuten kam sie zurück, in der Hand – nein, keine hellbraunen Nylonstrümpfe und keine grauen Socken, sondern einen Zettel, den sie mir stumm überreichte:
»Herr und Frau Kishon!« stand da zu lesen. »Wenn Sie vielleicht glauben, ich brauche Ihre löchrigen Socken oder Ihre schäbigen Strümpfe mit den Laufmaschen, dann haben Sie vielleicht einen Vogel. Gehen *Sie* in sich, Herr und Frau Kishon, statt daß Sie meine Handtasche durchsuchen! Etroga.«
»O Gott«, stöhnte Frau Kishon, und Herr Kishon schloß sich an. »Aber wie konnte Mazal Zwei wissen, daß wir ihre Handtasche durchsuchen würden?«
»Wir? Wieso wir?« fragte ich, besann mich aber eines Friedlicheren und fuhr nachsichtig fort: »Na ja, dann legen wir den Zettel jetzt wieder in ihre Handtasche zurück und tun, als wüßten wir nicht, daß sie weiß, daß wir die Tasche durchsucht haben. Damit wahren wir alle beteiligten Gesichter.«

Das hatten wir denn auch bitter nötig. Es stellte sich nämlich heraus, daß die beste Ehefrau von allen bei ihrer Socken- und Strumpf-Bestandsaufnahme das je eine Paar, das wir an diesem Tag trugen, nicht mitgezählt hatte.

Reumütig nahmen wir einen Bogen des schönsten Papiers zur Hand und legten ihn mit folgender Botschaft ins Wäschefach:

»Liebe Etroga! Sie haben recht. Bitte verzeihen Sie uns. Herr und Frau Kishon.«

Postwendend kam via Handtasche die Antwort:

»In Ordnung. Vergessen wir's. Mazal Zwei.«

Deutlicher als durch diese Unterschrift hätte sie uns nicht beweisen können, daß sie wieder gut mit uns war. Und sie ist es seither geblieben.

Es gibt Albträume, in denen man von Frankenstein oder Dracula heimgesucht wird, manchmal sogar von beiden zugleich. Es gibt den sogenannten »Spinnentraum« – da ist man in einem riesenhaften Spinnennetz gefangen, aus dem man sich verzweifelt herauszustrampeln versucht – und kaum hat man die Beine freibekommen, verstricken sich die Hände im unentwirrbaren Gewebe – und umgekehrt – und immer weiter – bis man schweißgebadet erwacht . . .
Glücklicherweise bin ich nicht auf solche Albträume angewiesen. Ich erreiche den gleichen Effekt in meinem Freundeskreis.

Eine gemütliche Zusammenkunft

Vorgestern lief mir Gerschon über den Weg und sagte hallo, höchste Zeit, lange nicht gesehen, und warum kommen wir nicht heute abend zusammen und gehen irgendwohin oder in ein anderes Lokal. Ich stimmte zu, und wir wollten nur noch unsere Frauen zu Rate ziehen, jeder die seine, und dann besprechen wir's endgültig.
Ich muß vorausschicken, daß meine Frau und ich mit Gerschon und Zilla befreundet sind und uns immer freuen, sie zu sehen, ganz ohne Formalitäten, einfach

um gemütlich mit ihnen beisammen zu sitzen und zu plaudern, nichts weiter.
Als ich Gerschon gegen Abend anrief, war Zilla noch in ihrem Yoga-Kurs, sie käme ungefähr um halb sieben, sagte er, und dann würde er sofort zurückrufen und unser Rendezvous fixieren. Der Einfachheit halber schlug ich als Treffpunkt »Chez Mimi« vor, ein neues Lokal, aber Gerschon sagte nein, ausgeschlossen, neue Lokale sind bekanntlich immer überlaufen und man bekommt nie einen Tisch, gehen wir doch lieber ins »Babalu«, dort gibt es wunderbare Käsepalatschinken.
An dieser Stelle griff die beste Ehefrau von allen ein, riß den Hörer an sich und machte Gerschon aufmerksam, daß eine einzige Käsepalatschinke 750 Kalorien enthalte, und »Babalu« käme nicht in Frage, in Frage kommt »Dudiks Gulaschhütte«, Ende der Durchsage. Papperlapapp, sagte Gerschon, die Gulaschhütte ist auch nicht mehr was sie war, und er persönlich hätte nun einmal eine Schwäche für Käsepalatschinken, Kalorien oder nicht. Es wurde beschlossen, die Wahl des Lokals in Schwebe zu lassen und Zillas Heimkehr vom Yoga abzuwarten.
Bald darauf erfolgte ein Anruf von Frau Frankel. Die Frankels sind alte Bekannte von uns. Sie leben in Peru, befanden sich auf Kurzbesuch in Israel, waren soeben aus Jerusalem nach Tel Aviv gekommen und würden sich wahnsinnig freuen, wenn sie uns noch heute abend sehen könnten, morgen fliegen sie nach Peru zurück. Ich informierte sie, daß wir bereits eine Verabredung mit einem befreundeten Ehepaar hät-

ten, zwei reizende Leute, die ihnen bestimmt gefallen würden. Na schön, dann sollen sie in Gottes Namen mitkommen, sagte Frau Frankel. Ich versprach ihr, im Hotel anzurufen, sobald wir von Gerschon und Zilla Nachricht bekämen.
Kaum hatte ich den Hörer aufgelegt, verlieh mir die beste Ehefrau von allen den Titel eines Idiotenkönigs. Gerschon, so behauptete sie, würde den Frankels ganz und gar nicht gefallen, denn er benähme sich zu ausländischen Besuchern immer sehr schlecht, besonders zu peruanischen Juden.
Wie recht du doch hast, Liebling, sagte ich, daran hatte ich nicht gedacht, aber jetzt hilft nichts mehr. Andererseits brauchen wir uns nicht den Kopf zu zerbrechen, denn von Gerschon und Zilla läge ja noch keine Nachricht vor, und vielleicht sagen sie überhaupt ab.
Zu diesem Zweck rief ich Gerschon an, aber Zilla war noch immer nicht da, sie würde sich offenbar verspäten. Außerdem sei ein neues Problem aufgetaucht: Töchterchen Mirjam, der kleine Schwachkopf, hatte wieder einmal den Wohnungsschlüssel vergessen, und man müsse warten, bis sie nach Hause käme, mindestens bis halb acht.
Unter diesen Umständen schien es mir wenig sinnvoll, die Sache mit den Frankels zu erwähnen. Keine Eile. Es kann ja noch alles mögliche passieren. Man soll die Brücken hinter sich erst abbrechen, wenn man vor ihnen steht, sagt das Sprichwort. Oder so ähnlich.
Für alle Fälle begannen wir mit den Vorbereitungen

für einen gemütlichen Abend. Die Studentin Tirsa, die bei uns gewöhnlich als Babysitter fungiert, war nicht zu Hause, aber ihr kleiner Bruder meinte, wir könnten sie bei Tamar, ihrer besten Freundin, telephonisch erreichen.

Daran hinderte uns zunächst ein Anruf von den Frankels, diesmal von ihm: ob uns neun Uhr in der Hotelhalle recht wäre? Gewiß, sagte ich, nur müßte ich das erst mit unseren Freunden abstimmen, ich rufe zurück.

Bei Gerschon antwortete Zilla, fröhlich und yogagestärkt und ganz Ohr für meine Mitteilung, daß wir Besuch von Freunden aus Peru hätten, reizende Leute, sie warten in der Halle ihres Hotels und würden ihr bestimmt gefallen, oder vielleicht möchte sie lieber ein anderes Mal mit uns zusammenkommen?

Nein, warum, sagte Zilla, sie hätte nichts dagegen, unsere Freunde zu sehen, Gerschons Einverständnis vorausgesetzt, er sei gerade mit dem Hund draußen, in ein paar Minuten käme er zurück und würde uns Bescheid geben. Aber warum in der Hotelhalle? Hotelhallen sind kalt und ungemütlich. Warum nicht im Café Tutzi? Ausgeschlossen, sagte ich, dort hatte ich Krach mit der schielenden Kellnerin, schüttet mir Zwiebelsuppe über die Hosen und entschuldigt sich nicht einmal, warten wir lieber auf Gerschon und verständigen wir uns dann über einen anderen Treffpunkt.

Jetzt konnte meine Frau endlich bei Tamar anrufen, aber Tirsa war schon weggegangen. Sie würde sich

vielleicht noch einmal bei ihr melden, sagte Tamar, und wir sollten später nachfragen.
Als nächstes kam der fällige Anruf von Gerschon: Zilla hätte ihm von den Peruanern erzählt, und was mir denn einfiele, als ob ich nicht wüßte, daß er gegen Touristen allergisch sei. Ich beruhigte ihn, die Frankels wären keine gewöhnlichen Touristen und vor allem keine gebürtigen Peruaner, es handelte sich um zwei reizende Leute, die ihm bestimmt gefallen würden, und wir sind jetzt alle um neun Uhr in der Hotelhalle verabredet. Also gut, sagte Gerschon, hoffentlich käme seine schwachsinnige Tochter bis dahin nach Hause.
Dann rief Tamar an, Tirsa hätte sie angerufen und käme zu uns Babysitten, allerdings nicht vor 9.45, sie wäre soeben dabei, sich die Haare zu waschen, und da sie, Tamar, jetzt eine Verabredung hätte und wegginge, müßten wir uns sofort entscheiden, ob wir mit 9.45 einverstanden wären, ja oder nein.
Ich bat sie, zwei Minuten zu warten und rief Gerschon an, um die Verschiebung mit ihm zu klären. Glücklicherweise hatte sich das Problem mit seiner Tochter Mirjam inzwischen erledigt, sie war mit Juki, ihrem Freund, ins Kino gegangen und würde Gerschons Berechnung zufolge nicht länger als bis 9.30 fortbleiben, also spräche nichts gegen 9.45.
Schon wollte ich den Hörer auflegen, als ich aus Gerschons Hintergrund die Stimme Zillas hörte, das wäre doch blödsinnig, sich quer durch die halbe Stadt zu schleppen, und warum treffen wir uns nicht in irgendeinem Espresso irgendwo in der Nähe.

Daraufhin ertönte aus meinem eigenen Hintergrund die Stimme der besten Ehefrau von allen, sie denke nicht daran, den Abend in einem schäbigen Espresso zu verbringen, sie nicht, vielleicht Zilla, aber sie nicht.

Wir ließen die Frage offen, und ich legte den Hörer auf.

Gleich danach nahm ich ihn wieder ab, es war Frau Frankel, um unser gemütliches Treffen auf 10.15 zu verschieben. In Ordnung, sagte ich, 10.15 ist eine angenehme Zeit, aber wir haben Freunde aus Peru zu Besuch, reizende Leute, die wir in ihrer Hotelhalle treffen sollen. Das trifft sich gut, sagte Frau Frankel, sie selbst und ihr Mann wären unsere Freunde aus Peru, und dann hätten also alle Beteiligten den neuen Zeitpunkt akzeptiert. Den Zeitpunkt schon, sagte ich, aber als Treffpunkt lehne Zilla einen Espresso ganz entschieden ab. Frau Frankel reagierte überraschend sauer, wieso Espresso, was soll das, wenn sie und ihr Mann eigens nach Tel Aviv kämen, um uns zu sehen, könnten wir uns wirklich etwas Besseres aussuchen als einen schäbigen Espresso. Richtig, sagte ich, das stimmt, und sie sollte mir nur noch ein wenig Zeit für eine Rückfrage bei meinen Freunden geben.

Ich rief sofort bei Tamar an, um Tirsas 9.45 zu bestätigen, aber Tamar war bereits von ihrem Freund abgeholt worden und hatte bei der Hausfrau lediglich eine Telephonnummer zurückgelassen, wo ich Tirsa nach 10 Uhr erreichen könnte.

Dann war Herr Frankel am Telephon und wolle wis-

sen, warum das alles so lange dauert, und da seine Stimme nun schon recht ungehalten klang, schlug ich ihm vor, den gordischen Knoten einzufädeln und sich direkt bei Gerschon nach Mirjam und Juki zu erkundigen, ich würde unterdessen alles mit Tirsa regeln, und wir könnten uns anschließend in einem Kaffeehaus auf der Dizengoffstraße oder vielleicht anderswo gemütlich zusammensetzen.
Meine Versuche, Tirsa zu erreichen, blieben erfolglos, weil die Nummer, die Tamar für mich hinterlassen hatte, immer besetzt war, aber dafür erreichte mich Zilla: sie hätte ein langes Telephongespräch mit Herrn Frankel gehabt und fände ihn sehr sympathisch, spätestens um halb elf, wenn die Kinder nach Hause kämen, könnten sie und Gerschon weggehen. Ins Café Metropol, rief Gerschon dazwischen. Das Café Metropol schließt um elf, sagte ich. Das glaube sie nicht, sagte Zilla. Aber sie würde für alle Fälle dort anrufen und uns das Ergebnis mitteilen.
Als nächstes hörten wir von Frau Frankel: ihr Taxi wartete schon seit einer Viertelstunde, und sie hätte vergessen, wo sie uns und das Ehepaar Zilla treffen sollte. Nein, sagte ich, nicht Zilla, sondern Juki, im Café Metropol, falls es noch offen wäre, und sie täte am besten, Tirsa danach zu fragen, die Nummer erliegt bei Mirjams Hausfrau.
Was weiter geschah, weiß ich nicht mehr genau. Ich glaube, daß Gerschon gegen halb zwölf aus dem Kino zurückkam und warten mußte, bis Tamar den Hund gewaschen hatte, während ihr Freund und Frau Frankel ins Metropol fuhren, aber da es dort

nichts mehr zu essen gab, landeten sie schließlich im Café Tutzi bei einem Gulasch, das die schielende Kellnerin über Jukis Hosen schüttete.
Wir selbst, die beste Ehefrau von allen und ich, blieben zu Hause, stellten das Telephon ab und fielen in unsere Betten. Dann kam unser Babysitter. Was mich betrifft, so können sich sämtliche peruanischen Yogakursteilnehmer am nächsten Laternenpfahl gemütlich aufhängen.

Mit seiner permanent zeitweiligen Wirtschaftsmisere gleicht der Staat Israel einem Packesel, der zwei Munitionskisten, drei kleinkalibrige Feldkanonen und fünf Ölfässer zu schleppen hat. Kein Wunder, daß das brave Tier alsbald zusammenbricht. Der Klagelaut, den es ausstößt, klingt wie: »I-a, I-a, eine Anleihe!«

Jedes israelische Baby wird mit einer Schuldenlast von 8000 Dollar geboren. (Zwillinge mit 15 000). Wir sind überall tief verschuldet, bei den Amerikanern, bei der Weltbank und sogar bei uns selbst. Unsere Währung verliert ständig an Wert, unsere Handelsbilanz liegt in Trümmern, auf den Schultern jedes arbeitenden Arbeiters sitzen dreieinhalb andere und streiken. Die jährliche Debatte über unseren Staatshaushalt wird vom Finanzminister ungefähr folgendermaßen eingeleitet:

»Meine Herren, für das kommende Jahr erwarten wir Einnahmen in der Höhe von 6 Milliarden. Davon entfallen auf das Verteidigungsbudget 7 Milliarden für die Luftwaffe, weiters . . .«

Aber wir müssen nicht weiters zuhören.

England und Italien sind wahre Riesen an wirtschaftlicher Kraft und Gesundheit im Vergleich zu Israel, einem Dreimillionenvolk, das gezwungen ist, allein für seine Rüstung so viel Geld auszugeben, daß es seine übrigen Bedürfnisse nicht einmal dann decken könnte, wenn es statt drei Millionen Israelis nur dreißig gäbe oder, um ganz sicher zu sein, drei.

Daß es unter solchen Umständen trotzdem weitergeht mit uns, ist nur durch ein Wunder zu erklären, das wir obendrein selbst produzieren müssen. Es besteht darin, daß wir unseren Humor nicht verlieren. Wenn unser Staatsschiff in den Sturmwogen der Wirtschaftskrise unterzugehen droht und nur noch die Köpfe seiner Lenker aus dem Wasser hervorlugen, öffnet einer von ihnen den Mund und sagt:

»In spätestens fünf Jahren haben wir die wirtschaftliche Unabhängigkeit erreicht und brauchen . . . keine . . . fremde . . . Hilfe . . . blub-blub-blub . . .«

Nach dieser Pointe versinkt er, die Wogen glätten sich, und der Geist des amerikanischen Präsidenten schwebt über den Wassern mit einer neuen Anleihe. Uns Steuerzahlern aber bleibt nichts übrig, als es unseren Staatslenkern gleichzutun und jenen altbewährten jüdischen Humor zu entwickeln, der uns im Lauf der Zeiten schon über viele ausweglose Situationen hinweggeholfen hat. Ich jedenfalls tue mein Bestes.

Wirtschaftliche Unabhängigkeit

Zunächst ein paar Mitteilungen aus dem Reich der Statistik:
Die Bodenfläche Israels gehört zu 96% dem Staat. 70% der landwirtschaftlich bebauten Nutzfläche sind Kollektiv-Eigentum. 60% aller größeren Industrieanlagen befinden sich in der Hand der Regierung oder der Gewerkschaften. Israel – gleichgültig, welche Partei gerade die Macht innehat – ist das sozialistischeste Land nach der Volksrepublik China. Dieser Umstand bringt Vor- und Nachteile mit sich. Einer der Nachteile besteht zum Beispiel darin, daß die vielen regierungseigenen Unternehmungen pausenlos Geld verlieren, rechts und links, vorne und hinten, in Israel und im Ausland. Dem steht allerdings der Vorteil gegenüber, daß diese Verluste von den steuerzahlenden Einwohnern und von der Notenpresse der Regierung sofort ausgeglichen werden und daher nicht als Verluste zu Buch schlagen. Überdies tritt von Zeit zu Zeit ein parlamentarischer Ausschuß zusammen und veranstaltet ein Kreuzverhör mit einer der Persönlichkeiten, die für die verschwendeten Millionen verantwortlich sind. Das spielt sich dann ungefähr folgendermaßen ab.

Projekte

»Direktor Schultheiß, bevor wir mit dem Verhör beginnen, möchten wir Sie darauf hinweisen, daß Sie nicht aussagen müssen. Der parlamentarische Finanzausschuß, vor dem Sie stehen, kann Sie nicht dazu zwingen.«
»Vielen Dank für den Hinweis, Herr Vorsitzender.«
»Bitte.«
»Kann ich jetzt gehen?«
»Gewiß. Wir hätten uns allerdings sehr gerne mit Ihnen über die Verluste Ihrer Investitionsgesellschaft unterhalten, die ja schließlich von der Regierung unterstützt wird, also gewissermaßen eine offiziöse Körperschaft ist.«
»Woher wissen Sie, daß wir Verluste hatten?«
»Aus den Zeitungen, Herr Schultheiß.«
»Sie glauben, was in den Zeitungen steht? Die haben zuerst geschrieben, daß sich unsere Verluste auf 20 Millionen belaufen, dann waren es 40 Millionen, und jetzt halten wir bei 70. Über eine solche Berichterstattung kann man nur lachen.«
»Und wie hoch sind Ihre Verluste wirklich?«
»Mindestens doppelt so hoch. Da sehen Sie selbst, was von Zeitungsmeldungen zu halten ist.«
»Wie sind Ihre Verluste zustande gekommen?«
»Das werden wir erst feststellen können, wenn wir alle Initiativsubventionen von der Regierung kassiert

haben. Ich wäre dafür, daß wir vorläufig von einem kontrollierten Profitmangel sprechen.«

»Aber für einen Profitmangel muß es doch Ursachen geben?«

»Natürlich.«

»Also? Woran liegt's?«

»Zumeist an den Umständen. Gelegentlich auch daran, wie sich die Dinge entwickeln. Es ist eine sehr komplizierte Angelegenheit, meine Herren.«

»Könnten Sie uns das vielleicht an einem Beispiel erklären?«

»Mit Vergnügen. Nehmen wir zum Beispiel das Staudammprojekt in Sansibar. Ein vielversprechender Auftrag. Wir hatten gigantische Bauvorrichtungen installiert, hatten die waghalsigsten Konstruktionsprobleme gelöst, hatten sogar die bestehenden Sprachschwierigkeiten überwunden – und dann kam eine Springflut, die alle unsere Berechnungen wegschwemmte.«

»Bauvorrichtungen welcher Art?«

»Abwehrdämme und Ablenkungskanäle für Springfluten. Es war ein hochinteressantes Projekt.«

»Auf welche Weise haben Sie den Auftrag bekommen?«

»Wir arbeiten mit Vermittlern, wie die anderen regierungsnahen Körperschaften. Unsere Kalkulationen sind immer sehr konservativ. Von den Gesamtkosten des Projekts ziehen wir zunächst die voraussichtlichen Verluste unserer Gesellschaft ab . . .«

»In welcher Höhe?«

»In möglichst geringer Höhe. Gewöhnlich veranschlagen wir 15 bis 30 Prozent Verlust. Da sind aber die Bestechungsgelder noch nicht inbegriffen.«

»Warum nicht?«

»Weil wir es vermeiden möchten, zwischenmenschliche Beziehungen mit harten Geschäftspraktiken zu belasten. Deshalb werden die Bestechungen in unseren Büchern gesondert aufgeführt.«

»Wo genau?«

»In meinem kleinen schwarzen Notizbuch. Hier, sehen Sie: ›An Muki 750 000 für Käfigzug.‹ Steht alles drin.«

»Was heißt Käfigzug?«

»Das weiß ich nicht mehr. Aber es war ein hochinteressantes Projekt. Oder hier: Aga Khan 903 705 – nein, das ist seine Telephonnummer, entschuldigen Sie.«

»Stimmt es, daß Sie über zwanzig Millionen für Bestechungen ausgegeben haben?«

»Das ist eine besonders komplizierte Angelegenheit.«

»Immerhin möchten wir hören, wie das vor sich geht.«

»Sehr diskret. Unser Vertrauensmann begibt sich mit einem schwarzen Köfferchen voller Banknoten ins Ausland, zahlt an irgend jemanden irgendeine Summe, kommt zurück und meldet: ›Alles in Ordnung.‹ Das wichtigste ist, daß es keine Zeugen gibt, daß die ganze Sache still und taktvoll abgewickelt wird. In den meisten Fällen wissen wir nicht einmal, wer das Geld bekommen hat und wo. Nehmen wir den Fall des afghanischen Innenministers. In einer dunklen

Nacht haben wir ihm 2 Millionen durch das offene Fenster zugeworfen, damit er uns den Auftrag für den Bau des afghanischen Kanalisationssystems erteilt.«

»Und das hat geklappt?«

»Nein. Wir entdeckten zu spät, daß an der betreffenden Adresse nicht der Innenminister wohnte, sondern ein Innenarchitekt, der einige Monate zuvor gestorben war. Wer kennt sich schon in einem afghanischen Telephonbuch aus.«

»Wie wurde der Verlust abgebucht?«

»Unter dem Kennwort ›Höhere Gewalt‹. Unsere Gesellschaft hat eine sogenannte Mono-Balance-Buchhaltung entwickelt. Auf der einen Seite werden die Ausgaben verbucht, und für die Einnahmen-Seite haben wir einen Stempel ›Keine Sorge!‹ Das System hat sich sehr bewährt.«

»Bleibt immer noch zu klären, wen oder was Sie für Ihr Defizit verantwortlich machen.«

»Das Schicksal. Es hat viele unserer Pläne vereitelt. Vielleicht nicht mit Absicht, aber doch. Ich denke da etwa an die Auffüllung der nicaraguanischen Küste.«

»Was war das?«

»Ein hochinteressantes Projekt. Wir hatten uns mit der Regierung von Nicaragua auf 60 Millionen Cordobas geeinigt, zu einem Umrechnungsschlüssel von 1 Cordoba = 1 Israelisches Pfund. Im letzten Augenblick wurde die lokale Währung abgewertet und sank auf 10 Cordoba = 1 Israelisches Pfund.«

»Warum haben Sie keine Abwertungsklausel in Ihrem Vertrag gehabt?«

»Das war die Bedingung der nicaraguanischen Regierung. Sonst hätten wir den Auftrag für dieses Projekt nicht bekommen.«

»Bitte sagen Sie nicht immer ›Projekt‹, Herr Schultheiß. Der Ausdruck macht uns nervös.«

»Wie Sie wünschen. Es ist jedenfalls eine sehr komplizierte Angelegenheit.«

»Wurden Sie von der Regierung nie über Ihre Verluste befragt?«

»Ununterbrochen. Mindestens einmal im Monat erkundigte sich das Wirtschaftsministerium nach dem Stand der Dinge, und meine Antwort lautete immer: ›Klopfen Sie auf Holz!‹ Ich habe diesen Vorschlag auch mehrmals schriftlich gemacht.«

»Aber auf die Dauer muß es doch zwischen den Regierungsbehörden und Ihnen zu Reibereien gekommen sein?«

»Und ob. Als wir den Dalai Lama bestachen, um an der tibetanischen Agrarreform beteiligt zu werden, luden wir ihn nachher zum Mittagessen ein, und das Finanzministerium weigerte sich, die Rechnung zu übernehmen. Sie bewilligten uns nur 8 Pfund, und auch das nur unter der Voraussetzung, daß das Restaurant nicht weiter als 8 km vom Palast des Lama entfernt wäre. Es kam zu einer stürmischen Auseinandersetzung. Schließlich appellierten wir an den Obersten Gerichtshof und erreichten eine Vergütung in der Höhe von 9.50. Ich frage Sie, meine Herren, wie man unter solchen Umständen nutzbringend arbeiten soll.«

»Das ist in der Tat nicht ganz leicht.«

»Sie müssen sich außerdem vor Augen halten, daß wir weder Repräsentationsgelder noch Diäten bekommen. Was bleibt uns übrig, als Darlehen aufzunehmen? Allein die Zinsen für diese Darlehen belaufen sich auf eine Viertelmillion Pfund in der Woche. Seit Beginn dieses Gesprächs haben wir bereits 20 000 Pfund verplaudert. Ich beantrage Schluß der Debatte.«

»Noch eine Frage, Herr Schultheiß. Wer bezahlt das alles?«

»Ich, meine Herren. Ich und die anderen Bürger unseres Landes. Ich komme meinen Bürgerpflichten nach. Ich zahle meine Steuern, um das Schatzamt mit dem Geld zu versorgen, das zur Deckung der uns zugestandenen Garantien benötigt wird.«

»Wer, Herr Schultheiß, hat Ihrer Gesellschaft diese Garantien zugestanden?«

»Sie.«

»Wir?«

»Jawohl, Sie. Der parlamentarische Finanzausschuß.«

»Es ist spät geworden, finden Sie nicht?«

»Allerdings. Und das Ganze ist eine sehr komplizierte Angelegenheit.«

»Wir danken Ihnen für Ihre Mühe, Herr Schultheiß. Nach den Wahlen reden wir weiter.«

»Ein hochinteressantes Projekt.«

Die Juden sind von Natur aus pessimistisch. Eigentlich sind sie es nicht von Natur aus, sondern auf Grund geschichtlicher Erfahrungen, die ihnen dann zur zweiten Natur geworden sind. Ihre dritte Natur äußert sich in dem Bestreben, möglichst sichere Vorkehrungen gegen ihre zweite Natur zu treffen. Damit bewirken sie eine Hochkonjunktur des Versicherungswesens, die zu immer raffinierteren Maßnahmen führt.

Seien Sie versichert

Liegt das nun an der sprunghaften Verbesserung unserer Wirtschaftslage oder am schönen Wetter – gleichviel, ich stehe in der letzten Zeit unter ständigem Druck von seiten angelsächsischer Versicherungsagenten. Warum es immer angelsächsische sind, ahne ich nicht, aber wenn am frühen Vormittag mein Telephon geht, meldet sich todsicher ein unverkennbarer Gentleman in unverkennbarem Oxford-Englisch:
»Guten Morgen, Sir. Ich spreche im Auftrag der Allgemeinen Südafrikanischen Versicherungsgesellschaft. Darf ich Sie um zehn Minuten Ihrer kostbaren

Zeit bitten, Sir? Ich möchte Sie mit einer völlig neuen Art von Lebensversicherung bekannt machen.«
Daraufhin gefriere ich in Sekundenschnelle. Erstens bin ich gegen Lebensversicherungen, weil ich sie für unmoralisch halte. Zweitens habe ich nicht die Absicht, jemals zu sterben. Drittens sollen die Mitglieder meiner Familie, wenn ich trotzdem einmal gestorben sein sollte, selbst für ihr Fortkommen sorgen. Und viertens bin ich längst im Besitz einer Lebensversicherung.
Ich lasse also Mr. Oxford wissen, daß er sein gutes Englisch an mich verschwendet und daß mein Leichnam bereits 170 000 Isr. Pfund wert ist.
»Was sind heutzutage 170 000 Pfund?« höre ich aus Oxford. »Die Allgemeine Südafrikanische hält für den beklagenswerten Fall Ihres Hinscheidens eine doppelt so hohe Summe bereit. Gewähren Sie mir zehn Minuten, Sir.«
»Im Prinzip recht gerne. Die Sache ist nur die, daß ich in einer Stunde nach Europa abfliege. Für längere Zeit. Vielleicht für zwölf Jahre.«
»Ausgezeichnet. Ich erwarte Sie am Flughafen.«
»Dazu wird die Zeit nicht ausreichen, weil ich noch nicht gefrühstückt habe.«
»Ich bringe ein paar Sandwiches mit.«
»Außerdem möchte ich mich von meiner Familie verabschieden.«
»Nicht nötig. Wir schicken sie Ihnen mit dem nächsten Flugzeug nach. Die Tickets gehen selbstverständlich zu unseren Lasten. Ich warte im Flughafen-Restaurant, Sir.«

Auf diese Weise bin ich schon dreimal hintereinander nach Europa geflogen, aber der Andrang läßt nicht nach. Erst vor wenigen Tagen versuchte ich den Gentleman von der Neuseeland International Ltd. damit abzuschrecken, daß mein Leben auf eine Million Dollar versichert sei. »Was ist denn schon eine Million Dollar!« erwiderte er geringschätzig und wollte mir innerhalb von zehn Minuten einen einzigartigen Lebensversicherungsplan entwickeln, demzufolge der Versicherungsnehmer gar nicht zu sterben braucht, es genügt, wenn er in Ohnmacht fällt, absolut inflationssicher, mit Abwertungsklausel und Farbfernsehen.
Als er nicht lockerließ, gestand ich ihm, daß ich zahlungsunfähig war. Pleite. Vollkommen pleite.
»Macht nichts«, tröstete er mich. »Wir verschaffen Ihnen ein Darlehen von der Regierung.«
»Ich bin krank.«
»Wir schicken Ihnen einen Arzt.«
»Aber ich will keine Lebensversicherung abschließen.«
»Das glauben Sie nur, Sir. Sie wollen.«
Gegen irgendeinen levantinischen Schwarzhändler wüßte ich mir zu helfen. Aber gegen Oxford-Englisch bin ich machtlos.
Heute vormittag war die Wechselseitige Australische am Telephon und bat um zehn Minuten. Geistesgegenwärtig schaltete ich auf schrillen Sopran:
»Hier Putzfrau von Herr Kishon sprechen. Armer Herr gestern gestorben.«
»In diesem Fall, Madame«, sagte die Wechselseitige,

»möchten wir der Familie des Verstorbenen einen revolutionären Versicherungsvorschlag unterbreiten. Es dauert nur zehn Minuten.«
Ich sterbe vor Neugier, ihn zu erfahren.

Der wirkliche Schaden, den die galoppierende Inflation hervorruft, besteht weniger in der Verschwendung des vielen Papiers für den Druck neuer Banknoten, als vielmehr in einer permanenten Zeitverschwendung. Der verantwortungsbewußte Bürger verbringt nämlich einen großen Teil seiner Zeit mit der Suche nach einer sicheren Anlage für das bißchen Geld, das er von seinen sauer verdienten Einkünften für sich gerettet hat. Oder wie schon Archimedes zu sagen pflegte: »Gebt mir einen festen Kurs, und ich hebe die Welt aus den Angeln.« Er dürfte an den Schweizer Franken gedacht haben.

Was den erwähnten Durchschnittsbürger betrifft, so muß er sich täglich mit neuen, bedeutungsschweren Fachausdrücken vertraut machen, als da sind: Liquidität, Deflation, freie Wechselkurse, gebundene Wechselkurse, sinkende Wechselkurse und ähnlich Unheilvolles. Wir selbst, die beste Ehefrau von allen und ich, setzen unser Vertrauen nur noch in den japanischen Yen. Erstens klingt er, richtig ausgesprochen, beinahe jiddisch, und zweitens ist er transistoriell gestützt.

Die Jagd nach dem Yen

Als ich vor ein paar Tagen beim Frühstück saß, und zwar dort, wo ich am liebsten sitze, nämlich im Schoß der Familie, fiel mein Blick plötzlich auf den Blick der besten Ehefrau von allen. Sie ließ ihn durch mich hindurch und über mindestens zwei Wände unseres Frühstückszimmers schweifen, dann zur Decke hinauf und wieder zurück, ohne mich nochmals einzubeziehen. Ich kenne diesen Blick. Er bedeutet, daß jeder Mensch weiß, was er zu tun hat, nur ich sitze da wie eine Schießbudenfigur und rühre mich nicht.
Jetzt traf mich ein zweiter Blick. Er war das ziemlich genaue Gegenteil eines wohlgefälligen.
»Jeder Mensch weiß, was er zu tun hat, Ephraim«, sagte die beste Ehefrau von allen. »Nur du sitzt da wie eine Schießbudenfigur und rührst dich nicht. Liest du keine Zeitungen?«
»Doch, doch«, beeilte ich mich zu erwidern. »Sogar gründlich. Auch von der Währungskrise habe ich gelesen. Was soll ich tun, Liebling?«
»Du sollst Yen kaufen.«
Merkwürdigerweise war ich schon selbst auf diesen Gedanken verfallen, als das Fernsehen die melancholischen Aufnahmen der geschlossenen Börse von Tokio gezeigt hatte. Der Gedanke beschäftigte mich seither so intensiv, daß ich einen leichten Anfall von Gelbsucht bekam. Gewiß, ich habe einen guten Posten bei einer guten Zeitung, und der Geschäftsfüh-

rer hat mir schon mehrmals mündlich eine Steigerung meines Gehalts um monatlich 18.50 Isr. Pfund in Aussicht gestellt, wirksam ab 1. Dezember des kommenden Jahres nach Abzug aller Steuern. Andererseits könnte ich bei sofortigem Ankauf von 100 Yen die gleiche Summe innerhalb eines Tages verdienen. Die einzige Schwierigkeit liegt darin, daß ich über kein flüssiges Kapital verfüge.

Mit behutsamen Worten deutete ich der besten Ehefrau von allen den Sachverhalt an.

»Du brauchst kein Bargeld«, wies sie mich zurecht. »Du brauchst nur einen Agenten anzurufen und ihm zu sagen: Wertheimer, kaufen Sie für mich 100 Yen.«

»Zu welchem Kurs?«

»Frag nicht so blöd. Zum heutigen Tageskurs natürlich.«

Eine neue Schwierigkeit. Niemand im ganzen Lande weiß, wie der Yen heute steht oder wie er überhaupt aussieht. Der einzige Wertheimer, den ich im Telephonbuch fand, war eine Wäscherei und wußte es auch nicht.

Ich ging zu meiner Bank.

»Guten Morgen«, sagte ich dem Kassier. »Ich möchte Yen kaufen. Viele Yen.«

»Sie fahren nach Japan?«

»Nein. Ich spekuliere.«

Das ist vollkommen legal. Man spekuliert, indem man zu einem auf den mittleren Dollarstandard abgestimmten Kurs eine bestimmte Summe Yen kauft, verkauft sie zu einem etwas höheren Kurs und ist ein gemachter Mann.

Leider bekundete die Bank einen beklagenswerten Mangel an Spekulationsgeist.
»Wir führen keine Yen«, erklärte mir der Direktor. »In unserer Zentrale haben wir ein Musterexemplar unter Glas. Wenn Sie wünschen, kann ich mich danach erkundigen. Vielleicht kommen Sie morgen wieder.«
Morgen? Morgen hat der Yen einen neuen Kurs, und was wird dann aus mir? Um ein Beispiel zu nehmen: vorige Woche löste sich die norwegische Krone aus dem europäischen Währungsverbund und schoß in die Höhe. Wieso? Was sucht Norwegen – ein Land, das den Krieg gar nicht verloren hat – unter den reichen Nationen der Welt?
Da ich keine Erklärung fand, rief ich den Gouverneur der Nationalbank an:
»Hören Sie, Gouv. Ich will Yen kaufen. Alle Leute werden ununterbrochen reich, nur ich schaue durch die Finger.«
»Kaufen Sie Staatsanleihe«, sagte der Gouverneur. »Eine sehr gute Kapitalsanlage.«
»Mir geht es um eine Anlage meines Kapitals in Yen.«
»Rufen Sie mich morgen an.«
Schon wieder morgen. Die Zeitungen sind voll mit Nachrichten über die Bewegungen auf dem Geldmarkt, selbst der Finanzminister spricht von den zu erwartenden Vorteilen für unseren Außenhandel, falls das Israelische Pfund wieder abgewertet wird, aber es wird nicht abgewertet – und ich soll bis morgen warten? Die Lage wurde immer undurchsichtiger.

Als ich nach Hause kam, hielt mir meine Frau das Abendblatt unter die Nase:
»Hier. In Frankfurt steht der Dollar auf 292.178031 für eine Unze Gold. Möchtest du mir vielleicht sagen, was eine Unze wert ist?«
»Ungefähr ein halbes Pfund«, sagte ich. »Sterling.«
Die vielen Ziffern hinter dem Punkt hatten mich verwirrt. Und die Wäscherei Wertheimer konnte mir noch immer nicht helfen.
Es war zum Verzweifeln.
In der Nacht träumte ich, daß ich ganz allein die Inflation bekämpfen mußte. »Komm her!« brüllte ich. »Komm her, und ich geb dir einen Tritt, daß du bis in die Mitte der nächsten Woche fliegst!«
Die beste Ehefrau von allen rüttelte mich wach:
»Aufstehen, Ephraim. Die Seeligs sind gerade nach Hause gekommen. Mit einem Koffer. Du kannst dir denken, was in dem Koffer drin war.«
»Was?«
»Yen.«
Sie hatte es aus bester Quelle: die Regierung wußte vor Yen nicht ein noch aus und verkaufte sie auf dem schwarzen Markt, um den Schwarzhandel auszuschalten.
»Mach schon, Ephraim. Rühr dich. Bevor du dich in Bewegung setzt, gibt's weit und breit keinen Yen mehr.«
Prompt setzte ich mich in Bewegung, Richtung Schwarzmarkt.
An einer der vielen Marktlücken fiel mir ein finsterer Geselle auf, dem ich mich unverzüglich näherte.

Hinter vorgehaltener Hand erkundigte ich mich nach einer Möglichkeit, Yen zu erwerben.
»Im dritten Haustor links von hier steht ein Blatternarbiger«, lautete die entgegenkommende Auskunft. »Geh zu ihm hin und sag: Jankel schickt mich.«
Ich tat, wie mir geheißen, und beauftragte den Blatternarbigen hinter vorgehaltener Brieftasche, mir jede erreichbare Menge Yen zu verschaffen. In kleinen Noten. Er verschwand hinter einer angelehnten Wohnungstür und begann mit einer dicken Frau auf jiddisch zu verhandeln. Daß es eine dicke Frau war, merkte ich, als sie herausgestürzt kam und mich anschrie, ich sollte gefälligst Schweizer Franken kaufen wie jeder anständige Mensch, oder sie ruft die Polizei . . .
Als ich in einer Nebengasse meine Flucht beendete, war der Yen schon wieder gestiegen und unser Export nach Europa gesunken. Daraufhin betrat ich ein nahegelegenes Warenhaus und kaufte 107 tragbare Transistorgeräte made in Japan, deren Preis sich nur um 22% erhöht hatte.
Jetzt sind alle Räumlichkeiten unseres Hauses dicht mit Rundfunkverlautbarungen gefüllt. Das hat etwas enorm Beruhigendes an sich. Unser eigenes Haushaltbudget beruht auf der japanischen Transistorwährung, die allen Stürmen trotzt.
Gestern habe ich die Rechnung unseres Milchlieferanten mit einem solchen Gerät beglichen. Als Wechselgeld bekam ich eine Taschenlampe zurück. Made in Japan.

Von allen Plagen, mit denen Gott der Herr unser Wirtschaftsleben heimsucht, ist die Bürokratie die weitaus schlimmste. Die Bürokratie ist nicht etwa ein Versagen der Regierung. Das glauben nur die Optimisten. Die Bürokratie ist die Regierung selbst. Und das Problem besteht nicht darin, wie man die in ihrem aufgeblähten Apparat nistenden Beamten los wird (das wäre ein Ding der Unmöglichkeit), sondern wie man sie beschäftigt. Denn sie sind zahllos wie der Sand am Meer; mit dem einzigen Unterschied, daß der Sand keine Monatsgehälter bezieht.

Der Mann, der immer Zeit hat

Ich traf ihn durch Zufall. Eines Tages kam er zu mir, stellte sich als Gerschonowitz oder so ähnlich vor und fragte, ob ich nicht vielleicht jemanden brauchte, der mir bei meiner schriftstellerischen Arbeit helfen würde; er bewundere mich seit langem, setzte er hinzu. Seine Stimme klang ehrlich und sympathisch, mitsamt dem Sprachfehler, einem kleinen Lispeln, und da er auch sonst einen seriösen Eindruck machte, bot ich ihm an, die Korrekturabzüge meines gerade im Satz befindlichen Buchs zu lesen.

»In Ordnung«, sagte Gerschonowitz. »Wann soll ich sie holen?«
»Morgen um zehn. Und Sie müssen am nächsten Tag damit fertig sein.«
»Kein Problem.«
Pünktlich um zehn erschien er. Ein ordentlich gekleideter Mann, Anfang 40, Krawatte, kein Bart und eine schwarze Aktentasche als Statussymbol. Brillenträger. Lispler. Gerschonowitz.
Er nahm die Korrekturabzüge, tat sie in seine Aktentasche, sagte »Danke, bis morgen« und ging.
Am nächsten Morgen brachte er die Abzüge zurück. Sie waren korrigiert. Einige Druckfehler hatte er allerdings übersehen, genau betrachtet sogar eine ganze Menge, darunter eine Anzahl höchst sinnstörender. Aber was verschlug's. Hauptsache, daß er die Abzüge selber geholt und selber zurückgebracht hatte, ohne einen Zwischenträger einzuschalten, unter eigener, persönlicher Verantwortung. Das ist es, was heutzutage zählt.
Ich fragte nach der Höhe seiner Honorarforderung.
»Kein Problem«, antwortete er.
In Ziffern ergab das, wie sich zeigte, eine nicht unbeträchtliche Summe. Immerhin: er stand persönlich für seine Arbeit ein. Man kann das nicht oft genug hervorheben.
Auf welchen Namen ich den Scheck ausstellen sollte, fragte ich. Ach, das sollte ich offenlassen, sagte er. Auch das Datum. Und am besten auch den Betrag. Vielleicht hätte ich noch mehr Arbeit für ihn?
Beeindruckt von seiner Hingabe, schickte ich ihn in

die Druckerei, zur Überprüfung der Korrekturen. »Mach' ich«, sagte er. »Kein Problem.«
Auf genauere Erkundigungen, wie er zur Druckerei gelangen und wie lange er dort brauchen würde, verzichtete ich. Eine gewisse Distanz zwischen Arbeitgeber und Arbeitnehmer muß sein.
Gerschonowitz verbrachte vier Tage in der Druckerei, von Montag bis Donnerstag, täglich von 10.30 Uhr bis 18 Uhr. Dann kam er wieder und fragte, was ich als nächstes für ihn hätte.
Ich würde ihn anrufen, sagte ich und bat um seine Telephonnummer. Er gab mir die Nummer der Feinkosthandlung im Nebenhaus, nicht ohne mich vorsorglich darauf hinzuweisen, daß der Feinkosthändler nur sehr ungern Telephonanrufe übernähme.
»Es wäre besser, wenn ich Sie anrufe«, sagte er. »Kein Problem.«

Schon am nächsten Morgen rief er mich an. Ich hatte zwei Aufträge für ihn: er sollte um 10.30 Uhr aufs Zollamt gehen, um eine Büchersendung aus Europa freizubekommen, und sollte es gegebenenfalls um 16 Uhr nochmals versuchen. Die beste Ehefrau von allen, die das Gespräch mithörte, ließ ihn überdies bitten, ein für sie erliegendes Paar Schuhe aus der Reparatur zu holen.
»In Ordnung«, sagte der gute alte Gerschoni, und ich glaubte zu hören, daß er auch noch die Worte »Kein Problem« anfügte.
Um diese Zeit begannen wir uns bereits Sorgen zu machen, was wir denn täten, wenn er uns eines Tages

abhanden käme. Wir besaßen weder seine Adresse noch irgendwelche anderen Personaldaten. Alles, was wir von ihm wußten, war der telephonfeindliche Feinkosthändler im Nebenhaus. Nicht einmal seines Namens waren wir völlig sicher. Meine Frau behauptete, er hieße gar nicht Gerschonowitz, sondern Gerschonowsky, nur schämte er sich dafür. Wie immer dem war – da wir auf die Verbindung mit ihm Wert legten, mußten wir ihn beschäftigen.

Ich fragte ihn, ob er an meiner Stelle Wache stehen würde. Dazu muß man wissen, daß die von meinem Sohn Amir frequentierte Schule in einer für Sprengstoffanschläge besonders gut geeigneten Gegend liegt, und daß Tante Ilka, die das Gebäude abwechselnd mit mir am Dienstag und Freitag bewacht, wieder einmal bettlägerig war, weshalb ich einen Ersatzmann brauchte.

Gerschi stimmte zu, saß getreu und geduldig von 8 bis 14 Uhr vor dem Schulgebäude, brachte Amir nach Hause und begleitete mein Töchterchen Renana zur Eurythmiestunde. Dabei blieb es fortan an jedem Dienstag und Freitag. Wir wußten nicht mehr, wie wir ohne Gerschi auskommen sollten.

»Wer ist er eigentlich?« fragte ich mich bisweilen. »Woher kommt er? Was hat er bisher getan?«

Ich konnte mir keine Antwort geben und hielt mich an die Meinung der besten Ehefrau von allen:

»Woher er kommt, ist egal, solange er kommt.«

Das unterschied ihn in der Tat von allen Lebewesen, die wir kannten. Er war immer bereit, zu kommen und zu gehen, zu holen und zu bringen – ein wahrhaft unabhängiger Mensch, ohne Bindung an Zeit und Raum. Einmal verbrachte er volle 48 Stunden am Flughafen, um auf meinen Onkel aus Amerika zu warten. Im Mai übernahm er für mich die Regie einer abscheulichen Märchenaufführung von Schulkindern. Im Winter vertrat er mich am Vormittag auf einem Begräbnis, half mir am Nachmittag bei der Lösung eines Kreuzworträtsels und fungierte am Abend als Babysitter. Sein Honorar bewegt sich in der mehr oder weniger ständigen Höhe keines Problems, seine Dienstleistungen erfolgen prompt und zuverlässig. Er kommt niemals zu spät, er kommt niemals zu früh, er kommt und ist da.

Allmählich fiel auch meiner Frau etwas auf.

»Jetzt haben wir ihn schon seit zwei Jahren – und wissen noch immer nicht, wen wir eigentlich haben. So geht's nicht weiter.«

Wir begannen Erkundigungen einzuziehen. Sie blieben ergebnislos.

Wir verfolgten ihn unauffällig auf dem Heimweg und verloren seine Spur in der Gegend des Feinkosthändlers, der uns kurz und unhöflich mitteilte, er kenne keinen wie immer gearteten Gerschon, weder -owitz noch -owsky.

Wir versuchten jemanden zu finden, der ihn ständig im Auge behalten würde, aber niemand außer Gerschi war verfügbar.

Endlich beschloß ich zu handeln. Ich lud ihn zu einem Privatgespräch ein, hieß ihn Platz nehmen und setzte mich ihm gegenüber:

»Gerschi, Sie sind uns ein lieber Freund geworden.

Sie gehören zur Familie. Es wird Zeit, daß Sie uns sagen, wer Sie sind und was Sie treiben.«
Gerschi fingerte verlegen an seiner schwarzen Aktentasche:
»Wissen Sie . . . nämlich . . . die Sache ist die, daß ich in meiner Freizeit . . . kurz und gut: ich muß mein Gehalt ein wenig aufbessern.«
»Was für ein Gehalt?« fragte ich.
»Ich bin Regierungsbeamter«, sagte Gerschi und fügte hinzu. »Kein Problem.«

Eine an ständigem Defizit krankende Regierung hat zwei Möglichkeiten, ihr Budget in Ordnung zu bringen: entweder druckt sie mehrere Milliarden kleiner Papierzettel mit den Porträts verstorbener Staatsmänner und setzt sie unter Hinzufügung einer bestimmten Ziffer als Banknoten in Umlauf – oder sie schränkt den Staatshaushalt ein. Die erste Lösung funktioniert, solange der Preis des Papiers den Nominalwert des Zahlungsmittels nicht übersteigt. Die zweite Lösung stößt auf bürokratische Schwierigkeiten. Einer alten israelischen Tradition zufolge muß der Leiter jeder defizitären Regierungsbehörde darauf achten, daß sein Budget am Beginn eines neuen Steuerjahrs zumindest verdoppelt wird, sonst verliert er den Respekt seiner Mitarbeiter, gilt als lächerliche Figur und hat mit seiner Entlassung zu rechnen.

Tagebuch eines Budget-Gestalters

15. Dezember. Heute wieder bei Finanzminister Ehrlich wegen des Budgets für das kommende Geschäftsjahr. Verlangte für meine Abteilung Isr. Pfund 3785 000,–, das ist um eine Million mehr als

zuletzt. Ehrlich blieb bei seiner Ablehnung und bezeichnete weitere Vorsprachen als nutzlos.
Ohne ein Wort zu sagen, stürzte ich mich auf ihn und packte ihn an der Kehle. Mein Plan war, ihn zu erwürgen und mich dann sofort der Polizei zu stellen: »Ich habe den Finanzminister umgebracht, machen Sie mit mir, was Sie wollen, es ist mir gleichgültig, ein Leben ohne ausreichendes Budget ist für mich nicht lebenswert.« Leider kam es nicht soweit. Ehrlich war stärker als ich und schleuderte mich nach kurzem Ringkampf zu Boden. Blutüberströmt, aber ungebrochen, wurde ich von seinen Schergen abgeschleppt.
»Ich komme wieder!« rief ich noch in der Tür. »Ich werde scharf trainieren und komme wieder!«
»Kommen Sie nur«, schnarrte Ehrlich. »Dann kürze ich Ihr Budget um eine halbe Million.«

17. Dezember. Ziegler macht mir Sorgen. Schleicht geduckt durch die Amtsräume. Verschwindet in sein Zimmer, sobald er mich sieht, und sperrt sich ein. Heute ist es mir endlich gelungen, ihn zu stellen. »Überschuß?« fragte ich. »Schon wieder?« Aschfahl lehnte sich Ziegler gegen die Wand. Seine Stimme klang heiser.
»Es ist nicht meine Schuld . . . Nach allen Berechnungen müßten wir das Budget längst überschritten haben . . . Ich weiß nicht, was da passiert ist . . .« Zornbebend pflanzte ich mich vor ihm auf:
»Wollen Sie damit sagen, Ziegler, daß unsere Abteilung kein Defizit hat?!«

»Ja, das stimmt . . . Das heißt nein, noch nicht . . .«
»Idiot!« Ich konnte mich nicht länger beherrschen. »Wie sollen wir für nächstes Jahr ein höheres Budget bekommen, wenn Sie nicht einmal imstande sind, das alte Budget aufzubrauchen?«
Ziegler zitterte am ganzen Körper: »Noch ist nichts verloren . . . Glauben Sie mir, daß ich mein Bestes tue . . . Wir haben ja noch ein paar Monate Zeit . . .«
Ich hielt ihm die Faust unter die Nase:
»Wenn Ihnen auch nur ein einziges Pfund übrigbleibt, drehe ich Ihnen das Genick um. Verstanden?«

23. Dezember. Kann nicht schlafen. Der Tag der Abrechnung rückt näher. In allen Regierungsämtern das gleiche Bild: angespannte Nerven und fieberhafte Aktivität, um das letzte Geld bis zum Stichtag loszuwerden. Sonst streicht die Regierung nicht nur ein, was noch da ist, sondern das nächste Budget wird bis zur Unkenntlichkeit reduziert. Und welcher Anblick wäre erbärmlicher als der eines Abteilungsleiters, dessen Budget keine Inflation aufzuweisen hat? So ein Mann mag weiter umhergehen und umhersitzen, mag sprechen und schwitzen wie ein Mensch – in Wirklichkeit ist er ein Geist, ein Gespenst, ein Frankenstein.

28. Dezember. Habe noch einmal die Bücher kontrolliert. Hoffte irgendwo einen Fehler zu entdekken. Vergebens. Wir haben beinahe 900 000 Pfund in der Kasse. Drei Monate vor Abschluß der Bilanz! Nur mit Mühe hielt ich mich vor Tätlichkeiten zurück, als Ziegler mir gegenüberstand:

»Die Ausstellung . . .« murmelte er. »Die hat alles über den Haufen geworfen . . .«
Diese verdammte Ausstellung. Im November, als wir merken mußten, daß unsere Geldbestände sich nicht im erforderlichen Tempo verringerten, hatten wir es mit ein paar aussichtsreichen Projekten versucht: einem gastronomischen Zentrum, einer Subvention für die Neugruppierung von Fernsehantennen und einer Ausstellung internationaler Straßenkreuzungen. Das hätte uns weit über eine Million kosten müssen. Es ließ sich auch recht gut an. Wir bestellten zum Preis von 100 000 Pfund ein japanisches Teleskop für das Gastronomische Institut, bewilligten jedem Besitzer eines Fernsehapparates 875 Pfund für eine neue Antenne, und was die Ausstellung betraf, so ging das Geld weg wie die warmen Semmeln. Das war aber auch ein großartiger Einfall: auf den Ausstellungsgründen alle Straßenkreuzungen der Welt nachzubilden! Und dann, im letzten Augenblick . . .
Nie werde ich Zieglers Gesicht vergessen, als er an jenem Tag in mein Büro gestürzt kam:
»Wir sind verloren! Das Ministerium für Religiöse Angelegenheiten will sich an dem Projekt beteiligen!«
Ein Tiefschlag von ungeheuerlicher Tücke. Irgend jemand bei den Religiösen mußte dahintergekommen sein, daß es Straßenkreuzungen auch bei Nichtjuden gibt – und jetzt teilten sie uns den ursprünglich für die Orthodox-Chinesische Gemeinde bestimmten Subventionsbetrag zu, volle 800 000 Pfund. Of-

fenbar hatten auch sie ihre Budgetprobleme und wollten Ende März nicht bei Kasse erwischt werden, eine Gefahr, die um so größer war, als sich in ganz Israel kein einziger Angehöriger der chinesischen Orthodoxie auftreiben ließ. Aber warum sollte ich dafür büßen? Ich retournierte den klerikalen Opportunisten ihr Geld, mit einem scharfen Protestbrief und einem Förderungsscheck auf 50 000 Pfund. Sie verweigerten die Annahme. Der Brief kam mit dem Vermerk »Empfänger unbekannt« an mich zurück. Die Sache wird ein gerichtliches Nachspiel haben. Aber vorläufig stehe ich mit meinem Millionenüberschuß da, und die Zeit vergeht, die Zeit vergeht.

3. Januar. Einer von Finanzminister Ehrlichs Assistenten kam in diplomatischer Mission zu mir.
»Der Minister«, teilte er mir vertraulich mit, »hat den Eindruck, daß Sie nicht genügend Druck aufwenden, um eine Erhöhung Ihres Budgets durchzusetzen.«
»Ich? Nicht genügend Druck?« Empört sprang ich auf. »Ich habe ihn tätlich attackiert! Genügt das nicht? Wir haben gebrüllt wie die Stiere!«
»Leider hat man das nicht bis auf die Straße gehört.«
»Unmöglich.«
»Es wurde durch Nachprüfungen einwandfrei festgestellt. Der Minister befindet sich in einer schwierigen Lage. Er muß der Öffentlichkeit beweisen, daß er aus budgetären Gründen die Steuern nicht senken kann und daß er andererseits den übertriebenen Forderungen der einzelnen Ministerien nicht nachgibt. Das ist doch nicht so schwer zu verstehen, oder?«

»Nein, gewiß nicht. Aber was soll ich tun?«
»Das müssen Sie selbst wissen.«
Ich weiß es nicht. Ich weiß nur, daß wir immer weniger Zeit haben und immer mehr Geld. Es hat sich nämlich herausgestellt, daß Gastronomie nichts mit Sternen zu tun hat, weshalb wir das Gastronomische Zentrum in ein Steakrestaurant umwandeln mußten – und dieses Restaurant wirft laufend Profit ab! Wir nennen es »Steakhaus zum Teleskop« und wissen nicht, wohin mit dem Reingewinn. Ein Versuch, ihn in eine tansanische Eisenbahn zu investieren, scheiterte kläglich. Das Ministerium für Entwicklungshilfe war uns zuvorgekommen.

12. Januar. Ging zu meinem Arzt und sagte:
»Herr Doktor, Sie müssen mich raschest in einen Zustand klinischer Hysterie versetzen. Zitternde Hände, hervorquellende Augen und was sonst noch dazugehört.«
»Budget?«
»Ja. Es geht gegen Ehrlich.«
Er verschrieb mir mit Rum versetzten rohen Tabak. Angeblich hat sich das in Budgetangelegenheiten immer bestens bewährt.

25. Januar. Habe Ehrlich überrumpelt. Er befand sich gerade in einer Konferenz mit dem Interessenverband der beiden israelischen Tiefseetaucher, die eine steuerfreie Haifisch-Zulage verlangten. Ehrlich lehnte ab. Neun Pfund hier, neun Pfund dort – und die ganze Wirtschaft bricht zusammen, sagte er. Daraufhin öffneten die Interessenvertreter das Fen-

ster und drohten hinauszuspringen. Ehrlich rief seinen Rechtsberater und erkundigte sich, ob er für ihren Tod verantwortlich wäre. Um diese Zeit hatte die Sitzung bereits acht Stunden gedauert.
Jetzt war der richtige Augenblick für mich gekommen. Ich stieß die Türe auf. Der Minister lag erschöpft über seinem Schreibtisch.
»Ehrlich!« brüllte ich hysterisch, mit zitternden Händen und hervorquellenden Augen. »Vier Millionen! Das ist mein letztes Offert!«
»In Ordnung«, flüsterte er. »Abgemacht.«

27. Januar. Eine Katastrophe. Ehrlich hat mir viereinhalb Millionen bewilligt. Wie, um des Himmels willen, wie und wofür soll ich soviel Geld ausgeben? Es wird mir nichts anderes übrigbleiben, als meinen Posten zur Verfügung zu stellen. Fünf Millionen, oder ich trete zurück.

Unter den bestehenden wirtschaftlichen Verhältnissen behaupten sich am besten die Angehörigen freier Berufe: die Bettler und die Journalisten. Im folgenden ein Interview zwischen zwei prominenten Mitgliedern der neuen Elite.

Armut bereichert

»Herr Salach Schabati?«

»Der bin ich. Treten Sie ein, Herr, und nehmen Sie Platz. Ja, dort in der Ecke. Auf der zerbrochenen Kiste.«

»Vielen Dank.«

»Wenn Ihnen die Kinder im Weg sind, kann ich sie erwürgen.«

»Das wird nicht nötig sein.«

»Gut, dann sperre ich sie ins Badezimmer. Marsch hinein. So. – Schreiben Sie für eine Tageszeitung oder für eine Zeitschrift?«

»Für eine Tageszeitung.«

»Wochenendbeilage?«

»Ja, Herr Schabati. Ich habe Ihr Inserat in unserem Blatt gelesen: ›Slum-Fam. m. 13 Kind. zur Verfüg. d. Massenmedien.‹ Haben Sie jetzt Zeit für mich?«

»Eine Stunde fünfzehn Minuten. Heute vormittag hatte ich ein Rundfunkinterview, und nach Ihnen kommt ein Fernsehteam, aber jetzt können wir sprechen.«

»Danke, Herr Schabati. Meine erste Frage –«

»Nicht so schnell, nicht so schnell. Was zahlen Sie?«

»Wie bitte?«

»Ich will wissen, wie hoch mein Honorar ist. Oder glauben Sie, daß ich zum Vergnügen in dieser Bruchbude sitze und daß ich mit meiner Familie von der staatlichen Unterstützung leben kann? Von 1930 Pfund im Monat?«

»Das hatte ich nicht bedacht.«

»Aber ich. Die katastrophale Situation der orientalischen Einwanderer hat heute einen ziemlich hohen Marktwert. Daran müssen doch auch diejenigen partizipieren, denen man diese Situation verdankt. Nehmen wir an, Sie schreiben eine schöne Geschichte mit viel Armeleute-Geruch und Mangel an Hygiene und so – das erregt Aufsehen, das ist gut für den Verkauf Ihrer Zeitung und gut für Ihr Honorar. Außerdem verschafft es Ihnen den Ruf eines gesellschaftskritisch engagierten Journalisten. Ich werde Ihnen in jeder Weise behilflich sein, Herr. Sie bekommen von mir eine herzerweichende Schilderung meines Jammers, meiner Enttäuschung, meiner Bitterkeit, meiner –«

»Wieviel verlangen Sie?«

»Mein üblicher Tarif ist 300 Pfund die Stunde zuzüglich Mehrwertsteuer. Mit Photos um 30 Prozent mehr. Barzahlung. Keine Schecks. Keine Empfangsbestätigung.«

»300 Pfund für eine Stunde?!«

»Davon muß ich ja noch meinen Manager bezahlen. Es ist die Taxe, Herr. Im Jemenitenviertel finden Sie vielleicht schon für 150 Pfund Verzweiflung – aber wie sieht die aus. Höchstens elf Kinder, alle gut genährt, und eine Wohlfahrtsrente von 2680 Pfund monatlich. Bei mir haben Sie eine neunzehnköpfige Familie auf einem Wohnraum von 55 Quadratmetern. Mit drei Großmüttern.«

»Wo ist Ihre Frau?«

»Wird oben auf dem Dach photographiert. Hängt gerade die Wäsche auf unsere Fernsehantenne. Schwanger ist sie auch.«

»Da müßten Sie ja eine Zulage zur staatlichen Unterstützung beziehen.«

»Ich habe auf beides verzichtet. Meine Position auf dem Elendsmarkt könnte darunter leiden. Interviews sind einträglicher. Demnächst übersiedeln wir in eine noch kleinere, baufällige Hütte. Wahrscheinlich nehme ich auch eine Ziege mit hinein. Wo bleibt Ihr Kameramann?«

»Er wird gleich kommen.«

»Was die Aufmachung betrifft: ich möchte ein Layout von zwei Seiten nebeneinander. Titel über beide Seiten.«

»Machen Sie sich keine Sorgen, Herr Schabati. Wir werden alle Ihre Forderungen berücksichtigen.«

»Gut. Jetzt können Sie anfangen, Herr.«

»Meine erste Frage: Fühlen Sie sich in Israel schlecht behandelt, Herr Schabati?«

»Warum sollte ich? Ich bin meinen Landsleuten aufrichtig dankbar. Sie haben ein goldenes Herz. Gewiß, sie machen keine besonderen Anstrengungen zur Bekämpfung der Armut, und niemand kümmert sich um die Slums in seiner eigenen Stadt. Andererseits bekundet uns die Öffentlichkeit lebhafte Anteilnahme und ist immer sehr gerührt, wenn im Fernsehen eine Dokumentation unseres Elends gezeigt wird. Das bleibt auch keineswegs ohne Folgen. Man muß nur hören, wie sich dann alle diese Professoren und Soziologen aufregen. Ihre Reden sind ein wirklicher Genuß. Und der Bedarf der Massenmedien an Elendsgeschichten ist noch immer im Wachsen begriffen, so daß wir Unterprivilegierten eine ständige Besserung unseres Lebensstandards zu verzeichnen haben. Man kann ruhig sagen: Israel ist das erste Land der Welt, das seine sozialen Probleme durch Interviews löst.«

Unsere blühende Bürokratie ist ein Erbteil der dahingegangenen englischen Mandatsverwaltung. Auch die Kunst des Streikens wurde uns von den Engländern beigebracht. Von ihnen haben wir gelernt, daß unter einem sozial-kapitalistischen Regime der Streik in jeder Hinsicht ein Segen ist. Er verschafft dem kleinen Streiker bessere Arbeitsbedingungen, höhere Löhne, längere Feiertage, eine größere Anzahl zusätzlicher Vergütungen, allseits gesteigerten Respekt und eine Flasche Champagner von der Geschäftsleitung. Wir sind die Musterschüler unserer englischen Lehrmeister geworden. Ihren olympischen Standard haben wir allerdings noch nicht erreicht. Ihr Stil ist dem unseren weit voraus.

Beim Tee wird nicht gestreikt

Dem durchschnittlichen Besucher Londons fällt binnen kurzem auf, daß Streiks keine vorübergehende Erscheinung sind, sondern ebenso zur englischen Lebensart gehören wie der Tee. Mehr als das: diese beiden organischen Bestandteile des Inseldaseins sind untrennbar miteinander verbunden.

Kaum ist der durchschnittliche Besucher Londons dem Flugzeug entstiegen, wird ihm mitgeteilt, daß die Gepäckträger heute nicht zur Arbeit erschienen sind, um ihre Forderung nach höheren Löhnen oder leichteren Koffern durchzusetzen. Außerdem befinden sich seit gestern die Postangestellten im Streik, dem sich morgen sowohl der gesamte Telephondienst und die Dockarbeiter als auch die Krankenschwestern in den Spitälern anschließen werden. Es ist vorgesehen, daß die Streikbewegung demnächst das gesamte öffentliche Leben des Königreichs erfassen wird, einschließlich der Straßenkehrer von Cardiff und des technischen Personals der Fernsehanstalten, die ihren Schritt allerdings als bloßen Sympathiestreik gewertet wissen wollen. Übrigens sind vor einigen Tagen auch die Hebammen in Streik getreten. England ist eine große, glückliche Familie von Streikern.

Nicht als ob die Engländer keine Lust zur Arbeit hätten. Sie arbeiten sogar sehr gern, aber nur in sorgfältig bemessenen Dosen. Dem Schreiber dieser Zeilen war es vor einiger Zeit beschieden, in London sieben englische Filmtechniker anzustellen. Kurz vor Weihnachten unterrichtete ihn ihr Betriebsrat, welcher aus sieben Mitgliedern bestand, daß sich die Arbeitszeit in der kommenden Woche auf genau drei halbe Tage belaufen würde. Es handelte sich hier um das sogenannte Brückenspiel, dessen Regeln eindeutig festgelegt sind. Wenn das Fest zum Beispiel am Mittwoch beginnt, endet die Arbeit bereits Dienstag mittag, um den Nachmittag für Einkäufe oder Museumsbesuche freizulassen. Da der Donnerstag ein regulärer Feiertag ist, wird über den Freitag eine Brücke zum Samstag und Sonntag geschlagen, und der Montag bildet dann wieder eine Brücke zum Dienstag.

Getrieben von kapitalistischer Raffgier und von den einigermaßen beschränkten Geldmitteln, mit denen ich meinen Film produzieren mußte, wandte ich mich an die einschlägige Gewerkschaft mit der naiven Frage, ob die Techniker tatsächlich gesetzlichen Anspruch auf so viele freie Tage hätten; ich bekam folgende Auskunft:

»Ein gesetzlicher Anspruch, Sir, besteht nicht. Es gilt jedoch als Regel, daß in der Weihnachtswoche nicht länger gearbeitet wird.«

Angesichts der gewerkschaftlichen Unzugänglichkeit trat ich in direkte Verhandlungen mit meinen Technikern.

»Gentlemen«, sagte ich, »es ist völlig in Ordnung, daß Sie an den beiden Weihnachtsfeiertagen nicht arbeiten wollen. Aber welchen Grund haben Sie, auch an den übrigen Tagen dieser Woche nicht zu arbeiten?«

»Der Grund, Sir«, lautete die Antwort, »besteht darin, daß wir nicht zur Arbeit kommen.«

Eines muß man den Engländern lassen: ihre kühle Logik. Und ihre guten Manieren. Ihren Stil. Ihr ausgeprägtes Gefühl für menschliche Werte. Das zeigt sich auch an ganz gewöhnlichen Arbeitstagen, die in England pünktlich um 9 Uhr beginnen. Um diese Stunde erscheint der englische Angestellte in seinem

Büro, legt seinen Mantel ab, hängt ihn über einen Kleiderbügel, schiebt die Ärmel seines Jacketts hoch, beide zur genau gleichen Höhe, und sieht nach, ob die Heizung funktioniert. Ist das der Fall, läßt er sich beruhigt auf seinem Platz nieder, liest die Zeitung und tritt in einen längeren Gedankenaustausch mit seinen zunächstsitzenden Kollegen ein. Dabei kommen alle wichtigsten Ereignisse der jüngsten Zeit zur Sprache, vom Wetter über die Fußballresultate bis zu den ständig sich verschlechternden Arbeitsbedingungen, auf die man wahrscheinlich mit einem Streik reagieren wird. Wenn der Chef den Raum betritt, verscheucht man ihn mit einem fröhlichen: »Meinen Sie nicht auch, Sir, daß wir heute noch Regen bekommen?«

Die Konversation dauert bis 10 Uhr. Dann ist es endlich Zeit für eine Tasse Tee. Zaghafte Andeutungen des Chefs, die Zeitverschwendung und den damit verbundenen Arbeitsentgang betreffend, stoßen auf eisige Blicke und die in ungnädigem Ton vorgebrachte Bemerkung:

»Bitte hetzen Sie uns nicht, Sir.«

Plötzlich stellt sich heraus, daß kein Zucker vorhanden ist. Daraufhin werden die Rockärmel hinuntergeschoben, der Mantel wird vom Bügel genommen, und es beginnt eine längere Beratung, ob man den Zucker vom nahegelegenen Supermarkt holen soll oder aus einem etwas weiter entfernten Spezialgeschäft. Die demokratische Entscheidung fällt zugunsten des Spezialgeschäfts, die nötigen Geldmittel entnimmt der Einkäufer einer vom Chef für solche

Zwecke unterhaltenen Blechschachtel. Die Wartezeit vergeht mit Geschichten und Gerüchten.
Nach einer geraumen Weile, denn er läßt sich nicht hetzen, kehrt der Einkäufer zurück, versorgt seinen Mantel, schiebt die Rockärmel wieder hoch und veranstaltet eine Umfrage, ob der Tee mit Milch oder einer anderen Zutat gewünscht wird. Nachdem dieses Problem individuell geklärt ist und auch der einigermaßen übelgelaunte Chef eine Tasse Tee in seinen vor Nervosität zitternden Händen hält, findet ein weiteres Plebiszit statt, das sich ungefähr folgendermaßen abspielt:
»Zwei Stück Zucker?«
»Danke, nur eineinhalb.«
»Wieviel Zucker, Kollege?«
»Einen Würfel und etwas Saccharin, bitte.«
»Zucker? Saccharin?«
»Zwei Saccharin und einen halben Würfel Zucker.«
Die Einnahme des Tees erfolgt in völliger Stille, in der nur gelegentlich der keuchende Atem des Chefs zu hören ist. Hierauf werden Tassen, Untertassen und Löffel sorgfältig gewaschen und abgetrocknet. Und dann, ob man's glaubt oder nicht, setzt eine Periode schöpferischer Arbeit ein, die nahezu zwei Stunden dauert. Genau um 1 Uhr, noch genauer um 12 Uhr 59, erhebt sich der gesamte Arbeitnehmerstab und wendet sich an den spätkapitalistischen Arbeitgeber:
»Auf Wiedersehen um zwei Uhr, Sir.«
»Hoffentlich kommen wir nach dem Lunch ein wenig weiter«, repliziert der Chef.

»Gewiß, Sir. Wir tun unser Bestes. Auf Wiedersehen um zwei Uhr zehn.«

Der Dialog hat nämlich eine halbe Minute beansprucht, und laut Kollektivvertrag dauert die Lunchpause, wenn sie später als um 1 Uhr beginnt, zehn Minuten länger. Aber pünktlich um 2 Uhr 10 sind alle Mann wieder an Bord, und nach Erledigung der üblichen Prozeduren – Mantelversorgen, Ärmelhinaufschieben, Analyse der Fußballresultate, Aktualitätenschau – kommt es zu einer neuerlichen, bis 4 Uhr anhaltenden Massenproduktion. Um 4 Uhr ist es Zeit für die zweite und eigentliche Teepause. Ein Mitglied des Stabs geht hinunter, um Zucker zu holen, denn es wird – auch das ist in den Statuten verankert – immer nur so viel Zucker eingekauft, daß er für die anbrechende Teepause reicht. Diesmal verspätet sich der Einkäufer ein wenig; er mußte noch Zipfelmützen für seine Zwillinge und einen Gartenschlauch für seinen Schwager besorgen. Dennoch kommt er rechtzeitig zurück, um an einer Kollektivsitzung hinter verschlossenen Türen teilnehmen zu können, für die dem Chef nicht einmal Beobachterstatus zuerkannt wird. Gegenstand der Besprechung ist das angespannte Verhältnis zwischen Arbeitgeber und Arbeitnehmer und die Möglichkeit eines Warnstreiks. Die Besprechung endet kurz nach 5 Uhr nachmittag, so daß immerhin noch mehr als 20 Minuten zur Wiederaufnahme der unterbrochenen Tätigkeit bleiben.

Auf diese Weise arbeitet der englische Angestellte 16½ Stunden in der Woche, Feiertage ausgenommen. Man kann verstehen, daß die Engländer stolz darauf sind, eine so humane Arbeitsregelung erreicht zu haben. Sie sind überzeugt, unter der Führung ihrer Gewerkschaften eine neue, moderne Gesellschaftsordnung zu schaffen, und sie sind – unter welcher Regierung immer – durchaus bereit, im Interesse des sozialen Fortschritts auch Opfer in Kauf zu nehmen, wie etwa den Zusammenbruch der Wirtschaft oder die Entwertung des Pfunds. Der organisierte englische Arbeiter, und es gibt keinen anderen, wird deshalb weder wanken noch weichen. Sollte sich die Lage weiter verschlechtern, dann wird er nicht zögern, einen Generalstreik auszurufen, God save the Queen.

Die im folgenden geschilderte Begebenheit, unscheinbar wie sie ist, mag zum besseren Verständnis aller bisher angeprangerten israelischen Mißstände dienen.

Der rechte Mann am rechten Platz

Da ich ohnehin in Jerusalem zu tun hatte, besuchte ich meine alten Freunde, das Ehepaar Fleischer. Wir saßen auf dem Balkon und ließen uns von den heraufziehenden Wolken in keiner Weise an der Klärung der Weltlage hindern. Plötzlich betrat ein Mann im Pyjama den Garten und begann eine aufgespannte Leine mit Wäschestücken zu behängen.

»Der scheint nicht bei Trost zu sein«, sagte ich. »Sieht er denn nicht, daß es gleich regnen wird?«

Herr Fleischer nickte bestätigend:

»Natürlich wird es gleich regnen. Das tut es immer, wenn er seine Wäsche aufgehängt hat.«

Der Mann im Pyjama hatte seine Arbeit beendet und trat einen Schritt zurück, um die dicht behängte Wäscheleine zu bewundern.

»Geben Sie acht – in ein paar Sekunden schnappt's!« Herr Fleischer deutete auf die Leine. »Er hängt nämlich immer zuviel Wäsche auf.«

Unterdessen hatte sich Pyjama in die Ecke des Gar-

tens begeben und einen automatischen Rasenbesprenger angestellt, der den Rasen automatisch besprengte und sich dabei hurtig drehte. Auf dem Rückweg zum Haus wurde Pyjama gründlich durchnäßt.
»Es ist immer das gleiche«, stellte Frau Fleischer fest. »Er weiß, daß es ihn erwischen muß, und trotzdem –«
Plumps! Die Wäscheleine, ihrer allzu schweren Last jäh entledigt, wippte aufwärts. Zweifellos hatte dazu auch der Umstand beigetragen, daß die aufgehängten Wäschestücke eine große Menge Besprengwasser aufgenommen hatten.
Pyjama sauste herbei, stellte die Fontäne ab und begann die Trümmer seines Aufbauwerks zu sammeln, um sie aufs neue der Leine anzuvertrauen – ungeachtet des massiv einsetzenden Regens. Nachdem er fertig war, eilte er ins Haus und schloß die Fenster von innen.
Mitleid überkam mich:
»Das ist doch zu dumm, was der arme Teufel treibt. Sie sollten ihn ein wenig beraten!«
»Wir haben's versucht«, sagten die Fleischers. »Aber er versteht uns nicht. Er spricht nur englisch.«
Plötzlich trat der triefende Pyjamaträger wieder aus dem Haus, in der Hand ein Badetuch, das er wild gegen die Mauer zu klatschen begann.
»Um Himmels willen, was macht er jetzt?« rief ich fassungslos.
»Er erschlägt Moskitos.«
»Aber gegen die gibt's doch ein Spray! Weiß er das nicht? Wer ist denn dieser Unglückswurm?«

»Wir wissen nur, daß er im Sommer auf Einladung des israelischen Arbeitsministeriums hergekommen ist. Als Fachmann für Energiesparmaßnahmen.«
Seither verstehe ich vieles, was in unserem Lande vorgeht.

Nach all diesem lyrisch-ökonomischen Lamento mag mancher sich fragen, wie man in einem von so vielen Problemen geschüttelten Land überhaupt leben kann. Die Antwort ist einfach genug. Erstens: wer sagt, daß man hier leben kann? Zweitens: man kann. Unsere Sorgen und Beschwerden sind uns so selbstverständlich geworden wie den Eskimos der ewige Schnee. Wir werden unruhig, wenn eine Woche lang nichts Beunruhigendes passiert. Und im Notfall können wir uns immer damit trösten, daß wir das auserwählte Volk sind. Das allein versorgt uns mit einer ausreichenden Menge von Verdrießlichkeiten.

Aber niemand soll glauben, daß wir die ganze Zeit bekümmert und übellaunig einherschleichen, weil die Temperatur und die Steuern bei uns so hoch sind, weil wir zu viele Staatsbeamte haben und zu oft Krieg führen müssen, weil das Wasser hier so teuer ist wie anderswo das Benzin und weil es genauso schmeckt. Wer uns deshalb für ein unfrohes Volk hält, fällt einer Irrmeinung anheim, die wahrscheinlich daher rührt, daß er noch nie in Israel war. Um so schlimmer für ihn.

Tatsächlich bietet dieses kleine, geplagte Land dem Besucher die denkbar beste Unterhaltung. Wir sind, um es endlich einmal zu sagen, von Natur aus komisch. In anderen Ländern muß man sich mit Diskotheken und Music-Halls behelfen – hier bekommt man das Kabarett auf der Straße geliefert. Zum Beispiel, wenn man einen Passanten anhält und ihn fragt, ob er bitteschön weiß, wo der Rothschildboulevard ist. Der Mann antwortet »Ja« und geht weiter, ohne zu ahnen, daß er sich soeben als Komiker betätigt hat. Sollte er jedoch wider Erwarten stehenbleiben und zur Erteilung der gewünschten Auskunft bereit sein, ist mit folgendem Dialog zu rechnen:

»Bitte wo ist der Rothschildboulevard?«

»Rothschildboulevard? Welche Nummer?«

»Dreiundzwanzig.«

»Dreiundzwanzig ... dreiundzwanzig ... nein, tut mir leid. Ich habe keine Ahnung, wo der Rothschildboulevard ist.«

Bleibt nur noch der Verkehrspolizist an der Ecke. Der muß es doch wissen. Er zieht denn auch ein un-

verkennbar offizielles Handbuch hervor, in dem er zu blättern beginnt. Er blättert minutenlang, wird von Minute zu Minute ungeduldiger und läßt das auch an seinem verärgerten Tonfall merken:
»Herr! Was Sie suchen, ist nicht der Rothschildboulevard, sondern die Rosenbergstraße! Die Straße nach dem dritten Häuserblock links!«
Das alles spielt sich auf der Straße ab, meine Damen und Herren, auf öffentlichen Verkehrswegen, nicht auf der Bühne eines Theaters. Wir befinden uns in Tel Aviv, meine Damen und Herren, und nähern uns einem Straßenverkäufer, der soeben begonnen hat, seine garantiert unzerbrechlichen Wunderteller anzupreisen. Die Wunderteller sind auf einem zusammenlegbaren Tisch zur Schau gestellt, das ist wichtig für den Fall, daß ein Polizist auftaucht; dann legt der Verkäufer im Hui den Tisch zusammen und läßt die Wunderteller in einem Wundersack verschwinden und verschwindet selbst. Jetzt aber ist er in voller Aktion, jetzt sprudelt es in pausenloser Suada aus ihm hervor:
»Der garantiert unzerbrechliche Wunderteller garantiert bruchfest splitterfest kratzfest ein wahres Wunder aus Amerika nicht aus gewöhnlichem Plastik nicht aus Spezialplastik nicht aus Superplastik sondern aus Superspezialplastik meine Damen und Herren Sie können auf diesen Wunderteller mit der geballten Faust losdreschen Sie können mit Ihren schweren Stiefeln auf ihm herumspringen natürlich nur die Herren die Damen haben ja keine schweren Stiefel nicht wahr die können statt dessen aus näch-

ster Nähe in den Wunderteller hineinschießen aber es hilft nichts der Teller bleibt ein Teller ein Wunderteller aus Amerika ein amerikanisches Wunder Mutti wird wütend und knallt den Teller an die Wand hahaha die Wand zerbricht der Teller bleibt ganz hahaha Mutti bricht in ein fröhliches Gelächter aus und küßt Vati auf beide Wangen hahaha alles freut sich alles lacht und jetzt passen Sie auf meine Damen und Herren geben Sie acht und sehen Sie her jetzt nehme ich einen schweren Hammer kein Holz kein Papier kein doppelter Boden ein schwerer eiserner Hammer und diesen Hammer lasse ich jetzt auf den Teller niedersausen und der Wunderteller wird nicht zerbrechen wird nicht zersplittern wird keinen Kratzer zeigen geben Sie acht –«

Und er hebt den Hammer und läßt ihn niedersausen, und der Teller zersplittert in tausend Scherben, allerdings ohne Kratzer, und der Wunderverkäufer glotzt auf den Hammer in seiner Hand und auf die Scherben zu seinen Füßen, aber nach ein paar Schrecksekunden hat er sich gefaßt und hält den Hammer hoch und sprudelt los:

»Der amerikanische Wunderhammer der garantiert alles zerbricht und alles zerschmettert ein Wunderprodukt aus Amerika . . .«

Überall auf der Welt würde man einem Gagwriter für einen solchen Einfall Honorar zahlen. Bei uns gibt es das gratis. Bei uns ist dazu nichts weiter erforderlich als 1 zusammenlegbarer Tisch, 1 gewöhnlicher Küchenteller und 1 Israeli. Vielleicht lebe ich deshalb so gerne in Israel.

Leichte Unterhaltung

Als Quelle abenteuerlicher Überraschungen wird das hebräische Telephon niemals versagen. Als Quelle telephonischer Verbindungen versagt es. Dabei muß man sich vor Augen halten, daß drei Millionen Juden lautstark und unablässig nach sechs Millionen Anschlüssen verlangen. Warum? Für alle Fälle und weil man nie wissen kann. Wenn in Israel ein Baby geboren wird, melden die Eltern sofort einen Telephonanschluß für das Kleine an, damit es ihn zur Hochzeit auch wirklich bekommt. Jedenfalls sind alle israelischen Leitungen ständig in Betrieb. Es summt derart in den Drähten, daß man sein eigenes Wort nicht hört. Von den israelischen Spatzen, die auf den Telephondrähten sitzen, ist schon manch einer heulend zu Boden gefallen. Dieses kann übrigens auch israelischen Bürgern passieren.

Das Telephon, dein Freund und Helfer

Es begann ganz harmlos. Ich brauchte eine Bewilligung, und der Mann, an den ich mich zu wenden hatte, war Dr. Slutzky von der Abteilung Nahrungsmittelkonserven im Ministerium für Volksernährung.

Das traf sich gut, weil Dr. Slutzkys Jüngster und mein Sohn Amir die selbe Schule besuchen, so daß mein Gesuch eigentlich schon im voraus bewilligt war. Das Problem bestand lediglich darin, wie ich mit Dr. Slutzky persönlichen Kontakt aufnehmen sollte. Zu ihm ins Amt gehen und stundenlang in einer Schlange anstehen, bis man aufgerufen wird? Kommt nicht in Frage. Wozu wurde das Telephon erfunden? Anruf ist besser als Aufruf, telephonieren besser als Zeit vergeuden. Was könnte nicht alles geschaffen werden in den vielen Stunden unproduktiven Schlangenstehens. Es gäbe neue Flugbasen im Negev, die Wüste begänne zu blühen, vielleicht stieße man sogar auf Öl. Es gilt, Zeit zu sparen. Ich nahm den Hörer zur Hand.

Ich nahm den Hörer zur Hand, aber ich bekam keine Leitung. Ein sonderbares Geräusch klang an mein Ohr, eine Art Gurgeln, gluck-gluck-gluck. Wahrscheinlich ist das Netz überlastet.

Ich lege den Hörer wieder auf, warte eine Weile, nehme ihn wieder ab, aber das Sodawasser gluckst noch immer, und als die Flasche sich endlich leert, setzt große Stille ein. Ich lege auf, streichle den Hörer, sichere den Kontakt, hebe ab – nichts. Sollte sich das Telephon zu seinem Schöpfer, Mr. Graham Bell, versammelt haben? Nein, denn es wendet sich plötzlich an mich und sagt: »Krrr-krrr-krx«.

Und wieder nichts. Aber jetzt weiß ich wenigstens, daß noch Leben in ihm steckt.

Ich wähle ein paar Nummern, die mir gerade einfallen. Vergebliche Mühe. Ich versuche es mit vier Sechsern, rasch hintereinander – nichts. Sechs Vierer – ebenso. Ich lege den Hörer auf die Tischplatte und warte, bis ein Lebenszeichen aus ihm dringt. Es dringt keines. Ich lege den Hörer wieder auf die Gabel und wünsche ihm eine gute Nacht.

Plötzlich läutet das Telephon. Klar und deutlich. Ich hebe ab und habe eine Leitung. Ganz glatt, als wäre es das Selbstverständlichste von der Welt.

Hocherfreut über die unvermutete Glätte, wähle ich die Nummer der Nahrungsmittelkonserven. Sie ist besetzt. Ich lege auf, gebe mir den Anschein, als ob ich etwas anderes zu tun hätte, ergreife plötzlich den Hörer und wähle. Besetzt. Bei meinen nächsten Versuchen bekomme ich das Besetztzeichen noch ehe ich gewählt habe. Ich bekomme es auch zwischendurch und hinterher.

Jetzt nehme ich meine Zuflucht zu härteren Erziehungsmethoden und versetze dem Instrument zwei saftige Schläge mit der flachen Hand. Sie erinnern mich an den liebenden Vater, dem die Züchtigung seines unfolgsamen Söhnchens größeren Schmerz bereitet als dem Söhnchen. Im übrigen habe ich nichts weiter erreicht, als daß sich das Telephon totstellt. Nun, solche Tricks ziehen bei mir nicht. Ich erhebe mich, gehe pfeifend im Zimmer auf und ab – und aus heiterem Himmel, ehe der Hörer sich dessen versieht, reiße ich ihn an mein Ohr. Er ist so überrascht, daß er mir eine Leitung gibt.

Vorsichtig wähle ich die Nummer, eine Ziffer nach

der anderen, nicht zu schnell, nicht zu langsam. Das Unglaubliche geschieht. Die Verbindung wird hergestellt, jemand hebt ab, eine weibliche Stimme meldet sich und sagt: »Firma Stern, Trikotagen.« Ich kann gerade noch eine Entschuldigung stammeln. Dann packt mich die Verzweiflung, leckt ihre Lippen, verlangt nach mehr. Zum Glück ist das Telephon in sein altes Schweigen verfallen. Vielleicht ohnmächtig geworden. Aus Überarbeitung.
Nach ein paar Minuten hat es sich erholt. Ich bekomme eine Leitung. Ich wähle die Nummer. Sie ist besetzt. Aber die Leitung bleibt offen. Und die Nummer bleibt besetzt. Da stimmt etwas nicht. Ich rufe die Auskunft an und muß zu meiner Verblüffung feststellen, daß auch die Auskunft besetzt ist. Beim nächstenmal höre ich statt des mir schon bekannten Sodawasser-Glucksens das Gurren einer Taube, beim drittenmal höre ich nichts, und beim viertenmal wage ich meinen Ohren nicht zu trauen: »Auskunft, Schalom«, sagt ein freundliches Fräulein.
Ich bitte um die Nummer der Nahrungsmittelkonservenabteilung im Ministerium für Volksernährung. Das Fräulein heißt mich warten. Ich warte. Es vergehen fünf Minuten. Es vergehen zehn Minuten. Im Hintergrund wird das Geräusch einer Schreibmaschine vernehmbar, das Geräusch weiblichen Lachens, das Geräusch strickender Nadeln. Fünfzehn Minuten. In einem jähen Ausbruch aufgestauter Pein brülle ich Unartikuliertes in die Muschel – und habe Erfolg. Jemand kommt an den Apparat. Diesmal ist

es ein Mann. Was ich wünsche, fragt er. Die Nummer der Nahrungsmittelkonserven, sage ich. Warten Sie, sagt er. Ich warte. Nach drei Minuten erfolgt direkt an meinem Ohr eine fürchterliche Explosion, die in eine Serie von krrr-krrr-krrr übergeht.

Ich lege auf.

Um die Zeit auszunützen, gehe ich in die Küche, fertige ein Sandwich an, schlafe ein wenig, dusche mich, rasiere mich und kehre erfrischt an die Arbeit zurück. Gleichmäßig nehme ich die unvermeidlichen Schicksalsschläge hin, das Glucksen, das Gurren, das krrr-krrr-krrr, streichle das Kabel, kitzle den Hörer, lege ihn halb auf, hebe ihn halb ab und warte geduldig, bis er mir das Zeichen gibt, daß eine Leitung frei ist. Dann betätige ich die Drehscheibe – und halleluja, vom anderen Ende des Drahts ertönt eine Stimme:

»Firma Stern, Trikotagen.«

Möge ihr Lager in Flammen aufgehen. Ich weiß genau, daß ich die richtige Konservennummer gewählt hatte. Oder wäre es gar nicht die richtige?

Die Auskunft ist besetzt. Als sie beim sechsten Versuch nicht mehr besetzt ist, hebt niemand ab. Nichts auf Erden ist so deprimierend wie eine endlich hergestellte Verbindung, welche einseitig bleibt.

Also nochmals die bisher gewählte Nummer. Sie ist frei! Sie antwortet! Das heißt, ein Tonband antwortet:

»Die Nummer unserer Abteilung wurde geändert. Bitte notieren Sie die neue Nummer. Sie lautet –«

Jawohl. Sie lautet ganz genauso wie die, die ich immer gewählt habe.

Hauptsache, daß es die richtige Nummer ist. Ich wähle sie und begegne eisigem Schweigen. Es gluckst nicht einmal.
Ein Blick auf die Uhr. Wie die Zeit vergeht . . .
Eine kurze Erholungspause. Ein neuer Anlauf.
Nein, diesmal ist die Nummer nicht besetzt. Ich höre das beseligende Verbindungssignal.
So hebt doch endlich ab, um Himmels willen!
»Ordination Doktor Perez. Der Herr Doktor ist nicht zugegen. Wer spricht?«
Was geht das dich an, alte Hexe. Misch dich nicht in meine Konserven. Ende der Durchsage.
Habe ich vielleicht doch eine falsche Nummer?
Zurück zur Auskunft. Besetzt. Vorwärts zur Beschwerdestelle. Besetzt.
Ein letzter, garantiert letzter Versuch mit der gewohnten Nummer.
Und da – wirklich und wahrhaftig – noch lebt der alte jüdische Gott:
»Abteilung für Nahrungsmittelkonserven. Schalom.«
»Ich möchte Herrn Doktor Slutzky sprechen.«
»In welcher Angelegenheit?«
»Sagen Sie ihm nur: wegen Amir.«
Krrr-krrr-krx.
»Hallo! Hallo!«
»Herr Doktor Perez ist nicht zugegen. Wer spricht?«
»Gehen Sie aus der Leitung, zum Teufel!«
»Gehen Sie selber!«
»Fällt mir nicht ein. Ich will mit Doktor Slutzky sprechen.«

»Der Herr Doktor ist nicht zugegen. Er wird –«
Rrrx-krrr-pschsch. Wieder eine Explosion. Schon die zweite. Aber auch sie nimmt ein Ende. Sie wird sogar von einer freien Leitung abgelöst, und ich kann die Konservennummer wählen. Sie ist besetzt. Natürlich ist sie besetzt. Durch meinen Anruf.
Nur nicht auflegen. Nur die Verbindung nicht unterbrechen.
Wäre ich ein Telephon, dann würde ich jetzt in Ohnmacht fallen. Graue Schleier schwimmen vor meinen Augen, verdichten sich immer mehr. Ich muß die heiß ersehnte, endlich erreichte Verbindung aufgeben und die Unfallstation anrufen. Sie hat drei Nummern. Die erste ist besetzt. Die zweite ist besetzt.
Die dritte hebt ab. Ich kann nur noch stöhnen: »Hilfe! Kommen Sie rasch! Ich sterbe!«
»Bedaure, Sie sind falsch verbunden. Hier ist die Abteilung für Nahrungsmittelkonserven.«
»Gehen Sie aus der Lei – nein, n-e-i-n! Gehen Sie nicht! Bleiben Sie! Verbinden Sie mich mit Doktor Slutzky!«
»Augenblick.«
Lieber Gott, tu ein Wunder!
Der liebe Gott ist besetzt. Aus dem Hörer ertönt das Turteln einer Taube. Dann wird die Leitung unvermittelt frei.
»Doktor Perez?« flüstere ich. »Hier spricht Amirs Vater.«
Eine metallische Frauenstimme antwortet:
»Es ist siebzehn Uhr zwölf Minuten und fünfund-

vierzig Sekunden. Beim nächsten Summerton wird es . . .«

An die folgenden Ereignisse habe ich keine klare Erinnerung. Irgendwann drangen Nachbarn bei mir ein. Wie sie mir später erzählten, lag ich ohnmächtig über meinem Schreibtisch, das Telephonkabel um den Hals, und brachte noch stundenlang, nachdem ich zu Bewußtsein gekommen war, nichts anderes heraus als krrr-krx - rrrx -pschsch - krrr . . .
Ich bin zu meinem eigenen Telephon geworden.

Juden reden gerne. Und wenn ich »reden« sage, meine ich: reden. Sie reden, solange sie können, und sie können sehr, sehr lange. Wenn sie einmal angefangen haben, hören sie nicht mehr auf, und wenn dem Gespräch dennoch ein Ende droht, beginnen sie von vorne, ohne es zu merken. Von einem bestimmten Punkt an dreht sich ihr Gespräch im Kreis, in einem sogenannten circulus vitiosus. Vor kurzem ist es mir gelungen, diesen Punkt zu entdecken. Das Codewort heißt »sonst«.

»Sonst«

Es ist ein Problem, das uns alle betrifft. Gewöhnlich entwickelt es sich sie unter freiem Himmel: der israelische Mann-auf-der-Straße bleibt an der Ecke stehen und wechselt ein paar Worte mit einem dort bereits stehengebliebenen Mit-Mann-auf-der-Straße, im folgenden kurz »Mitmann« genannt. Das Gespräch fließt in ausgefahrenen Bahnen dahin: Wie geht's, danke, wie immer, freu mich Sie zu sehen, man kann ja mit niemandem mehr reden, scheußliches Wetter, na und die politische Lage, und die Preise sind auch schon wieder gestiegen, dafür sinkt die öffentliche Moral, was macht die Familie, Ihre liebe Gattin, so ist das Leben, etwas anderes war ja nicht zu erwarten, was Sie nicht sagen, und was sagen Sie zu Rubinstein und wer hätte das gedacht und so weiter und so fort und so lange, bis wir beide, Mitmann und ich, alles besprochen haben, was uns zu Hause und in der Welt auf die Nerven geht, innen und außen, oben und unten, und dann sind wir so erschöpft, daß wir kaum noch stehen können, und halten uns unter dem Vorwand eines Händedrucks aneinander an und murmeln, daß wir bald einmal zusammenkommen sollten und grüßen Sie zu Hause und ich werde Sie anrufen – und jetzt, da es nichts mehr zu sagen gibt, wirklich nichts mehr, sagt Mitmann, seine Hand noch in der meinen:

»Und wie geht's Ihnen sonst?«

Genau das sagt er. Mit eben diesen Worten. Er will wissen, wie es mir »sonst« geht. Was soll ich darauf antworten? Gerade habe ich ihm des langen und breiten erklärt, wie es mir geht, ich habe nichts ausgelassen, er weiß alles, bis ins kleinste Detail – und fragt: »Wie geht es Ihnen sonst?« Wieso »sonst«, Herr Mitmann? Was meinen Sie mit »sonst«?

Es gäbe eine einzige Antwort auf diese Frage: wortlos kehrtmachen und verschwinden. Aber wer bringt das schon über sich? Ich nicht. Ich stehe da, scharre mit den Füßen, schüttle immer noch Mitmanns Hand und denke über eine geeignete Antwort nach. »Soso lala« ist nicht genug. »Gut« ist nicht wahr. »Wie immer« hatten wir schon. Was bleibt?

Angenommen, ich brumme etwas Unverbindliches, etwa, daß ich in der letzten Zeit keinen Menschen gesehen hätte. Dann kommt Mitmann sofort auf Avigdors Scheidung zu sprechen, die wir doch schon ausführlich besprochen haben, Avigdor ist vollkommen fertig, warten Sie, das muß ich Ihnen noch erzählen, ich begleite Sie nach Hause, also die Anwälte hätten sich ja geeinigt, aber vor dem entscheidenden Gespräch ist seine Frau mit diesem Architekten nach Australien durchgegangen, Avigdor ist vollkommen fertig, kein Wunder, man muß sich das vorstellen – und als Avigdor zum viertenmal vollkommen fertig ist, stehen wir endlich vor meinem Haus, und während ich mich bemühe, von Mitmanns letztem Händedruck loszukommen, sage ich, man glaubt es nicht, aber ich höre mich ganz deutlich:

»Und wie geht's Ihnen sonst?«

Das läßt sich ein Mitmann natürlich nicht zweimal sagen. Denn da ist die Sache mit der Gewerkschaft und so können sie ihn nicht behandeln, ihn nicht, er ist kein Waschlappen – und bevor ich mir das alles noch einmal anhöre, frage ich lieber nach Avigdor. Vielleicht ist seine Frau inzwischen aus Australien zurückgekommen oder es gibt sonst etwas Neues ...

Es gibt nichts sonst.

Ich erinnere mich an den tragischen Fall meines Nachbarn Felix Seelig, der mit seinem Mitmann neun Stunden lang vor dem Haus stand, sie konnten zu Ende nicht kommen, weil sie einander immer wieder nach ihrem sonstigen Ergehen fragten, und als sie die Sache mit Avigdor und die Sache mit der Gewerkschaft je fünfmal abgehandelt hatten, lehnten sie keuchend an der Häusermauer und schnappten nach

Luft und hörten erst auf, als Felix bewußtlos zu Boden glitt. Sein letztes Wort, so behauptet Mitmann, war ein kaum hörbar geflüstertes ». . . und . . . sonst . . .«

Gestern fragte mich ein anderer Mitmann, wie es mir sonst geht. Ich informierte ihn, daß meine Antwort auf schriftlichem Weg erfolgen würde. Das ist hiermit geschehen.

Als der nach Massenmedien süchtige Mensch von heute so viele Zeitungen gelesen hatte, daß er gegen Druckerschwärze immun wurde, gab man ihm das Fernsehen. Und als er nach einiger Zeit auch seinen Augen nicht mehr traute, kam die Hintergrundmusik hinzu. Sie allein ist noch imstande, emotionale Regungen in ihm hervorzurufen; sie allein bringt – um im Bild zu bleiben – die Saiten seines Gefühls zum Klingen, wenn Anna Karenina in Tränen oder Steve McQueen aus dem Gefängnis ausbricht.

Hintergründiges zum Thema Musik

Vor kurzem haben die in Hollywood beheimateten Filmexperten einen höchst aufschlußreichen Test veranstaltet. Sie führten einem sorgfältig ausgewählten Querschnittpublikum eine Szene aus einem romantischen Kostümfilm vor, in der dem König von Schottland inne wird, daß das arme, jedoch liebreizende Mädchen, das er soeben aus den Fluten eines reißenden Wildbachs gerettet hat, seine eigene, lang vermißte, von Zigeunern geraubte Tochter ist. Die Zuschauer zeigten sich maßvoll beeindruckt. Das Beben ihrer Nasenflügel erreichte die Stärke 6,5 auf der Emotions-Skala.

Anschließend wurde ihnen die gleiche Szene mit Hintergrundmusik von Tschaikowsky vorgeführt. Ergebnis: lautes Schluchzen seitens der Anwesenden; zwei von ihnen richteten briefliche Heiratsanträge an die Prinzessin, einer emigrierte nach Schottland. Und das alles war das Werk dreier Violinen, zweier Flöten und eines Cellos. Ein komplettes Salonorchester hätte, wie die Experten sofort berechneten, mindestens drei Selbstmordversuche zur Folge gehabt.

Bei Shakespeare heißt es, daß die Musik der Liebe Nahrung ist. Er meinte natürlich die Hintergrundmusik, das geht aus der betreffenden Szene in »Was ihr wollt« eindeutig hervor. Und diese nahrhafte Eigenschaft der Musik bewährt sich auch in anderen Zusammenhängen. Man wußte das schon zur seligen Stummfilmzeit, als der Repräsentant des Guten seinen schurkischen Widerpart noch zu Pferd verfolgte und der Klavierspieler ihn unweigerlich mit der »Leichten Kavallerie« von Suppé begleitete (in besseren Kinos spendierte man ihm die Ouvertüre zu Rossinis »Wilhelm Tell«). Auch heute, da das Pferd von den Pferdekräften unter der Kühlerhaube verdrängt wurde, hat sich an diesem Prinzip im Grunde nichts geändert. Die übliche Verfolgungsjagd in den Straßen von San Francisco wäre undenkbar ohne die erregenden Staccati einer Combo-Band, und Leutnant Kojak weiß sehr gut, daß seine Glatze nichts taugt, wenn sie nicht von Klarinetten überrieselt wird. Kein Unterseeboot darf ohne Trompetenklang auftauchen, kein Nelson verzichtet, wenn er Lady

Hamilton trifft, auf Untermalung durch Gitarrenklänge . . .
Genauer besehen gab es das alles sogar vor der Erfindung des Kinos, vom Fernsehen ganz zu schweigen. Die Kirche, weitblickend wie immer, entdeckte als erste die Wechselbeziehung zwischen Musik und höheren Gefühlsaufwallungen – oder warum hätte sie die Orgel samt Johann Sebastian Bach für himmlische Zwecke beschlagnahmt? Wir dürfen weiters auf das alte Brauchtum verweisen, demzufolge Staatsoberhäupter – gekrönt oder nur gewählt, gewählt oder nur gekrönt – ihren Fuß erst dann auf den roten Teppich setzen, wenn sie sich vergewissert haben, daß dazu die markige Marschmusik einer Militärkapelle ertönen wird.
Indessen ist nicht nur Musik, wie schon erwähnt, der Liebe Nahrung, sondern die Nahrung als solche profitiert ihrerseits von der Musik. Die Oberkellner vornehmer Restaurants werden bestätigen, daß der Gast für sich und seine Begleiterin viel kostspieligere Speisen bestellt und daß er der Rechnung viel geringere Aufmerksamkeit zuwendet, wenn im Hintergrund der beliebte Barpianist Charlie »Ich küsse Ihre Hand, Madame« klimpert. Ähnlich günstige Meldungen kommen aus der Industrie. Fabriken, die ihre Arbeiter mit Schallplattenmusik versorgen, werden seltener und kürzer bestreikt. Eine Ausnahme bildet lediglich die Schallplattenindustrie.
Gedanken solcher Art gingen mir durch den Kopf, als ich meiner zuständigen Steuerbehörde auf ihren Wunsch einen Besuch abstattete. Die Behörde am-

tiert im 14. Stockwerk des Finanzministeriums, und während man mit dem Aufzug zu ihr emporstrebt, säuselt ein unsichtbarer Lautsprecher diskret ergreifende Zionslieder, die von unserer Heimkehr nach Jerusalem und unserer nach Jahrtausenden wiedererrungenen Freiheit singen und sagen. Damit soll auf dem Weg zur Nationalkassa der Patriotismus des kleinen Steuerzahlers geweckt werden. Da ich guten Einfällen immer zugänglich bin, beschloß ich, diese Idee auch für mich nutzbar zu machen. Wenn der Steuerprüfer das nächstemal meine Einkommensteuererklärungen für den Zeitraum 1970–1979 einer Kontrolle unterzieht, werde ich taktvoll und unauffällig eine Tonbandkassette auf seinen Schreibtisch praktizieren und ihm das Leitmotiv aus »Dr. Schiwago« vorspielen, das mit den vielen Balalaikas. Er wird, wenn noch ein Funken Menschlichkeit in ihm schlummert, nicht über das Jahr 1975 hinauskommen.

Wirklich, warum sollte dem einzelnen Bürger – den man doch immer wieder auffordert, Privatinitiative zu entfalten – die Verwendung von Hintergrundmusik verwehrt sein? Was dem alten Sam Goldwyn recht war, ist mir billig, zumal seit es diese wohlfeilen kleinen Kassettenrecorder gibt, die man bequem in der Tasche tragen und überall durch den Zoll schmuggeln kann. Es führe jeder Bürger fortan seine eigene Hintergrundmusik mit sich und gebrauche sie im Umgang mit dem Steuerprüfer, dem Zivilrichter, dem Schuhverkäufer und vor allem im Umgang mit dem weiblichen Geschlecht.

Hier eröffnen sich besonders verheißungsvolle Perspektiven, und hier hat die moderne Jugend einen gewaltigen Vorteil vor dem Junggesellen von einst, der auf den altväterlichen, statischen Plattenspieler angewiesen war. Das Instrument des jungen Mannes von heute ist das Sexophon. Er nimmt seine Tonkassette mit auf die Parkbank, und während er mit der einen Hand dem Geheimnis der Knöpfe auf Ruthis Bluse nachforscht, stellt er mit der anderen Hand etwas Zweckdienliches von Chopin oder den Bee Gees ein. O glückliche Transistorgeneration! Wäre zu meiner Zeit das Tonband schon erfunden gewesen – ich hätte mindestens viermal geheiratet.

Kein Zweifel: die Zukunft gehört der Hintergrundmusik. Bald werden die Bankräuber, während sie ihre Beute einstreifen, Schalterbeamte und Kunden vermittels schmissiger Operettenpotpourris vor unbedachten Nervositätsausbrüchen bewahren, und die nächste Sammelaktion der »Jewish Agency« wird ungeahnte Summen abwerfen, weil den Spendern beim Ausschreiben des Schecks »A jiddische Mamme« mit Vibrato ins Ohr geträufelt wurde …

Und Sie selbst, lieber Leser: Haben Sie daran gedacht, zur Lektüre dieser kleinen Abhandlung eine passende Hintergrundmusik einzuschalten? Nein? Dann lesen Sie das Ganze noch einmal zum Klang der neuesten »Rolling Stones«. Und sobald Sie zur Schlußpointe kommen, drehen Sie auf volle Lautstärke. Jetzt! Vielen Dank.

Seit der Entstehung des Babylonischen Talmuds betreiben die Juden untereinander ein privates Kriegsspiel: jeder paßt auf jeden anderen auf, ob der nicht vielleicht um einen Schritt weitergedacht hat als er selbst und nicht vielleicht einen sei's auch noch so geringen Vorteil daraus ziehen will. Das Spiel kann nach mehreren Methoden gespielt werden. Die konservative Methode: nicht zu glauben, was der andere sagt. Die professionelle Methode: das Gegenteil dessen zu glauben, was der andere sagt. Die extreme Methode: nicht einmal das zu glauben, was man glaubt.

Begelpsychologie

Da es viel zu weit führen würde, uninformierten Lesern zu erklären, was ein »Begel« ist, begnügen wir uns mit der für informierte Leser allerdings nicht akzeptablen Kurzformel: Begel ist die jüdische Form der Bretzel.

In der nun folgenden Geschichte spielt dieses Backwerk nur äußerlich die Hauptrolle. Innerlich geht es um ein psychologisches Problem, das trotz scheinbarer Einfachheit erschreckende seelische Abgründe aufreißt.

Held der Geschichte ist ein Begelverkäufer, Abkömmling eines jahrhundertealten Begelverkäufergeschlechts.

Ich muß vorausschicken, daß ich in der ersten Zeit meiner Niederlassung in Israel dem Begel keinerlei Vorliebe entgegenbrachte. Zum Teil lag das an seinem faden Geschmack, zum Teil an seinem geringen Knirsch-Koeffizienten beim Kauen. Heute liebe ich zwar den Begel noch immer nicht, aber ich toleriere ihn, und manchmal ist er mir sogar willkommen.

Dies war der Fall, als ich eines schönen Frühlingstags unter den Arkaden unseres Redaktionsgebäudes den Stand eines Begelverkäufers erblickte. Ich komme gewöhnlich gegen Mittag in die Redaktion und bin dann immer knapp am Verhungern – Grund genug, mich des unerwarteten Auftauchens der immerhin nahrhaften Begel zu freuen, die in zwei hochgetürmten Haufen auf dem Verkaufstisch arrangiert waren. Der dahintersitzende Verkäufer trug ein listiges Lächeln im Gesicht und schien im übrigen ein wohlerzogener Mann zu sein, denn über seinem Schoß lag ein blütenweißes Tuch.

Nachdem ich die Kaufsumme für einen Begel entrichtet hatte, deutete er auf den linken Haufen:

»Nehmen Sie einen von denen«, sagte er. »Sie sind frisch.«

Sofort stieg in mir eine eisige Welle des Mißtrauens hoch. Kein Zweifel: er bot mir nicht die frischen Begel an, sondern die altbackenen, auf denen er nicht sitzenbleiben wollte.

Mit der lässigen Grandezza des vielerfahrenen Weltmanns ergriff ich einen Begel aus dem anderen

Haufen und beobachtete unter halb gesenkten Lidern den Verkäufer. Er war bleich geworden und lehnte sich gegen die Mauer.
Mein psychologischer Scharfsinn wurde durch einen frischen, knusprigen Begel belohnt.
Am nächsten Tag schlich ich mich von hinten an den Begelstand an, sprang überraschend hervor, fixierte den Verkäufer und sah, wie er sich um Haltung bemühte. Seine Hand zitterte kaum merklich, als er auf den einen der beiden Begelberge wies:
»Die hier sind frisch. Nehmen Sie von diesen.«
Blitzschnell überlegte ich. Der Mann wollte offenbar seine gestrige Blamage gutmachen und bot mir diesmal tatsächlich die frische Ware an. Ich folgte seiner Empfehlung und konnte in seinen angespannten Gesichtszügen eine gewisse Erleichterung feststellen.
Abermals triumphierte meine klare Logik. Der Begel, den ich an mich nahm, erwies sich in jeder Hinsicht als Musterprodukt.
In den folgenden Tagen blieb es bei diesem Arrangement. Ich wählte meinen Begel aus dem vom Verkäufer empfohlenen Haufen und war jedesmal zufrieden. Die ganze leidige Geschichte schien ein- für allemal erledigt zu sein. Aber mein untrüglicher Instinkt sagte mir, daß dem nicht so wäre und daß das Schicksal eine Wendung vorbereitete.
Am Dienstag geschah es. »Nehmen Sie von diesen hier, sie sind frisch«, kam des Begelmannes üblicher Ratschlag, und ich hatte schon die Hand ausgestreckt, als ich unter einem unwiderstehlichen Zwang innehielt. Vielleicht war es etwas in seiner

Stimme, das mich stutzig machte, vielleicht war es eine plötzliche Eingebung – ich weiß es nicht und wünsche es nicht zu erkunden. Jedenfalls wurde mir die Sachlage blitzartig klar: Mein Widerpart nahm an, daß er sich in den letzten Tagen durch die vorgetäuschten Beweise seiner Ehrlichkeit in mein Vertrauen eingeschlichen hätte und jetzt endlich seine altbackene Ware an mich loswerden könnte. Nun, da sollte er sich getäuscht haben. Ohne zu zögern, holte ich mir den Begel du jour aus dem entgegengesetzten Haufen.

Mein dämonisches Durchschauungsvermögen zeitigte Wirkung. Zitternd verhüllte der Verkäufer sein schamrotes Gesicht mit dem blütenweißen Tuch.

Ich biß meinen Begel an. Er war frisch und knusprig.

Als ich tags darauf wieder mit der Aufforderung konfrontiert wurde, einen von diesen hier zu nehmen, wußte ich im ersten Augenblick nicht, was ich tun sollte. Dann ordneten sich meine Gedanken: Der listenreiche Orientale vermutete, daß ich bei ihm Schuldgefühle voraussetzen würde, die auf seine jüngste Fehlspekulation zurückgingen, und daß er sich jetzt in einer um so besseren Lage befand, mir seine ungenießbaren alten Begel anzudrehen. Also griff ich mit demonstrativer, ja geradezu provokanter Gelassenheit nach einem der nicht empfohlenen Begel. Schon als ich ihn in die Hand nahm, überzeugte mich die deutlich fühlbare Salzbestreuung von seiner Frische.

Wilder Haß flammte in den Augen des Verkäufers auf. Seine Brust hob und senkte sich vor Erregung.

Fast sah es so aus, als wollte er sich auf mich stürzen. In diesem Augenblick näherte sich einer meiner Redaktionskollegen und tappte, ehe ich ihn warnen konnte, blindlings in die Begelfalle: er folgte dem Fingerzeig des Verkäufers. Kauend machten wir uns auf den Weg.
Nach einigen Schritten konnte ich nicht länger an mich halten. Ich brach von seinem Begel – dem Begel aus dem falschen Haufen – ein Stückchen ab und steckte es in den Mund.
Das Blut schoß mir in den Kopf, der Boden wankte unter meinen Füßen, von den olympischen Höhen geistiger Überlegenheit stürzte ich jählings in einen Abgrund der Schande:
Auch der Begel meines Kollegen war frisch und knusprig.
Alle Begel, die der Verkäufer feilbot, waren frisch und knusprig. Sie waren immer frisch und knusprig. Alle.
Das Leben geht weiter. Meine Freunde merken mir nichts an. Aber tief innen ist etwas in mir zusammengebrochen.

Vor der Erfindung des Fernsehens galten die Juden als das Volk des Buches. Jeder halbwegs Gebildete nannte uns so, und wir haben ihm schon aus Höflichkeit nicht widersprochen. Auch ich war immer sehr stolz auf meine Zugehörigkeit zu einem Volk, das gewissermaßen den natürlichen Mittelpunkt für das Interesse aller Verlage der Welt bildete. Die Frankfurter Buchmesse hat meinen Stolz ein wenig gedämpft.

Nein, zur Messe geh' ich nicht!

Die Frankfurter Buchmesse hat sich im Lauf der Jahre zu einer der imposantesten Veranstaltungen der gesamten Kulturwelt entwickelt. Sie bietet vielen Tausenden von Verlegern, Managern, Agenten und sonstigen Kulturträgern Gelegenheit, miteinander Geschäfte zu machen, sie fördert das Ansehen der Stadt Frankfurt, sie bringt eine Reihe wirtschaftlicher Vorteile mit sich, sie steigert den Umsatz der Hotels, sie ist gut für das Gastgewerbe. Schlecht ist sie nur für die Schriftsteller.

Mir zumindest hat sich dieser Eindruck nach einer Führung durch die mit Büchern vollgestopften Messehallen unweigerlich aufgedrängt. Bücher, Bücher überall, Bücher, wohin man blickt, Bücher, wohin man tritt. Begabte Jungschriftsteller benötigen, um aus diesem Labyrinth wieder herauszufinden, ungefähr zwei Tage, Schriftsteller mittleren Alters schon drei bis vier, und Autoren über 60 schaffen es nie. Sie stürzen beim Versuch, einen der hohen Bücherberge zu erklettern, ab und werden von der eigens hierfür bereitstehenden Rettungsmannschaft geborgen.

Obwohl die Phantasie zu den fundamentalen Voraussetzungen literarischer Schöpfung gehört, reicht sie bei keinem Autor bis zu der Vorstellung, daß es außer seinen eigenen Büchern so viele andere gibt. Zuerst verblüfft ihn das, dann deprimiert es ihn, und wenn er sich nach mehrstündiger Wanderung durch diesen kulturellen Supermarkt immer noch vor den Ständen der amerikanischen Verlagshäuser befindet, möchte er das Schreiben am liebsten aufgeben.

Vor diesem folgenschweren Schritt bewahrt ihn nur sein hohes sittliches Verantwortungsgefühl der Umwelt gegenüber. Denn er hat sich jahrelang in der Überzeugung gewiegt, eine exklusive Tätigkeit auszuüben und mit seiner schöpferischen Arbeit einem heiligen Dienst an der Menschheit zu obliegen, für den nur wenige Begnadete auserwählt sind. Auf der Buchmesse muß er zur Kenntnis nehmen, daß die Zahl dieser Auserwählten in die Hunderttausende geht. Erinnern Sie sich an die erschreckenden Menschenmassen, die während des Endspiels der Fußball-Weltmeisterschaft das Stadion bevölkert haben? Es waren lauter Schriftsteller! Und fügt man noch alle Verleger, Buchhändler, Setzer, Korrektoren, Drucker und Buchbinder hinzu, die es dem Schriftsteller ermöglichen, sie zu erhalten, dann beläuft sich die erreichte Gesamtzahl ungefähr auf ein Viertel der Menschheit.

Die Buchmesse informiert den Schriftsteller auch darüber, daß allein in Deutschland allmonatlich 140 neue Bücher auf den Markt kommen, also mehr als vier an jedem Tag. Ein schöner Ausstoß, nicht wahr? Aber die Wirklichkeit ist noch schöner. In Wirklichkeit erscheinen diese 140 neuen Bücher nicht monatlich, sondern täglich. Ich wiederhole: täglich 140 neue Bücher. Alle zehn Minuten ein neues deutsches Buch. Alle zehn Sekunden ein neues Buch in der Welt. Während der Schriftsteller über seinem neuen Manuskript einmal niest, sind in der Welt drei Bestseller geboren.

Was diese Bestseller betrifft, so war ich bisher der Meinung, daß die Bibel und »Tarzan, Sohn der Wildnis« den Bestseller-Rekord aller Zeiten halten. Aus den Informationen der Buchmesse geht jedoch hervor, daß der Welt-Bestseller das Logarithmenbuch ist, das mit den schön geordneten Tabellen. Ich habe mir vorgenommen, ein humoristisches Logarithmenbuch zu schreiben. Man muß mit der Zeit gehen.

Im übrigen bestätigt die rätselhafte Fruchtbarkeit, mit der sich die Bücher unablässig vermehren, eine meiner privaten Erfahrungen: Nach jeder Säuberung meiner Hausbibliothek besitze ich mehr Bücher als zuvor. In diesem Jahr habe ich bereits drei Reinigungsaktionen durchgeführt, denen allerlei gelbe Enzyklopädien, überflüssige Romane und aufgedunsene Sachbücher zum Opfer fielen – und am Ende war in den Regalen für die verbliebenen Bücher kein Platz mehr. Sie vermehren sich wirklich wie die Kaninchen, diese Bücher. Wenn man alle auf der Frankfurter Buchmesse vorhandenen Exemplare aufeinanderschichtet, immer eins auf das andere, würde der Bücherturm bis zum Mars reichen und von dort als Science Fiction zurückkommen.

Die Sache hat auch einen persönlichen Aspekt. Wie alle meine egozentrischen Kollegen lebte ich jahrelang in der Hoffnung, daß meine Kinder auf ihren Schriftsteller-Vater stolz sein würden. Seit ich einmal die Frankfurter Buchmesse besucht habe, komme ich mir vor wie jener Teilnehmer der Mai-Parade auf dem Roten Platz in Moskau, dessen kleiner Sohn auf der Tribüne steht und seinem Freund begeistert zuruft:

»Dort marschiert mein Vater! Der 47. von rechts in der 138. Reihe!«

Nein, ich komme nie wieder zur Frankfurter Buchmesse. Ich lege keinen Wert darauf, den Bücherberg zu sehen. Wenn er unbedingt will, soll der Berg zu Mohammed kommen. Mohammed bleibt zu Hause.

Da wir schon von Büchern sprechen, wollen wir gleich auch ein wenig Licht in das interne Dunkel des Verlagswesens bringen. Es handelt sich um die grenzenlose Bewunderung, die heutige Autoren sich selbst entgegenbringen. Man lese nur den Klappentext dieses Buchs.

Zur Systematik des Klappentextes

Die gute Nachricht zuerst: Nach Monaten des Schwankens entschloß sich der Verlag Schachter & Co., den Roman »Der große Ausverkauf« von Ruben Bar-On zu veröffentlichen. Zalman Schachter persönlich empfing den jungen Autor in seinem Büro.

»Wir drucken zunächst 350 Exemplare«, teilte er ihm mit. »Dann sehen wir weiter.«

Der hoffnungsvolle Romancier war so aufgeregt, daß er nicht antworten konnte. Herr Schachter legte ihm väterlich den Arm um die Schulter und geleitete ihn zur Türe:

»Ich weiß, mein Junge. 350 ist keine sehr imposante Auflage. Aber die Leute lesen nicht mehr soviel wie früher. Um die Wahrheit zu sagen: sie lesen überhaupt nicht.«

Jetzt wagte Bar-On einen leisen Widerspruch:
»Das kann ich nicht glauben. Sind wir denn nicht das Volk des Buches?«
»Gewiß, gewiß«, lenkte der Verleger ein. »Und der durchschnittliche Israeli ist ja auch sehr stolz auf jedes einzelne Buch, das er besitzt. Er hegt und pflegt sie alle, er stellt sie in wohlgeordneter Reihe auf und behandelt sie mit größter Sorgfalt, er rührt sie nicht einmal an. Oder wenn, dann schaut er auf der letzten Seite nach, wie es ausgeht. Oder er sucht nach einer saftigen erotischen Stelle. Aber meistens liest er nur den Text auf dem Schutzumschlag. Also gehen Sie nach Hause, lieber Freund, und schreiben Sie mir einen schönen Klappentext für Ihr Buch.«
»Ich?« replizierte der junge Autor mit einigem Unbehagen. »Sie meinen, ich selbst sollte –?«
»Wer denn sonst? Niemand kennt Sie und Ihr Buch besser als Sie selbst! Und was glauben Sie, von wem die begeisterten Hymnen auf den Schutzumschlägen stammen? Immer von den Autoren!«
»Tatsächlich? Dazu geben sich die Autoren her?«
»Warum nicht? Es erfährt ja niemand davon. Außerdem bleibt ihnen nichts anderes übrig. Ich als Verleger kann diese Texte nicht schreiben. Da müßte ich ja erst das betreffende Buch lesen und wäre voreingenommen, nicht wahr. Ich pflege zu sagen: wenn ein Autor nicht einmal seinen eigenen Werbetext schreiben kann – was kann er dann überhaupt? Warten Sie, ich zeige Ihnen etwas.«
Schachter griff nach einer der herumliegenden Mappen und holte einen Bürstenabzug hervor:

»Hier. Das sagt Tola'at Shani, dessen letztes Buch ein peinlicher Mißerfolg war, über sein neues Werk: ›Israels populärster Epiker, dessen vorangegangener Roman das Land im Sturm erobert hat, beschert seiner großen Lesergemeinde abermals ein wahres Juwel in Prosa.‹ Das ist die Art von Werbung, die wir brauchen. Setzen Sie sich an Ihren Schreibtisch, junger Mann, und legen Sie los. Keine falsche Bescheidenheit! Drücken Sie auf die Tube!«

Bar-On ging nach Hause, entnahm seiner Bibliothek wahllos einige Bücher, las, um sich einzustimmen, die Klappentexte und begann zu schreiben:

»Sein brillanter Stil, seine psychologische Darstellungskunst und sein tiefes Verständnis für menschliche Beziehungen machen Ruben Bar-On zu einem der wichtigsten Repräsentanten unserer jungen Schriftstellergeneration.«

An dieser Stelle erhob er sich, trat vor den Spiegel, sah sich an und spuckte seinem Ebenbild ins Gesicht. Dann zerriß er, was er geschrieben hatte, fühlte sich sehr erleichtert und ging zu Bett.

»Nein, nein, nein«, flüsterte er in die Kissen. »Ich prostituiere mich nicht!«

Als er am Morgen erwachte, hörte er eine innere Stimme, die ihm mitteilte, daß die Prostitution das älteste Gewerbe auf Erden sei. Daraufhin entnahm er seinem Papierkorb das zerrissene Manuskript, fügte es wieder zusammen und überlas es. Ihm schien, er hätte gar nicht so sehr übertrieben und könnte noch um einiges deutlicher werden.

»Seine drängende und dennoch stets disziplinierte

Prosa«, hieß es in der Neufassung, »sein durchdringender Scharfblick und die leidenschaftliche Anteilnahme am Schicksal seiner Gestalten . . .«
Mit unwiderstehlichem Zauber überkam ihn eine nie zuvor erfahrene Schöpferkraft. Hier nahm, er fühlte es, zum erstenmal in seinem Leben die reine, unverfälschte Wahrheit Gestalt an. Und es trug ihn immer höher:
»Was soll das heißen?« sprach er vorwurfsvoll zu sich selbst. »Wieso bin ich nur einer der wichtigsten Repräsentanten der jungen Generation? Ich bin der wichtigste. Und der jüngste noch dazu. Ich bin der jüngste und der wichtigste von allen . . .«
Der Rückschlag ließ nicht lange auf sich warten. Bar-Ons menschliche Integrität setzte sich durch. Er zerrte das Blatt aus der Schreibmaschine, warf es in die Klosettschüssel, betätigte die Spülung und fühlte sich sehr erleichtert.
Am Abend dieses Tages sahen die heimwärtsstrebenden Fußgänger einen jungen Mann durch die Straßen wandern und hörten ihn murmeln: »Ein literarischer Gigant . . . kometengleich . . . ein Virtuose . . .« Verständnisvoll nickten sie hinter ihm her: »Armer Kerl. Er muß seinen Klappentext schreiben.«
In der Nacht versuchte es Bar-On aufs neue (»Ein moderner Tolstoj . . .«). Am Morgen riß er das Manuskriptblatt in Fetzen, warf sie zum Fenster hinaus und fühlte sich sehr erleichtert.
Ein kleiner Spaziergang vor dem Haus gab ihm Gelegenheit, Tolstoj wieder einzusammeln. In seine

Wohnung zurückgekehrt, brach er tränenüberströmt zusammen und rief Schachter an.
»Ich kann nicht«, stöhnte er. »Ich bringe das nicht über mich, Herr Schachter. Ich sterbe vor Scham.«
»In Ordnung«, sagte der Verleger. »Tote Autoren verkaufen sich leichter. Außerdem habe ich eine schlechte Nachricht. Einer der sechzehn ständigen Käufer hebräischer Neuerscheinungen wird an grauem Star operiert. Vielleicht sollten wir das Erscheinen Ihres Buchs auf einen günstigeren Zeitpunkt verschieben.«
Das war zuviel für Bar-On. Er legte den Hörer auf, raffte alles vorhandene Klappentextmaterial zusammen und sauste so eilig in den Verlag, daß er unterwegs ein Dutzend Superlative verlor. Angelangt, warf er das Werbegewäsch vor Schachter hin und sah ihm, von Selbsthaß zerfressen, bei der Lektüre zu.
»Hm . . . nicht schlecht . . .« brummte der Verleger, als er fertiggelesen hatte. »Ich sagte Ihnen ja, daß nur der Autor selbst imstande ist, sich richtig zu schildern.«
Dann nahm er einen Bleistift zur Hand, änderte ein paar Worte, strich hier ein Sätzchen, fügte dort ein anderes hinzu und las befriedigt den endgültigen Text:
»Zalman Schachter & Co., Israels führendes Verlagshaus, bringt immer das Beste der zeitgenössischen hebräischen Literatur und bringt es immer in attraktiver Ausstattung. Mit Stolz präsentiert das Verlagshaus Zalman Schachter & Co. diesen neuen, unerschrockenen und unzensurierten Roman in ge-

wohnt schönem Druck auf holzfreiem Papier und in Halbleinen gebunden zum reduzierten Preis von nur 49.95 Pfund. In der selben Reihe und zum selben Preis erscheint im September der amerikanische Bestseller ›Geschichte des Bordells‹. Reich illustriert! Bestellen Sie jetzt!«

Bar-On hatte seinem Verleger über die Schulter geschaut und fassungslos mitgelesen.

»Das?« fragte er heiser. »Das ist der Klappentext für meinen Roman?«

»Ja. Warum fragen Sie?«

»Sagten Sie nicht, daß der Klappentext vom Autor stammen muß?«

»Bitte sehr. Wenn Sie darauf bestehen.«

Und Herr Schachter setzte über den Text die Worte »Was der Autor sagt« und einen Doppelpunkt.

Ruben Bar-On ging nach Hause, nahm einen Strick und hängte sich auf. Als ihm die Schlinge zu eng wurde, durchschnitt er den Strick und fühlte sich sehr erleichtert.

Vor jedem Film, manchmal auch nachher, manchmal vorher und nachher, erscheinen auf der Leinwand die im Fachjargon so genannten »Credits«, denen man entnimmt, wer – außer den Schauspielern – an der Herstellung des Films beteiligt war. Es gibt Kinobesucher, die das alles tatsächlich lesen. Diesen Sonderlingen werden die unverhältnismäßig zahlreichen Goldbergs und Abramskis aufgefallen sein, die über die Leinwand flimmern – gleichgültig aus welchem Land der betreffende Film stammt. Wenn Franklin D. Greenwald nicht als Produzent aufscheint, hat er zumindest die Kostüme für Barbra Streisand entworfen – die früher einmal Fanny Greenwald geheißen hat oder geheißen haben sollte . . .
Kein Zweifel: den Juden eignet eine heftige Vorliebe für das Filmgeschäft. Sie fühlen sich von dieser synthetischen Welt aus fliegenden Untertassen, bewaffneten Banküberfällen und trostreichem Sex magisch angezogen, auch hier in Israel. Es scheint sich um einen unwiderstehlichen Impuls zu handeln, wie Sigmund Freud sich in dem neuen Film-Musical ausdrückte, das von meinem Schneider produziert wurde.

Ein hoffnungsloser Einzelgänger

Als ich am Abend zu einem kleinen Spaziergang das Haus verließ, begegnete mir im Flur Simon Kalaniot vom zweiten Stock und schloß sich mir an.

»Na, wie geht's? Was machen Sie?« erkundigte er sich in aller Unverbindlichkeit.

»Ich mache einen Film. Und wann fangen *Sie* an?«

»Gar nicht.«

»Wieso? Was heißt das?«

»Das heißt, daß ich keinen Film mache.«

Verblüfft blieb ich stehen. Wir alle kannten Herrn Kalaniot als einen ruhigen, ausgeglichenen, vernünftigen, man könnte sagen: vorbildlich normalen Bürger. Sollten wir uns getäuscht haben? Oder wie war es zu verstehen, daß er nicht beabsichtigte, einen Film zu machen, gerade er nicht? Erst vorige Woche hatten die Seeligs, unsere Wohnungsnachbarn, das Drehbuch zu einem Filmlustspiel fertiggestellt, betitelt »Wer hat Bessie gebissen?« Morgen unterzeichnen sie den Vertrag mit dem Produzenten, Herrn Sokal, dem Fahrlehrer vom dritten Stock. Und im Parterre ist Frau Weinreb damit beschäftigt, eine Verleihfirma für Dokumentarfilme zu gründen. Das ganze Haus widmet sich unserer aufstrebenden Filmindustrie, und nur Herr Kalaniot . . .?

»Sie scherzen«, sagte ich.

»Nein, wirklich. Ich mache keine Filme.«

»Aber warum nicht?«

Herr Kalaniot zuckte verlegen die Achseln, und es war ihm anzusehen, daß er sich in seiner Haut nicht wohl fühlte. Kein Wunder, wenn man als einziger aus der Reihe tanzt.

»Glauben Sie mir«, nahm er jetzt wieder das Wort, beinahe flehentlich, als wollte er sein Gewissen erleichtern, »ich habe kein Interesse daran, Aufsehen zu erregen. Aber ich habe auch kein Interesse an einer Filmproduktion. Das ist nun einmal so, ich kann mir nicht helfen. Dabei macht mir dieser Defekt schwer genug zu schaffen. Sogar mein Sohn leidet darunter. In der Schule machen sich die Buben über ihn lustig, weil sein Vater keine Filme produziert, während sie selbst gerade begonnen haben, einen Film über ihren Turnlehrer zu drehen. Mit Unterstützung des Unterrichtsministeriums. Unter teilweiser Verwendung des Bestsellers ›Fanny Hill‹ . . .«

»Und warum wollen Sie unbedingt beiseite stehen, Herr Kalaniot? Liegt es vielleicht an Ihrer Gesundheit?«

»Nein, nein. Es ist ganz einfach so, daß ich bisher sehr gut ohne Film gelebt habe und weiter so leben möchte. Darf ich das nicht? Gibt es ein Gesetz, das mich zwingen kann, Filme zu produzieren?«

Mit angstvoll geweiteten Augen sah Herr Kalaniot mich an. Ich beruhigte ihn, daß es kein solches Gesetz gäbe, und um ihn abzulenken, fragte ich nach dem Befinden seiner Frau.

»Sie fühlt sich elend«, sagte Herr Kalaniot. »Ihr Onkel in Argentinien, Besitzer einer florierenden Tex-

tilwarenhandlung, bestürmt uns schon seit Monaten, ins Filmgeschäft einzusteigen. Er bietet uns 100 000 Dollar, ein ausländisches Scriptgirl und die Garderobe für den männlichen Hauptdarsteller. Als ich ihr sagte, daß ich weder Zeit noch Lust habe, Schauspielern und Regisseuren nachzulaufen, ging sie in Ko-Produktion mit der Wäscherei an der Ecke. Der Film heißt ›Bohrende Fragen‹. Das Drehbuch stammt von unserem Zahnarzt.«
Plötzlich seufzte Herr Kalaniot tief auf. Offenbar dämmerte ihm, was für ein Unglücksrabe er war.
»Manchmal in der Nacht«, flüsterte er, »wenn ich nicht schlafen kann, beginne ich zu zweifeln, ob bei mir alles in Ordnung ist. Bin ich ein Feigling? Oder nur ein Faulpelz? Verstehe ich die Zeichen der Zeit nicht mehr? Vor ein paar Tagen bekam ich diesen Fragebogen, den die Regierung jetzt verschickt und wo auch gefragt wird, wie viele Filme man im Jahr produziert, in welchem Studio und nach welchem Drehplan. Ich schäme mich, daß ich die betreffenden Spalten nicht ausfüllen kann. Ich schäme mich ...«
Simon Kalaniot vergrub sein Gesicht in den Händen, schlug den Mantelkragen hoch und verschwand leise schluchzend in der Dunkelheit. Ich bedauerte ihn von Herzen. Einsamkeit muß etwas Schreckliches sein.

Nichts lockt den kleinen, eingeengten Israeli so sehr wie die große, weite Welt. Er durchfährt sie kreuz und quer, der Länge und der Breite nach, im Zick und auch im Zack. Aber wo immer die Reise ihn hinführt – er wird nie vergessen, woher er kommt und wohin er zurück muß. Weder sein Land wird er vergessen noch seine Landsleute. Er *kann* sie gar nicht vergessen. Dafür sorgen sie schon.

Zufällige Begegnungen

Wir hatten auf unserer Reise durch den Fernen Osten so viele überwältigende Eindrücke gesammelt, daß wir beschlossen, auf dem Heimflug nach Israel eine kleine Pause einzulegen. New York erschien uns für eine besinnliche Rast und schöpferische Einkäufe bestens geeignet. Nach einer raschen Dusche im Hotel zogen wir los und fanden auf der Terrasse eines Straßencafés einen freien Tisch. Nun saßen wir da, die beste Ehefrau von allen und ich, saßen da und ließen das glitzernde Großstadtleben an uns vorüberziehen.

Offen gesagt: wir waren in keiner sehr guten Stimmung. Wir fühlten uns ein wenig einsam und verloren. Gewiß, die fremden Völker sind alle sehr nett, sehr höflich und manchmal sogar freundlich, aber sie sind uns, wie schon der Name sagt, fremd. Nach einiger Zeit erfaßt den Reisenden aus Israel die Sehnsucht nach einem vertrauten Gesicht, nach einem jovialen Schlag auf den Rücken, nach einem gemütlichen Tratsch auf hebräisch, gleichgültig mit wem, wenn's nur ein Israeli ist, einer, den man mit der familiären arabischen Anrede »Chabibi« begrüßen kann . . .

Und so saßen wir da, die beste Ehefrau von allen und ich, saßen da und starrten vor uns hin, beide.

Plötzlich ging ein freudiges Aufleuchten über ihr Gesicht:

»Nein!« flüsterte sie erregt. »Das gibt's nicht . . . Doch, er ist es. Avigdor Pickler!«

Ich fiel beinahe vom Sessel. Wahrhaftig, dort, nur noch wenige Schritte von uns entfernt, schlenderte Avigdor Pickler durch das glitzernde Großstadtleben. Großstadt hin, Großstadt her – die Welt ist klein. Nie hätte ich gedacht, daß ich Avigdor Pickler mitten in Amerika treffen würde. Ich hätte es schon deshalb nicht gedacht, weil ich ihn kaum kenne. Gelegentlich sahen wir einander im Theater, während der Pause, wechselten ein paar belanglose Worte oder begnügten uns mit einem Nicken, einem eher kühlen Nicken, wenn ich mich recht besinne, denn Avigdor Pickler ist nicht unbedingt ein Mann nach meinem Geschmack . . . aber jetzt und hier? In der Diaspora?

Ich sprang auf und umarmte ihn:

»Schalom, Chabibi!« rief ich begeistert.

Nachdem er auch mit meiner Frau eine große Anzahl von Küssen und Umarmungen ausgetauscht hatte, folgte er meiner Einladung, bei uns Platz zu nehmen. Wie wir erfuhren, hielt er sich zu einem etwa zweijährigen Erholungsurlaub in New York auf und war gerade auf dem Weg zum Restaurant »Puertorico«, wo er ein befreundetes Ehepaar aus Israel treffen wollte, Tirsah und ihren Mann, zwei reizende Leute, die über alle möglichen New Yorker Lokale bestens Bescheid wußten.

»Wie wär's«, schlug ich vor, »wir tun uns zusammen und gehen einmal richtig bummeln?«

In der gleichen Sekunde legten sich von hinten zwei fleischige Pranken über meine Augen, und eine auf Falsett gequälte Stimme fragte in einwandfreiem Hebräisch:

»Wer ist's?«

Na, wer konnte es schon sein? Wer außer Chaimke treibt so kindische Scherze?

»Chaimke! Wie geht's, alter Freund?«

Ich küßte ihn herzhaft auf beide Wangen, mochten die Umsitzenden denken, was sie wollten. Dann zog ich vom Nebentisch einen Sessel für ihn heran, machte ihn mit Avigdor Pickler bekannt und informierte ihn über unser gemeinsames Rendezvous mit Tirsah und ihrem Mann. Chaimke war soeben aus Israel gekommen, erzählte uns die neuesten Witze über Begin, plante mit seiner Frau und einem anderen Ehepaar, Michal und Avi, eine Reise quer durch Amerika – die drei würden übrigens gleich nachkommen, sagte er, und da wäre es doch am einfachsten, wenn wir alle für den Abend beisammenblieben.

»Natürlich!« jauchzte ich. »Machen wir!«

Unsere Stimmung hatte sich kolossal gehoben. Allerdings – diesen Pickler empfand ich als überflüssig. Ich hatte ihn ja nie ausstehen können, weder ihn noch seine idiotischen Freunde, wer immer sie waren.

Zum Glück erschienen jetzt, wie von Chaim angekündigt, seine Frau und deren Freundin Avi nebst dickem Ehemann Michal; in ihrem Schlepptau befanden sich drei nicht angekündigte Neuerwerbungen von zu Hause, ein Malerehepaar und ein gewisser Dr. Finkelstein. Die drei waren auf einem Zebrastreifen in sie hineingerannt, man würde es nicht glauben, auf einem Zebrastreifen in New York.

»Wie geht's – was gibt's Neues – wie lange seid ihr schon hier?« fragten sie durcheinander. »Was habt ihr für heute abend vor?«

Die beste Ehefrau von allen warf mir einen ausdrucksvollen Blick zu.

»Wir wissen noch nicht, ob wir frei sind«, äußerte sie gelassen.

Und sie hatte recht. Uns wurde das alles zuviel. Warum, zum Teufel, sollten wir die letzten Stunden unserer Auslandsreise mit einem Rudel Unbekannter verbringen? Ja, gewiß, es waren Landsleute, aber die hatten wir schließlich auch in Israel.

»Entschuldigen Sie, Chabibi!«

Das war der Kellner. Er schob mehrere Tische für uns zusammen, genau wie in den Cafés auf der Dizengoffstraße in Tel Aviv und für die Sitzenden mit einem Maximum an Unbequemlichkeit verbunden. Ich fand mich infolge dieses Manövers einem bärtigen Mann mit Brille gegenüber, der mir sofort erzählte, daß er soeben mit Frau und Kindern eine Reise nach Java, Sumatra, Borneo, Neuseeland und Kanada unternommen hätte, sie wären sogar nach Alaska gekommen, wo zahlreiche Israelis als Trainer von Schlittenhunden arbeiteten, drei waren bereits mit Eskimomädchen verheiratet und hatten Heimweh.

Meine Versuche, mit Chaim Kontakt zu nehmen, scheiterten daran, daß er sich in einem angeregten Gespräch mit der Basketballmannschaft von Maccabi Haifa befand; die Spieler waren aus Italien herübergekommen und unternahmen auf Einladung unserer Botschaft eine Stadtrundfahrt, zu der sie uns sehr gerne mitnehmen würden; leider gab es nur noch Platz für 5 Personen, und wir waren bereits 170.

»Na schön«, resignierte die zum Kern unserer Truppe gehörige Tirsah. »Was machen wir also heute abend?«

Dr. Finkelstein plädierte für den vor kurzem eröffneten Nachtklub »Er und Er«, aber den kannten schon 42 der Anwesenden. Der Kellner aus Tel Aviv empfahl uns den Zoo, wo es einen Papagei gäbe, der »Chabibi« sagen konnte, und Frau Spielmann schlug einen Besuch der Freiheitsstatue vor.

»Ohne mich!« erklang es von mehreren Seiten. »Dort wimmelt es von Israelis!«

Jetzt hatten wir genug. Ich verständigte mich durch Zeichen mit meiner Frau, und wir erreichten unauf-

fällig den Ausgang, ohne daß uns der gerade herankommende Felix Seelig gesehen hätte. Draußen auf der Straße entledigten wir uns noch eines Kibbuzniks, der uns fragte, was wir für heute abend vorhätten – dann war es überstanden.
»Los!« zischte ich. »Nach Hause!«
Und wir machten erst halt, als wir in Tel Aviv ankamen. Dort wimmelt es von Amerikanern.

»Schreiben Sie nie etwas Ernstes?«
»Gnädige Frau, ich schreibe *nur* Ernstes.«
»Hihihi.«
Dieses Standardgespräch führe ich zweimal in der Woche und am Sonntag. Eigentlich hätte ich es in mein autobiographisches Vorwort einbeziehen sollen.
Daß man auch auf lustige Weise ernst sein kann, übersteigt ganz offenbar die Vorstellungskraft der Menschen, obwohl sie schon seit Jahren mit Geschwindigkeitsbegrenzungen auf der Autobahn und Erziehungsprogrammen im Fernsehen leben. Humor und Ernst sind keine Gegenteile, sondern

Milchbrüder. Lachen und Tränen sind einander so nahe, daß sie manchmal ineinander übergehen. Wozu gäbe es sonst die Bezeichnung »Tragikomödie«.

Wer ein wenig unter die Oberfläche blickt, wird entdecken, daß zwischen Humor und Satire kein großer Unterschied besteht. Das wollen uns nur die Verfasser gelehrter Untersuchungen und die Herausgeber einschlägiger Encyklopädien einreden, die einen Humoristen erst dann als Satiriker bezeichnen, wenn er seit 15 Jahren tot ist. Sofern es überhaupt einen Unterschied zwischen den beiden Typen gibt, besteht er nicht in der Form oder dem Stil, sondern in der *Absicht*. Beide sind mit einem spitzen Degen bewaffnet – »Pointe« heißt ja ursprünglich »Spitze« –, aber während der eine mit dieser Spitze nur kitzelt, sticht der andere zu.

Die Schreibweise des Satirikers hat ihren Grund nicht etwa darin, daß er außerstande wäre, sich »ernst« auszudrücken. Er wüncht vielmehr seinen Status als lustige Person in dieser unlustigen Welt nicht aufzugeben. Jedes Land besitzt mindestens ein Dutzend gute Schriftsteller. Seine Humoristen hingegen kann man an den Fingern einer Hand abzählen, wenn nicht gar an einem Finger der Hand.

Zwischendurch und wenn er Lust dazu hat, kann sich der Satiriker auch als harmloser Humorist gebärden. Aber wenn er zusticht, tut's wehr. Und das liegt ja in seiner Absicht.

Die folgenden Beispiele sollen diese meine Absicht dokumentieren.

Ernsthaft gesprochen

Das Phänomen der Heuchelei war seit jeher ein gutes Arbeitsmaterial für den Humoristen. England hat sich da als besonders geeignetes Objekt erwiesen, nicht zuletzt für die von ihm selbst hervorgebrachten Satiriker. Nun möchte auch ich mein Scherflein dazu beitragen. Den Anlaß bot mir der an Verehrung grenzende Respekt, den das Britische Weltreich i. R. einem der rückständigsten Staaten-Gebilde des Erdenrunds entgegenbringt, nämlich dem Wüstenscheichtum Saudi-Arabien. Ich habe den Engländern meinen kleinen kritischen Beitrag zum Abdruck angeboten, aber sie wollten nicht. Was blieb mir übrig, als nach Hause zu gehen und in meinem Garten nach Öl zu bohren.

Immer mit der typisch englischen Ruhe

Die erste zuverlässige Nachricht über die öffentliche Versteigerung des Zweiten Sekretärs der Kgl. Britischen Botschaft in Riad, Edwin McKinsley, kam von einer saudi-arabischen Presseagentur und erregte in London einiges Aufsehen. Im Besitz McKinsleys waren elf Flaschen einer After-Shave-Lotion entdeckt worden, die nicht weniger als 60% Alkohol enthielt. Der Botschaftssekretär wurde zu 470 Stockschlägen verurteilt und nach Vollzug der Strafe auf dem Hauptplatz von Riad als Sklave an Scheich Mahmud Abu-Buba verkauft, einen Onkel des Königs von mütterlicher Seite (von welcher, ließ sich nicht genau feststellen). Der Kaufpreis belief sich auf die geringe Summe von 15 Guineas.

Soweit die Tatsachen. Man sollte sie nicht emotionell beurteilen, sondern im Rahmen des globalen Zusammenhangs, in den sie gehören.
Aus einem internen Memorandum des Foreign Office geht eindeutig hervor, daß der Botschaftssekretär mit den Stockhieben auf sein entblößtes Gesäß und mit dem anschließenden Verkauf in die Sklaverei ausdrücklich einverstanden war. Obwohl man ihn in flagranti bei der Verwendung jener alkoholischen Flüssigkeit ertappt hatte, behandelte man ihn – zweifellos auf Grund der engen wirtschaftlichen Beziehungen zwischen Saudi-Arabien und Großbritannien – mit bemerkenswertem Entgegenkommen. Man überließ ihm die Wahl, ob er seine Augen ausgerissen und den Kopf vom Rumpf getrennt haben wollte oder ob er es vorzöge, als Sklave weiterzuleben. McKinsley entschied sich aus freien Stücken für die zweite Möglichkeit.
Weiter ist zu bedenken, daß die Bestrafung als solche unter strenger Beachtung der in der Genfer Konvention festgelegten Vorschriften erfolgte. Die englische

Regierung hat das bereits in aller Form zur Kenntnis genommen. »Ich bin in der angenehmen Lage«, erklärte der britische Außenminister auf eine diesbezügliche parlamentarische Anfrage, »der ehrenwerten Versammlung mitteilen zu können, daß während der gesamten Dauer des Strafvollzugs ein Amtsarzt anwesend war und daß die saudiarabischen Behörden zwei eigens herangezogene Muezzins beauftragt hatten, die Prozedur mit Versen aus dem Koran zu begleiten. Überdies verlor der Verurteilte nach dem 120. Stockschlag das Bewußtsein, so daß er die restlichen 350 Schläge ohne den geringsten Schmerzenslaut über sich ergehen ließ. Wir dürfen stolz auf ihn sein.«
Kunte-Kinsley, wie der Botschaftssekretär seit Beginn seiner neuen Karriere genannt wird, erholte sich bald und hat einen Teil der Verwendbarkeit seines Sitzfleisches, wenn auch nicht zum Sitzen, seither wiedergewonnen. Scheich Abu-Buba ist mit ihm zufrieden und hat ihm gestattet, seinen persönlichen Regenschirm zu behalten. Zur Zeit beaufsichtigt Kunte-Kinsley die 182 Kinder des Scheichs und verwaltet deren leichte Unterwäsche.

Während man sich in Kreisen der Europäischen Wirtschaftsgemeinschaft angesichts der bevorstehenden OPEC-Konferenz und der steigenden Schwierigkeiten in der Ölversorgung äußerst beunruhigt zeigte, ließ es ein Teil der englischen Presse bedauerlicherweise an der gebotenen Zurückhaltung fehlen. »15 Guineas für einen erfahrenen Diploma-

ten?« fragte der »Sunday Telegraph« in einer balkendicken Überschrift. »Ein junges Kamel kostet mehr!« Das Blatt stellte fest, daß der Botschaftssekretär auf Grund seiner männlichen Erscheinung und seines sportgestählten Körpers als erstklassiges Sklavenmaterial zu betrachten sei. »Die für ihn bezahlte Kaufsumme«, schloß der Artikel, »ist eine Beleidigung unserer nationalen Würde und läßt sich nur mit den Hungerlöhnen vergleichen, wie sie die israelischen Eroberer in den besetzten Gebieten ihren arabischen Arbeitskräften zahlen.«
Der gemäßigte »Observer« beschäftigte sich mit der völkerrechtlichen Seite des Falles: »Was wird aus Kunte-Kinsleys Kindern, wenn sein Herr ihn mit einer Sklavin verheiratet? Sind sie britische oder saudische Bürger? Der Generalstaatsanwalt, den wir darüber befragt haben, neigt der Meinung zu, daß ihnen die saudiarabische Staatsbürgerschaft aufgezwungen werden könnte, ohne daß die Regierung Ihrer Majestät eine juristisch abgesicherte Möglichkeit zum Eingreifen hätte. Wir möchten nicht verhehlen, daß uns diese Sachlage mit tiefer Besorgnis erfüllt.«
Es wurden allerdings auch schärfere Töne hörbar. So verlangte »The Jewish Chronicle« die Entsendung britischer Flotteneinheiten in die saudiarabischen Hoheitsgewässer, stieß jedoch auf den entschiedenen Widerstand des Oberhauses, wo man nach Rücksprache mit dem Handelsministerium den Beschluß faßte, von einer Flottendemonstration abzusehen und statt dessen einen illustrierten Katalog mit den neuesten Erzeugnissen der englischen Rüstungsindustrie

nach Riad zu schicken. Ähnlich ergebnislos verlief eine Debatte über den möglichen Abbruch der diplomatischen Beziehungen zu Südafrika. Im übrigen wurde von mehreren Rednern darauf hingewiesen, daß es sich bei Kunte-Kinsley nicht um einen Einzelfall handelte. Laut Geheimberichten der englischen Gegenspionage teilte er sein Sklavenquartier mit zwei wegen Trunkenheit verkauften amerikanischen Ingenieuren. Ein anderer englischer Diplomat, Sir Tobias (»Toby«) Middleborough, sei auf einer halboffiziellen Reise mit seiner Sekretärin bereits vor drei Jahren in Saudi-Arabien verschwunden und befände sich angeblich als Haremswächter in den Diensten eines nicht näher bezeichneten Scheichs. Auch die Sekretärin wurde nicht näher bezeichnet.

»Es gibt ein altes arabisches Sprichwort«, bemerkte der Schatzkanzler aus keinem besonderen Anlaß, »welches besagt, daß ein einmal abgeschlossener Kauf nur von Allah rückgängig gemacht werden kann.« Kunte-Kinsleys Ehefrau war anderer Ansicht und brachte die Regierung in größte Verlegenheit, als sie sich erbötig machte, ihren Mann von Abu-Buba zurückzukaufen. Der Scheich antwortete nicht. Ein vom Roten Kreuz nach Riad entsandter Funktionär traf zwar an seinem Bestimmungsort ein, doch fehlt seither jede Nachricht von ihm; man vermutet eine saisonbedingte Materialknappheit auf dem saudiarabischen Sklavenmarkt.

Unter dem Druck der öffentlichen Meinung richtete das Außenamt die folgende, in energischer, wenn auch höflicher Form gehaltene Botschaft an König Chalid:

»Die Regierung Ihrer Majestät betrachtet das physische Wohlergehen des Sklaven Kunte-Kinsley als Angelegenheit von höchster Bedeutung und möchte der zuversichtlichen Hoffnung Ausdruck geben, daß die disziplinären Maßnahmen, die gegen den Genannten etwa ergriffen werden sollten, sich streng im Rahmen der internationalen Vereinbarungen über die Behandlung von Anfängersklaven vollziehen werden.«

Darüber hinaus macht die Regierung von allen ihr zu Gebote stehenden Mitteln der Geheimdiplomatie Gebrauch (die ja immer bedeutend wirksamer sind als lärmende Proteste) und ist in jeder Weise bemüht, das Schicksal McKuntes zu erleichtern. Sie hat sich beispielsweise für seine Verwendung als Küchengehilfe eingesetzt, ohne zunächst darauf zu drängen, daß ihm die Ketten abgenommen werden; ein dadurch ermöglichter Fluchtversuch wäre geeignet, sich auf das gute Einvernehmen zwischen den beiden befreundeten Staaten nachteilig auszuwirken.

Einige konservative Abgeordnete gaben zu bedenken, ob man die in London scharenweise zu Besuch weilenden saudischen Prinzen nicht durch Einschränkung ihres Whiskykonsums unter moralischen Druck setzen könnte. Die Anregung wurde nicht weiter verfolgt, da man feststellen mußte, daß sich nahezu sämtliche Whiskydestillerien längst in saudiarabischem Besitz befänden.

Die Minister der OPEC-Länder hatten mittlerweile

ihre Konferenz begonnen. Führende englische Warenhäuser brachten Kataloge in arabischer Sprache heraus. Die arabischen Einlagen in den englischen Banken erreichten eine Höhe von 8 Milliarden Pfund. Die Handelsbilanz wies eine leichte Besserung auf.
Unter diesen erfreulichen Umständen machte sich ein hoher Beamter des Außenministeriums erbötig, an Stelle Kunte-Kinsleys in die Sklaverei zu gehen. Die öffentliche Meinung jubelte – aber, wie sich zeigte, zu früh: Der saudiarabische Botschafter suchte den Beamten auf, prüfte seine Zähne, gab sie ihm zurück und verließ ihn mit den Worten: »Kommt nicht in Frage.«

Dennoch blieb das Außenministerium nicht untätig. Unter dem Titel »Rechte und Pflichten des modernen Sklaven« erschien ein Handbuch für Diplomaten, aus dem wir einige Punkte zitieren:
»Bei körperlichen Züchtigungen ist die Oberlippe steif zu halten und die Muskulatur der unteren Rükkenpartie aufzulockern. Es empfiehlt sich, von Zeit zu Zeit kleine Schmerzensschreie auszustoßen, um dem züchtigenden Personal die von ihm erwünschte Genugtuung zu bereiten.«
»Verwendung von Vaseline oder einer gleichwertigen Salbe beschleunigt den Heilungsprozeß.«
»Dem Herrn, bei dem man als Sklave bedienstet ist, nähert man sich auf allen Vieren (oder auf dem Bauch kriechend).«
»Befleißigen Sie sich bei der Entgegennahme von Be-

fehlen größtmöglicher Kürze und Präzision: Yes, Massa! Thank you, Ma'am! und dergleichen.«
»Wahren Sie in Ihrem Verhalten stets die Würde Englands, dessen verkaufter Repräsentant Sie sind.«
Insgesamt darf gesagt werden, daß die englische Öffentlichkeit den Fall als erledigt ansieht und sich nur noch für die Frage interessiert, wann Israel endlich alle besetzten Gebiete räumen wird.

Präsident Sadat beruhigt uns immer wieder, daß er persönlich für unsere Sicherheit garantiert, und wir setzen nicht den geringsten Zweifel in die Ehrlichkeit seiner Worte. Wir sind von seiner guten Absicht fest überzeugt. Die Sache ist nur die: Wenn jemand eine Garantie für etwas übernimmt, muß man sich vorsichtshalber fragen, wer denn für *ihn* garantiert? Mit anderen, auf den vorliegenden Fall bezogenen Worten: Was geschieht, wenn es einem libyschen Paßinhaber einfällt, auf den Präsidenten Sadat ein Attentat zu verüben, vielleicht gar ein erfolgreiches? Was dann?

Vertrauen zu Sadat

Hier liegt das eigentliche Problem. Und das noch eigentlichere liegt darin, wie man das dem Präsidenten beibringen soll. Man kann doch zu einem so netten Menschen, wie er es ist, nicht einfach hingehen und

sagen: »Lieber Herr, haben Sie schon bedacht, daß man Sie vielleicht abknallen könnte?« Eine solche Frage würde ihn ganz bestimmt kränken. Und das wollen wir nicht.
Andererseits muß man ihn unbedingt über die Möglichkeit eines Attentats aufklären.
Aber wie?
Ich habe schon oft darüber nachgedacht. Ich habe mir vorgestellt, daß ich unser Außenminister wäre und mit Präsident Sadat eines dieser »Von Mann zu Mann«-Gespräche hätte, ganz privat, unter drei Augen. Dann würde ich ein besorgtes Gesicht aufsetzen und wie folgt beginnen:
»Ich hoffe, Sie tragen eine kugelsichere Weste, Herr Präsident.«
»Gewiß«, würde Sadat antworten. »Warum fragen Sie?«
»Ach, nur so. Aus Gründen der nationalen Sicherheit. Es wäre ja denkbar, daß irgendein Wahnsinniger sich vornimmt . . .«
»Ja? Sich vornimmt?«
»Ich meine . . . ein Wahnsinniger könnte den Versuch machen . . .«
»Was für einen Versuch?«
»Es ist schwer, den richtigen Ausdruck zu finden . . . man weiß ja nie, woran man mit diesen Leuten ist . . .«
»Mit welchen Leuten?«
»Mit diesen Wahnsinnigen.«
Nein, ich bringe es nicht über mich. Soll ich ihm die brutale Wahrheit ins Gesicht schleudern, daß es

Leute gibt, die an seinem Tod interessiert sind? Ich bin kein Barbar. Ich bin ein zivilisierter Mensch. Ich schweige.

Präsident Sadat erhebt sich, tritt auf mich zu und legt mir beide rechte Hände auf die Schultern:

»Machen Sie sich keine Sorgen, lieber Freund. Ihr gebt uns die Ölquellen im Sinai zurück – und ich übernehme die Garantie für eure nationale Sicherheit. Abgemacht?«

An dieser Stelle des Gesprächs werde ich vermutlich um eine Atempause bitten, um neu gestärkt fortzufahren:

»Lassen Sie uns die Sache in Ruhe überlegen. Lassen Sie uns den theoretischen, den zugegebenermaßen phantastischen Fall erwägen, daß nach unserem Rückzug aus dem Sinai Sie, Exzellenz, eines Tags ... eines fernen Tags ... vielleicht ... nicht mehr Präsident wären ...«

»Warum sollte ich nicht mehr Präsident sein? Ich bin sehr gerne Präsident.«

»Aber wenn Sie einmal ... nehmen wir an ... zurücktreten ...«

»Wie kann ich zurücktreten, wenn ich mich verpflichtet habe, Ihre Sicherheit zu garantieren?«

»Es war ja nur eine theoretische Überlegung.«

»Ich habe noch 51 Jahre bis zu meinem 110. Geburtstag. Das ist bei uns das offizielle Rücktrittsalter für Präsidenten.«

»Und wenn Ihnen, Gott behüte, etwas zustößt? Ein Unfall?«

»Ich fahre immer mit angeschnalltem Gurt.«

»Oder eine Krankheit.«
»Was für eine Krankheit?«
»Zum Beispiel . . . kugelsichere Weste oder nicht . . . plötzlich . . . aus nächster Nähe . . . in den Magen . . .«
»Mein Magen ist vollkommen in Ordnung. Ich esse niemals ungewaschenes Obst.«
»Trotzdem . . . die Verhältnisse könnten sich ändern . . .«
»Die Verhältnisse? Wieso?«
»Ich meine . . . es könnte zu einem Ausbruch kommen . . .«
»Ausbrüche gibt's bei uns nicht. Unsere Gefängnisse sind sehr gut bewacht.«
»Ich denke mehr an den Ausbruch einer Revolution.«
»Die würde ich sofort unterdrücken.«
»Und wenn Sie scheitern?«
»Wie bitte? Wenn ich – was?«
»Es könnte ja sein, daß die Revolution sich nicht sofort unterdrücken läßt . . . Daß sie weiter schwelt . . .«
»Na schön, dann schwelt sie eben ein paar Tage. Inzwischen rufe ich die Mitglieder meiner Regierung zusammen, und die Revolution wird einstimmig unterdrückt.«
»Und für den Fall, daß . . . angenommen . . . daß Sie keine Regierung mehr haben?«
»Ich verstehe nicht. Keine Regierung? Wie das?«
»Die könnten doch alle . . . sagen wir . . . Pilze gegessen haben. Giftige Pilze. Und sind an Pilzvergiftung gestorben.«

»Pilze? Im Winter?«
»Oder sie treten auf eine Mine . . . oder fahren nach Zypern . . . was weiß ich . . . jedenfalls sind sie alle weg . . .«
»Dann setze ich eine neue Regierung ein. Keine Schwierigkeit.«
»Und wenn auch die Neuen . . . Pilze . . . Minen . . .«
Präsident Sadat schüttelte lächelnd den Kopf und umarmte mich, wie nur er umarmen kann:
»Was ist denn los mit Ihnen, mein Lieber? Haben Sie nicht gehört? Ich hafte persönlich für die Sicherheit Ihrer Grenzen!«
Er hat diese schönen blauen Augen, der Präsident, so warm und braun. Ich holte Luft und nahm einen verzweifelten Anlauf: »Heutzutage«, murmelte ich, »wimmelt es doch von Terroristen . . . überall . . . auch hier bei Ihnen . . .«
»Hier? Ich fühle mich in meinen Amtsräumen absolut sicher.«
»Und zu Hause?«
»Danke, alles in Ordnung. Meine Enkeltochter hat eine kleine Erkältung, aber es ist nichts Schlimmes.«
Sadat machte eine Pause und paffte geruhsam an seiner Pfeife. Dann setzte er mich auf seine Knie:
»Kommen Sie, wir machen Frieden«, sagte er mit seiner warmen Stimme. »Unterschreiben Sie auf dieser punktierten Linie, gleich unter der Klausel: ›Der Vertragspartner B ist einverstanden, seine Sicherheit dem Vertragspartner A anzuvertrauen.‹ Nehmen Sie meine Füllfeder. Eine amerikanische. Zwei Jahre Garantie.«

Schwer lag die Feder in meiner Hand. Sadat nickte mir aufmunternd zu. Eines Tags wird man ihn umlegen, und er weiß es nicht. Was soll ich tun, was soll ich tun?
Ich habe unterschrieben.

Als Präsident Sadat zu seinem historischen Besuch nach Jerusalem kam, als er und Begin wie ein junges Brautpaar miteinander turtelten, sagte ein witziger Zeitgenosse: »Die beiden machen einen Fehler, den sich kein Filmautor erlauben dürfte. Sie fangen mit dem Happy-End an.« Was seither geschehen ist, heißt in der Filmsprache »Flashback«. Die Geschichte wurde bis an den Anfang zurückgekurbelt. Und von dort aus strebt sie jetzt langsam, langsam dem Happy-End zu.

Mit Allahs Hilfe

»Schon wieder Kairo!« seufzt Renana, unsere Jüngste, in nur halb gespielter Enttäuschung, als auf dem Fernsehschirm der israelische Korrespondent seinen Kommentar aus Ägypten durchgibt.

Schon wieder Kairo . . . Die ganze Absurdität der jüngsten Ereignisse, die ganze Verwirrung unseres Zeitalters liegt in diesem Ausruf eines zehnjährigen Mädchens.

Das größte aller Wunder, so scheint es mir manchmal, ist die Geschwindigkeit, mit der wir uns an Wunder gewöhnen. Vielleicht rührt das daher, daß die Entwicklung der Dinge über die Grenzen des

Unwahrscheinlichen hinausgegangen und ins Unmögliche eingeschwenkt ist. So etwas kann unser Hirn nicht fassen. Es stellt sich selbsttätig ab und versieht sich mit der Aufschrift:»Wegen Überlastung außer Betrieb.«
Die Angehörigen meiner Generation sind immer noch weit entfernt davon, die neu geschaffene Lage für normal zu halten oder gar für selbstverständlich. Auf uns wirkt das alles immer noch wie die lächerlichen Montagen, die man in den Maskenzügen am Purimfest zu sehen bekam: Sadats Kopf auf Begins Schultern oder mit der Augenbinde Dajans. Oder was es sonst noch an Purimscherzen gab. Mögen sie in Frieden ruhen. In Frieden.

Ein neues Zeitalter ist angebrochen. Schon der Anfang – Sadats mutiger Besuch in Jerusalem – hat mich erschüttert, und meine Erschütterung ist seither ständig gewachsen. Heute gilt sie vor allem dem gemeinsamen Enthusiasmus, mit dem die Menschen in Ägypten und Israel das neue Zeitalter begrüßen. Nur zwei lang verfeindete Völker sind zu solcher Gemeinsamkeit fähig.
Wie schnell das alles geht. Kein Wunder, daß unsereins an einer Art Zukunftsschock leidet. Es will mir nicht in den Kopf, daß die Zukunft bereits zur Gegenwart geworden ist. Also versuche ich, mir wenigstens über die Vergangenheit Klarheit zu verschaffen, eine Bestandsaufnahme des Wegs vorzunehmen, der mich hierher geführt hat. Als das Fernsehen den ägyptischen Präsidenten zeigte, wie er beim Abspie-

len der »Hatikwah«, unserer alten jüdischen Hymne, strammstand, begriff ich zum erstenmal, daß ich tatsächlich dort lebe, wo ich hingehöre; begriff ich, daß nicht New York und nicht einmal Bukarest uns nahe liegen, sondern Kairo und Damaskus. Ich schämte mich, weil ich kein Arabisch verstand. Und ich beneidete unsere jemenitische Hausgehilfin, die der Ansprache Sadats aufmerksam lauschte.
Plötzlich, inmitten all dieser Emotionen, überkam mich ein kleiner, stechender Verdacht. Vielleicht – obwohl ich seit dreißig Jahren hier lebe und ein besseres Hebräisch schreibe als meine hier geborenen Kinder – vielleicht gehöre ich doch nicht hierher? Plötzlich wurde mir mein unheilbarer ungarischer Akzent bewußt. Ich fühlte mich als Minorität, als vorübergehender Bevölkerungsteil, als provisorische Generation – und noch dazu als die letzte ihrer Art. In ein paar Jahren lösen uns Scharen gesunder Mittelmeerkinder ab, die sich dieser weiten semitischen Landschaft unterschiedslos einfügen und echte Orientalen sein werden. Mit Allahs Hilfe. Inschallah.
Wir dürfen nicht darüber klagen. Es ist in Ordnung, es ist richtig, es ist unvermeidlich.

Haben wir voll erfaßt, was uns das Fernsehen gezeigt hat? Ägyptens Präsident umarmt gerade jenen unserer politischen Führer, der den Holocaust überlebt hat. Ich für meine Person weiß, was das bedeutet. Auch Begin weiß es. Aber Begins Enkelkinder, wenn man ihnen eines Tages diese Aufnahmen zeigt, werden nichts mehr daran finden. Sie werden keine Si-

multanübersetzung brauchen, um den arabischen Text zu verstehen, und werden sich über die Krawatte ihres Großvaters lustig machen.
Sadat hatte recht mit seiner Bemerkung, daß 50 Jahre Geschichte hinfällig geworden sind. Wie lange es auch noch dauern mag bis zum restlosen, endgültigen Frieden: die Vergangenheit ist erledigt. Keine Nostalgie, keine Sehnsucht nach den großen jüdischen Werten, die wir in der Diaspora geschaffen haben, kann daran etwas ändern. Für die hier und heute Lebenden zählt das alles nicht mehr. Recht so.
Wir wissen längst, daß Theodor Herzl eine Unterlassungssünde begangen hat, als er vergaß, die Araber in seine Zukunftsträume einzubeziehen. Seine Vision vom Judenstaat als einer Art westlicher Zivilisations-Enklave im Orient entstand unter Verhältnissen, die wir uns heute so wenig vorstellen können, wie Herzl sich die heutigen Verhältnisse vorstellen konnte. »Wenn ihr nur wollt, ist es kein Märchen«, schrieb er 1894. Wir wollten, und das Märchen wurde 1948 zur Wirklichkeit. Jetzt muß sich diese Wirklichkeit auf die Wirklichkeit einstellen. Ihre Märchenphase ist zu Ende. Wir sind keine Enklave. Wir sind ein integraler Bestandteil des vorderen Orients. Unsere Kinder werden sich in Kairo, wenn sie aus Tel Aviv zu Besuch kommen, mit der gleichen Selbstverständlichkeit bewegen, mit der wir uns in Wien oder Berlin bewegt haben, wenn wir aus Budapest zu Besuch kamen.

Mit uns, die wir aus Budapest, aus Wien und Berlin,

aus Prag und Czernowitz, aus Polen und Rußland hierhergekommen sind – nicht zu Besuch, sondern um hier zu leben – mit uns ist es vorbei. Gewiß, man hat uns gebraucht. Wir dürfen uns sogar einbilden, daß dieses kleine Land Israel, unsere Heimat, das Land unserer Väter, ohne uns niemals zum Land unserer Söhne geworden wäre. Jetzt ist es soweit. Wir haben unsere Sendung erfüllt und weichen der Erfüllung. Wir bleiben zurück am Rande des Wegs, auf dem Israel einer besseren, einer friedlichen Zukunft entgegengeht, einer Zukunft der guten Nachbarschaft mit unseren arabischen Brudervölkern.
Und wir können nicht einmal »Inschallah« sagen. Weil wir diesen unheilbaren Akzent haben.

Zu den größten Hindernissen, die sich der restlosen Verwirklichung des ägyptisch-israelischen Friedens entgegenstellen, gehört die höchst komplizierte Beziehung zwischen Anvar el Sadat und Menachem Begin. Manchmal hat es den Anschein, als könnten sie einander nicht leiden. In Wahrheit leiden sie aneinander. Man fühlt sich dabei an den Text eines populären Schlagers aus einem amerikanischen Musical erinnert: »Anything you can do I can do better« – zu deutsch ungefähr: »Alles, was du kannst, kann ich noch besser«. Sadat macht für sich geltend, daß er es ist, der den Friedensprozeß eingeleitet hat – Begin beruft sich darauf, ihn zu dieser Einleitung angeregt zu haben. Der ägyptische Präsident wirkt männlicher und schnurrbärtiger als sein israelischer Partner – dieser hingegen verfügt über eine bessere Beherrschung des Jiddischen und des Englischen. Sadat ist der Liebling der israelischen Frauen, Begin läuft ihm bei Barbara Walters den Rang ab. Beide haben mit innerpolitischen Schwierigkeiten zu kämpfen, Sadat nach Begins Meinung mit den größeren; und beide haben den Friedensnobelpreis bekommen, Begin nach Sadats Meinung den kleineren Teil.

Hm . . . na ja . . . also . . .

»Herr Präsident Sadat, ich vertrete das Israelische Fernsehen. Darf ich einige Fragen an Sie richten?«
»Selbstverständlich. Ich werde Ihnen mit Vergnügen antworten.«
»Danke, Herr Präsident. Meine erste Frage: Hat sich durch die vielen Zusammenkünfte auch eine persönliche Freundschaft zwischen Ihnen und Menachem Begin entwickelt?«
»Zwischen mir und wem, bitte?«
»Begin.«
»Hm . . .«
»Er nennt Sie nämlich seinen Freund, Herr Präsident.«
»Na ja . . . also . . . das ist eine sehr komplizierte Angelegenheit . . . hm . . . Können Sie Ihre Frage wiederholen?«
»Gerne. Ich habe gefragt, ob Sie freundschaftliche Gefühle für unseren Ministerpräsidenten Begin empfinden.«
»Lassen Sie mich ganz offen sein. Man muß diese Frage im Zusammenhang mit dem Palästinenserproblem betrachten, das ich für den Angelpunkt aller zwischen uns bestehenden Konflikte halte.«
»Wir kennen Ihren Standpunkt, Herr Präsident. Aber meine Frage bezog sich auf Ihre persönliche Einstellung zu unserem Ministerpräsidenten.«
»Zu wem?«

»Zu Menachem Begin.«
»Sie sagten Ministerpräsident, wenn ich richtig gehört habe.«
»Das ist er. Ministerpräsident Begin. Wie stehen Sie zu ihm?«
»Und werden ihre Schwerter zu Pflugscharen machen und ihre Spieße zu Sicheln.«
»Gewiß, Herr Präsident. Das Buch Jesaja, Kapitel zwei, Vers vier. Auch Begin zitiert das sehr häufig.«
»Ich wußte ja, daß ich mich auf die israelischen Mütter verlassen kann.«
»Keine Frage. Die Frage ist: wie stehen Sie zu Begin?«
»Also . . . wenn ich ehrlich sein darf, möchte ich Sie bitten, sich etwas klarer auszudrücken.«
»Ich will es versuchen. Ist Ihnen unser Ministerpräsident sympathisch?«
»Sehen Sie . . . ich bin ein Bauernsohn, ein einfacher Dorfbewohner, kein Mann der großen Worte. Um Ihre Frage zu beantworten, muß ich Sie und die israelischen Mütter daran erinnern, daß ich seinerzeit, als Häftling des vorangegangenen Regimes, im Aramidan-Gefängnis in der Zelle 54 einsaß. Und trotz der strengen Beschränkungen, die den politischen Häftlingen in jener unglückseligen Zeit auferlegt waren, gelang es mir einmal, allerdings nicht ohne die Hilfe eines Wärters, mir ein Schischkebab zuzubereiten. Ich kann Ihnen in aller Aufrichtigkeit versichern, daß ich den Geschmack dieses vorzüglichen palästinensischen Gerichts noch heute auf der Zunge spüre.«

»Ein Schischkebab?«
»Ja. Mit Humus.«
»Klingt wirklich sehr schmackhaft, Herr Präsident. Aber wenn ich auf meine Frage zurückkommen darf – wie kommt es, daß Menachem Begin immer mit größtem Respekt und spürbarer Zuneigung von Ihnen spricht, während Sie Ihrerseits ihn niemals auch nur erwähnen?«
»Nun, es heißt ja schon im heiligen Koran: Wer da aufstehet in der Frühe an einem regnerischen Morgen, wird empfangen den Segen Allahs an einem sonnigen Tag.«
»Ganz Ihrer Meinung, Herr Präsident. Trotzdem möchte ich wissen, warum Sie in Ihren öffentlichen Äußerungen die Existenz Begins so hartnäckig ignorieren.«
»Wie bitte?«
»Ich spreche von unserem Ministerpräsidenten.«
»Richtig, richtig . . . Wenn ich nicht irre, bin ich ihm ein paarmal bei meinem Freund Jimmy Carter begegnet.«
»Aber Sie haben noch nie ein gutes Wort über ihn gesagt.«
»Das stimmt nicht. Ich glaube sogar wiederholt und mit aller Deutlichkeit meine Überzeugung ausgedrückt zu haben, daß er ein bedeutender Staatsmann ist, einer der großen Politiker unserer Zeit, ein Mann von Weitblick und Weisheit. Mehr kann ich doch wohl über einen amerikanischen Präsidenten nicht sagen.«
»Ich sprach von Menachim Begin.«

»Von Ihrem Ministerpräsidenten?«
»Von eben diesem. Sie haben ihn noch nie beim Namen genannt, Herr Präsident.«
»Doch, das habe ich. Während eines Dinners im Weißen Haus, am 29. März, in einem Gespräch mit meinem Tischnachbarn Senator Ribikoff, und Esra Weizmann hat es gehört. Ja, ganz bestimmt. Ich erinnere mich genau, daß ich damals seinen Namen genannt habe.«
»Welchen Namen?«
»Seinen Familiennamen.«
»Sehr freundlich von Ihnen, Herr Präsident. Aber ich kann nicht umhin zu bemerken, daß Sie es sogar jetzt, im Verlauf dieses Interviews, sorgfältig vermeiden, den Namen Begin auszusprechen.«
»Tue ich das?«
»Allerdings.«
»Hoffentlich nehmen Sie nicht an, daß etwas dahintersteckt, ein Komplex oder so etwas. Wenn ich Lust habe, den Namen Ihres Ministerpräsidenten auszusprechen, dann werde ich ihn aussprechen.«
»Wie wär's und Sie sprechen ihn jetzt aus?«
»Jetzt habe ich keine Lust. Alles zu seiner Zeit.«
»Vielen Dank, Herr Präsident.«
»Keine Ursache.«

Es ist eine leider unumstößliche Tatsache, daß sich der kleine Mann den großen Weltereignissen nicht entziehen kann – er wäre denn taubstumm oder ein Schweizer. Da weder meine Frau noch ich zu einer dieser bevorzugten Gruppen gehören, leben auch wir unter dem Einfluß der Massenmedien und der von ihnen verbreiteten schlechten Nachrichten.
Ich beziehe mich hier im besonderen auf eine jüngst in Mode gekommene Gepflogenheit führender Politiker. Sie können in keinem wie immer gearteten Camp David zu Verhandlungen zusammentreffen, ohne schon im voraus zu wissen, warum und woran sie scheitern werden. Im folgenden wird dieses Thema auf familiärer Grundlage abgewandelt – mit dem gleichen Ergebnis.

Absichtserklärung

»Gehen wir heute abend aus«, schlug ich vor.
»Gut, gehen wir«, sagte die beste Ehefrau von allen.
Ich erschrak. Prompte, eindeutige Entschlüsse sind im allgemeinen ihre Sache nicht. Und da hatte sie sich auch schon besonnen.
»Aber vorher sollten wir eine Absichtserklärung formulieren.«

»Wozu?« fragte ich.
»Damit wir wissen, wohin wir gehen.«
Kein Zweifel: sie stand unter dem mehr oder weniger unterschwelligen Einfluß der Friedensverhandlungen. Offenbar wollte sie jeder Möglichkeit eines späteren Mißverständnisses vorbeugen.
»Wenn wir aufs Geratewohl ausgehen«, sagte sie, »könnte es geschehen, daß wir über irgendwelche Kleinigkeiten zu debattieren beginnen. Vielleicht geraten wir sogar, Gott behüte, in einen richtigen Streit. Wenn wir uns hingegen auf eine klare, eindeutig formulierte Absichtserklärung einigen, schließen wir jede nachträgliche Meinungsverschiedenheit aus und sichern den häuslichen Frieden.«
Das klang in der Tat vernünftig.
»Einverstanden«, sagte ich. »Meine Absichtserklärung lautet: Gehen wir ins Kino.«
»Warum?«
»Um einen Film zu sehen.«
»Was für einen Film?«
»Einen guten. Können wir jetzt gehen?«
Madame ließ sich in einen Fauteuil sinken und runzelte die Augenbrauen; ihre Stimme klang bedrohlich sanft:
»Was verstehst du unter ›gutem Film‹, mein Schatz?«
»Ein guter Film ist ein Film, der mir gefällt.«
»Und ob er *mir* gefällt, zählt nicht?«
»Schön, dann ist es also ein Film, der uns beiden gefällt.«
»Wir müssen nicht unbedingt den gleichen Geschmack haben.«

Stimmt. Meistens haben wir ihn, aber wir müssen nicht unbedingt. Ich schwieg.
»Siehst du?« Langsam bekam sie Oberwasser. »Deshalb brauchen wir eine Absichtserklärung. Jeder von uns hat seine eigenen Interessen und ist berechtigt, sie wahrzunehmen.«
Mir schwindelte ein wenig. Ich hatte noch nie meine Absicht im voraus erklärt, und ein Kinobesuch, so schien mir, war das einfachste von der Welt. Man verläßt das Haus durch die Vordertüre, geht ins Kino, sieht den Film, kommt durch die selbe Türe wieder zurück und geht zu Bett. So einfach war das bisher. Und jetzt, ohne den geringsten Anlaß, wünscht meine Frau sich gegen jede etwa denkbare Komplikation abzusichern.
Nun, das muß man ihr schließlich zugestehen. Sie will eben nicht riskieren, daß ich's mir auf halbem Weg anders überlege und plötzlich den Entschluß fasse, nicht ins Kino zu gehen, sondern nach Hongkong zu fliegen – und sie, die Ärmste, steht allein auf der Straße und weiß nicht, wohin mit sich. Schon aus diesem Grund verlangt sie mit vollem Recht, daß ich im voraus meine Absicht erkläre.
»Was für Plätze nehmen wir?« kam einigermaßen unvermittelt ihre Frage.
»Die besten. In der Mitte.«
»Welche Reihe?«
»Zwölf.«
»Und wenn die Mittelplätze in der zwölften Reihe schon verkauft sind – was tun wir dann? Nach Hause gehen? Andere Plätze nehmen? Den Mann an der

Kassa anschreien? Den Platzanweiser bestechen? Auf die nächste Vorstellung warten? In ein anderes Kino gehen? Kaffee trinken? Beten? Toben? Ich will wissen, was wir dann tun, Ephraim. Was? Sag's mir!«
»Ich . . . ich weiß es nicht. Der Herr wird mich erleuchten.«
»Er denkt nicht daran. Aber selbst wenn er daran dächte – wie lange willst du auf die Erleuchtung warten? Bitte um genaue Angaben in Stunden und Minuten.«
Meine Lust, ins Kino zu gehen, sank unter Null. Muß man denn jeden Tag einen Film sehen? Gehen wir morgen.
Die beste Ehefrau von allen ließ nicht locker:
»Also nehmen wir um des lieben Friedens willen an, daß wir im Kino sind. Was machst du in der Pause?«
»In der Pause geh ich aufs Klo.«
»Das möchte ich schriftlich haben. Mit deiner Gegenzeichnung.«
Sie holte einen Notizblock, um unser Gespräch zu protokollieren. Es dürfe, so entschied sie unwidersprechlich, keine wie immer geartete Unklarheit entstehen.
Ich weigerte mich zu unterschreiben. Was, wenn ich in der Pause gar nicht aufs Klo wollte oder müßte? Warum soll ich mich schon jetzt aufs Klo festlegen? Vorsicht, Mann! raunte ich mir mit meiner inneren Stimme zu. Und hörbar sagte ich:
»Was wirst du eigentlich von dem Film halten, Liebling?«

»Wieso? Was meinst du? Warum fragst du?«
»Weil ich mir nachher nicht wieder von dir sagen lassen will, daß der Film ein Bockmist war und wir hätten unsere Zeit besser verwenden können und immer du mit deinem blöden Kino, Ephraim. Ich verlange die Erklärung deiner Absicht, mir nichts dergleichen vorzuwerfen. Und ich verlange diese Erklärung jetzt gleich, sofort, auf der Stelle!«
»Einen Augenblick noch!« Sie war aufgesprungen, und ihre Augen funkelten. »Wirst du wieder Popcorn essen?«
»Jawohl! Einen ganzen Sack voll!«
»Laut?«
»So laut ich kann!« Auch ich hatte mich erhoben und ballte die Fäuste.
»Und du wirst auch mit dem Papier knistern?«
»Ununterbrochen!«
An dieser Stelle des Gesprächs rollten wir bereits auf dem Teppich.
»Weib, ich erwürge dich!« Meine Absichtserklärung erfolgte röchelnd und ging in einen heiseren Schmerzensschrei über, denn ich hatte einen so heftigen Tritt in den Magen ausgefaßt, daß ich von meinem Würgegriff ablassen mußte. Wir kamen gleichzeitig hoch und standen einander gegenüber, keuchend, mit blutunterlaufenen Augen, die Haare zerrauft, die Kleider zerfetzt . . .
Dann brach ein befreiendes Lachen aus uns hervor. Einträchtig gingen wir aufs Rabbinat, um die Scheidung einzuleiten.

Wie man weiß, hat sich Präsident Carter in die Friedensverhandlungen zwischen Ägypten und Israel persönlich eingeschaltet und hat nicht früher lokkergelassen, als bis das gute Werk unter Dach und Fach war. Auf dem Weg zu diesem Ziel mußte er zahlreiche Zwischenstationen machen, eine besonders wichtige in Kairo, wo er mit Sadat das Ergebnis einer Besprechung mit Begin in Jerusalem besprach und das Ergebnis *dieser* Besprechung dann wieder an Begin weiterleitete, ohne zu wissen, daß ich sie abgehört hatte.

Ein schwieriges Dreiergespräch

»Dann sind wir uns einig. Gott segne Sie, Präsident Sadat!« Jimmy Carters Stimme wies deutliche Spuren von Erschöpfung auf, als er sich abschließend an seinen Verhandlungspartner wandte. »Ich danke Ihnen für Ihre Bereitschaft, im Interesse eines gerechten und dauerhaften Friedens auch schmerzliche Kompromisse in Kauf zu nehmen. Sie bekommen also sechs Milliarden Dollar und achtzig Kampfflugzeuge vom Typ F-15 . . .«
»Fünfundachtzig und F-16«, korrigierte Sadat und zog an seiner Pfeife. »Außerdem bleiben die jährli-

chen Zuwendungen ungeachtet der sechs Milliarden aufrecht.«

»Selbstverständlich.« Carter lächelte gequält. »Und jetzt, wenn Sie nichts dagegen haben, möchte ich Begin anrufen, um ihn über Ihr großzügiges Entgegenkommen zu informieren.«

Während Carter die Wählscheibe betätigte, verzog sich Sadat auf Zehenspitzen zu einem weit entfernten Fauteuil.

»Hallo?« Die Verbindung war hergestellt. »Ministerpräsident Begin? Gute Nachrichten! Präsident Sadat hat zugestimmt . . . Wie bitte? Wo er sich im Augenblick befindet?«

»Ich bin nicht hier«, kam Sadats eiliges Flüstern. »Ich bin weggegangen.«

»Er ist weggegangen«, sagte Carter ins Telephon. »Ich weiß nicht. Irgendwohin. Vielleicht ein wenig Luft schnappen. Der arme Kerl fühlt sich nicht sehr wohl. Er glaubt, wir hätten ihn übervorteilt.«

Die beiden Staatsmänner zwinkerten einander zu, ehe Carter das Telephongespräch wieder aufnahm: »Autonomie? Welche Autonomie? Richtig . . . ich erinnere mich . . . West-Judäa und Samaria. Nein, darüber haben wir nicht gesprochen. Wir hatten wichtigere Themen, zum Beispiel die ägyptische Öllieferung aus dem Sinai nach Israel . . .«

»Barzahlung!« zischte Sadat. »Ich akzeptiere keine Schecks!«

»Ach, nichts«, beschwichtigte Carter den offenbar mißtrauisch gewordenen Begin. »Die Leute vom Rundfunk sind im Zimmer, das ist alles.« Dann legte

er die Hand über die Muschel. »Sie müssen achtgeben, Herr Präsident. Er kann sie hören.«
»El Arisch«, gab Sadat gedämpft zurück. »Erinnern Sie ihn an El Arisch!«
Carter nickte.
»Übrigens, Menachem«, fuhr er fort. »Aus der Umgebung Sadats wurde mir angedeutet, daß er von Ihnen eine großzügige Geste erwartet . . . eine Geste, die Ihrem noblen Stil entspricht. Vielleicht könnten Sie ihm El Arisch noch vor dem vereinbarten Termin zurückgeben . . .«
Abermals deckte Carter die Muschel zu:
»Er ist einverstanden!«
»Und was ist mit Haifa?« wollte Sadat wissen.
Carter winkte ab, während er schon mit Begin weitersprach:
»Aber gewiß, Menachem. Botschafteraustausch . . . und alles was dazugehört . . . Sie können ihm vertrauen, mein Wort darauf . . . Und wenn Sie keinen ägyptischen Botschafter bekommen, schicken wir Ihnen noch einen von uns . . . Mit amerikanischer Flagge, zweimal drei Meter . . . Entschuldigen Sie bitte. Nur einen Augenblick. Man bringt mir gerade den Lunch.«
Der Hörer verschwand unter Carters Jacke.
»Er besteht auf einem ägyptischen Botschafter, Anvar. Schicken Sie ihm einen ganz kleinen, mit einer häßlichen Sekretärin.«
»Gut. Aber ohne Portier.«
»Darauf wird er nicht eingehen.«
»Dann wenigstens Portier ohne Kappe.«

»Danke, Miss Gwendolyn.« Carter hatte den Hörer wieder hervorgezogen. »Stellen Sie das Tablett auf den kleinen Tisch . . . Hallo, Menachem? Der Portier geht in Ordnung . . .«
Sicherheitshalber setzte sich Carter auf den Hörer.
»Begin hat eine sehr hohe Meinung von Ihnen«, wandte er sich an den ägyptischen Präsidenten. »Er findet, Sie sind ein Mensch mit wirklichem . . mit wirklichem . . . ich hoffe ihn richtig verstanden zu haben . . . mit Wirklichkeitssinn.«
»Auch schon ein Kompliment«, brummte Sadat in seine Pfeife.
»Und bedenken Sie die inneren Schwierigkeiten, mit denen er es zu tun bekommen wird . . . Proteste der Orthodoxen . . . Druck der Gewerkschaften . . . Inflation . . .«
»Lauter leere Versprechungen.«
»Ihrem Land hingegen steht ein gewaltiger wirtschaftlicher Aufschwung bevor. Drei Millionen israelische Touristen . . .«
». . . werden überall ihre Orangenschalen wegwerfen«, setzte Sadat fort.
Im Telephonhörer begann es zu knacksen. Carter führte ihn rasch ans Ohr:
»Anvar«, flüsterte er, »Sie werden den Gazastreifen nicht zurückbekommen.«
»Gott sei Dank! Aber ich bestehe darauf, daß der Friedensvertrag auf dem Berg Sinai unterzeichnet wird.«
»Menachem?« Das war wieder in die Muschel gesprochen. »Ich weiß, daß Präsident Sadat eine sehr

hohe Meinung von Ihnen hat. Er hält Sie für einen Mann mit wirklichem . . . mit wirklichem . . . ich glaube, so hat er sich ausgedrückt . . . mit Wirklichkeitssinn. Er seinerseits hat eine starke emotionelle Bindung an den Berg Sinai. Und da wollte ich Sie bitten, Menachem . . . hallo? Ich verstehe nicht . . . Ach so. Bitte geben Sie mir ein paar Minuten Zeit. Ich will sehen, ob ich Sadat erreichen kann. Bleiben Sie am Apparat.«

Den Hörer schalldicht abgeschirmt, wandte sich Carter an den gespannt vorgebeugten Sadat, wagte jedoch nicht, ihm in die Augen zu sehen:

»Er will über diesen Punkt persönlich mit Ihnen sprechen, Anvar. Er will Ihnen im Rahmen eines kurzen historischen Überblicks über das Schicksal der osteuropäischen Juden –«

»Nein!« Sadat sprang auf und retirierte zur Wand. »Nur das nicht!«

»Er fragt, ob Sie gehört haben, was der preußische Botschafter bei Ausbruch des Dreißigjährigen Kriegs gesagt hat –«

»Ich habe es nicht gehört«, unterbrach Sadat, »und ich will es nicht hören.« Er wischte sich den Schweiß von der Stirne, seufzte auf und schloß mit tonloser Stimme: »Ich verzichte auf den Berg Sinai als Ort der Vertragsunterzeichnung.«

»Menachem?« rief Carter jubelnd in die Muschel. »Sie haben wieder einmal gewonnen. Der Friedensvertrag wird in Washington unterzeichnet. Ja, ohne Pfeife. Die amerikanische Regierung garantiert Ihnen, daß er nicht rauchen wird.«

Währenddessen schrieb Sadat mit zitternder Hand auf ein Stück Papier, das er vor Carter hinlegte: »Keine Umarmungen und keine Küsse, oder ich komme nicht.«
»Anvar«, raunte Carter, »ich kann nicht Arabisch lesen.«
Sadat machte seinen Wunsch durch Gebärden verständlich.
»Keine Sorge, Menachem«, setzte Carter das Gespräch mit Begin fort. »Es wird eine wunderbare Zeremonie werden, mit Ehrengarde und zweiunddreißig Salutschüssen . . . gut, vierundsechzig, spielt keine Rolle. Und ich bin sicher, daß dieses Arrangement auch dem ägyptischen Präsidenten willkommen ist. Schade, daß er gerade jetzt an einer schweren Erkältung leidet. Man sollte ihm, glaube ich, nicht zu nahe kommen . . . Wie? Auch Sie sind erkältet? Um so besser, dann –«
Klick.
Sadat hatte die Gabel niedergedrückt.
»Er wird mich küssen!« jammerte er. »Ich sehe es kommen, daß er mich wieder küssen wird!«
»Das läßt sich verhindern. Ich stelle mich zwischen euch beide.«
»Dann geht er um Sie herum, so wie letztes Mal.«
Besänftigend streichelte Carter den Haarkranz des Ägypters:
»Man muß eben für den Frieden auch Opfer bringen«, sagte er.

Vor etwa dreißig Jahren wurde der Staat Israel gegründet, ein kleiner Staat, der dennoch jedem in der Welt verfolgten Juden als Zufluchtstätte dienen wollte. Die Bewohner des neugegründeten Staates, damals noch sehr gering an Zahl, errichteten ein umfangreiches Auffangsystem und nahmen mit der Zeit eine Masse von Einwanderern auf, die fünfmal so groß war wie die ursprüngliche Bevölkerung. Wer dächte da nicht an die kleine, fleißige Ameise, die bekanntlich imstande ist, Lasten von einem vielfachen Gewicht ihres eigenen auf dem Rücken zu tragen . . .
Manche Länder luden alle ihre Juden auf Israel ab. Heute gibt es in größeren Quantitäten nur noch die amerikanischen Juden, die sich dort, wo sie sind, sehr wohl fühlen, und die russischen Juden, von denen sich Ähnliches sagen läßt: auch sie fühlen sich in Amerika sehr wohl. Wir in Israel können nur noch ab und zu mit ein paar Neuankömmlingen rechnen, aber wir haben noch immer unser großangelegtes Auffangsystem, das an Beschäftigungslosigkeit und Rohmaterialmangel leidet.

Die neue Welle

Als aus Lima die sensationelle Nachricht eintraf, daß ein gewisser Federico Garcia Levkowitsch die Absicht geäußert hätte, nach Israel zu übersiedeln, brach in den Einwanderungsbehörden großer Jubel aus. Endlich kam die Sache wieder in Schwung. Höchste Zeit! Das afghanische Reservoir war erschöpft, die meisten New Yorker waren nach New York zurückgegangen, und der Franzose, dessen Einwanderung eine sichere Sache zu sein schien, hatte sich's im letzten Augenblick überlegt und hatte sich freiwillig der Pariser Polizei gestellt . . .
Man wird verstehen, daß Federico Garcia Levkowitsch, der neue Zustrom aus Peru, sich unter diesen Umständen zu einer Sensation auswuchs.
Die einschlägigen Stellen reagierten durch sofortige Entsendung ausgewählter Experten nach Lima, die sich dort mit den aus der ganzen Welt herbeigeeilten Repräsentanten der verschiedenen zionistischen Körperschaften zusammentaten. Binnen kurzem waren sie alle in den Hotels und Villen rund um Levkowitsch untergebracht und hielten engen Kontakt mit ihm. Die israelische Presse brachte spaltenlange Berichte über die bevorstehende Einwanderungswelle aus Südamerika. Folgerichtig wurde das Dossier Levkowitsch im Außenministerium mit dem Codewort »Die Welle« versehen.

Nach einiger Zeit machten sich im Einwanderungs-

ministerium – das vom Finanzminister eine Aufstokkung des Budgets verlangt hatte – leise Bedenken geltend. Es schien, als zögerte Levkowitsch, eine endgültige Entscheidung zu treffen. Man versah ihn mit einer Ladung illustrierter Prachtbände über die Schönheiten seiner künftigen Heimat, man führte ihm Dokumentarfilme vor, in denen Israels Blühen und Gedeihen von den Zeiten der Bibel bis auf den heutigen Tag dargestellt war, die Zionistische Weltorganisation delegierte ihre besten Propagandaredner in die peruanische Diaspora, und die Jewish Agency bearbeitete ihre in Lima weilenden Vertreter täglich mit Telegrammen, deren Inhalt auf die schlichte Anfrage »Nu?« hinauslief.
In den Antworttelegrammen bekundete sich vorsichtiger Optimismus: »Welle noch schwankend«, hieß es da zum Beispiel, oder: »Kein Anlaß Geldüberweisungen einzustellen.« Die Welle ihrerseits verlangte nach immer neuen Informationen und Garantien. Man erwog, das komplette Einwanderungsministerium nach Lima zu übersiedeln, wo es bis zu Levkowitschens Abreise verbleiben sollte, kam aber davon wieder ab, als aus Wien gemeldet wurde, daß ein Mitglied des jüngsten Emigrantentransports aus der Sowjetunion unter dem Codewort »Let my people go!« das falsche Flugzeug erwischt hätte und sich auf dem Weg nach Tel Aviv befände. Die Meldung erwies sich allerdings als blinder Alarm; der Irrgänger stieg in Athen wieder aus und nahm die richtige Maschine ins friedliche Irland.
Bald darauf kam aus Peru ermutigende Botschaft:

Levkowitsch trug sich angeblich mit der Absicht, seine Großmutter nach Israel mitzubringen. Die Behörden atmeten auf. Jetzt konnte man füglich von Masseneinwanderung sprechen.

Eines Morgens erwachte Levkowitsch mit Kopfschmerzen. Sofort wurde ein Ärzteteam nach Lima entsandt, dem es denn auch gelang, das unvorhergesehene Hindernis zu beseitigen. Aber in den bis dahin so zügig vorangetriebenen Prozeduren trat ein deutlicher Rückschlag ein.

Die an Ort und Stelle tagende Kommission des Einwanderungsministeriums benützte die Unterbrechung zu einem vertraulichen Bericht nach Jerusalem, in dem die Einsetzung eines Arbeitsausschusses gefordert wurde, um die Aktivitäten der in Lima weilenden Vertreter der Zionistischen Weltorganisation, der Jewish Agency und der israelischen Behörden wirksam zu koordinieren. »Wir müssen«, hieß es in dem Bericht, »unsere Arbeit auf eine völlig neue Basis stellen und dabei die Tatsache berücksichtigen, daß es ohne Einwanderer keine Einwanderung gibt.«

Eine überraschende Initiative des israelischen Staatspräsidenten brachte die Wendung. Er unternahm eine Erholungsreise nach Südamerika, verband sie mit einem improvisierten Besuch bei seinem peruanischen Amtskollegen, erwirkte die Veröffentlichung eines Communiqués, das auf die historischen Verbindungen zwischen den beiden Staaten hinwies – und wenige Wochen später flog Federico Garcia Levkowitsch nach Israel ab, mit Großmutter und allem Übersiedlungsgut.

Jubelnde Mengen jüdischer Emissäre säumten in Lima die Straßen zum Flughafen, schwenkten blauweiße Fähnchen und sangen hebräische Lieder.
»Maseltov«, jubelten die Telegramme zwischen Lima und Jerusalem, »die Welle rollt!«
Als Levkowitsch und Großmutter in Tel Aviv landeten, wurden sie von niemandem erwartet. Giora hatte vergessen, Jossels Nachricht an Pinkas weiterzugeben, und die neue Einwanderungswelle verbrachte ihre erste Nacht in Israel auf einer Bank in der Zollabteilung. Modche, der den Nachtdienst beim Zoll versah, bestand auf einem ordnungsmäßig gestempelten und dreifach ausgefertigten Beleg, daß Levkowitsch seine elektrische Waschmaschine seit mindestens zwei Jahren im Besitz hätte; andernfalls könnte er den 30 prozentigen Nachlaß auf die Luxussteuer, die Amortisationsgebühr von 18,5% für das erste Jahr, von 11,9% für das zweite und von 7,2% für das dritte ebensowenig in Anspruch nehmen wie die auf Grund des durchschnittlichen Dollarkurses berechnete Ausgleichsquote . . .
Als Modche obendrein ein Depot in der Höhe von 8931,04 Isr. Pfund verlangte, brach Federico Garcia Levkowitsch zusammen und erklärte, nach Lima zurückkehren zu wollen. Modche erwiderte, er könne gehen wohin er wolle, nach Lima, nach Schmima oder zur Hölle, und warf ihn hinaus.
Das Versickern der südamerikanischen Einwanderungswelle blieb allseits unbemerkt, weil zur gleichen Zeit ein Massenexodus der Einwanderungsbehörden nach Wien erfolgte. Einer von dort eingetrof-

fenen Nachricht zufolge hatte jener russische Emigrant, der damals via Athen nach Irland gelangt war dort wegen des Bürgerkriegs nicht an Land gehen dürfen und war nach Wien zurücktransportiert worden, wo man seine Ankunft stündlich erwartete.
Die Einwanderungsbehörden hoffen zuversichtlich, ihn angesichts dieser Erfahrungen nun doch zur Weiterreise nach Israel bewegen zu können und haben bereits ausgerechnet, daß die jährliche Einwanderer-Statistik sich durch sein Kommen um mindestens ein Drittel steigern würde. Sein Codename: »My people«.

Wir wissen nicht, ob der Suppen-Sozialist Gurnischt tatsächlich einen Sitz in der Knesset errungen hat, aber falls er ins Parlament eingezogen ist, darf er einer besonderen Vergünstigung sicher sein: er wird viele reizvolle Auslandsreisen unternehmen. Der vor kurzem erschienene Reiseführer »Rund um die Welt ohne zu zahlen« empfiehlt an erster Stelle den Beruf des Politikers. Kaum ist so einer gewählt worden, packt er auch schon seinen Koffer und hält sich startbereit für den VIII. Internationalen Kongreß zur Vorbereitung des IX. Internationalen Kongresses in Singapur oder für das Symposion über die Entwicklung der Entwicklungshilfe in Brüssel. Es ist überall schön, aber bei den Vereinten Nationen in New York ist es am schönsten.

Zalman schreibt an Dvascha

Teure Dvascha!

Diesen Brief schreibe ich Dir, mein teures Weib, aus New York, Amerika. Ich bin erst seit einer Woche hier, aber ich kann Dir sagen: es lohnt sich schon allein deshalb, ein Parlamentsmitglied zu sein. Diese Organisation! Man würde gar nicht glauben, wie das alles hier organisiert ist. Bereits am Flughafen begrüßten uns große Spruchbänder mit der Aufschrift: »Wir begrüßen die Berater der Israelischen Delegation zu den Vereinten Nationen.« Und draußen standen sechs Autobusse, um uns ins Hotel zu bringen.

Im Hotel erwartete uns jemand von der Botschaft mit der Nachricht, daß wir jeden Freitag Taschengeld bekommen und daß er uns einen angenehmen Aufenthalt wünscht. Ich sagte zu ihm: Genosse, sagte ich, herumlungern kann ich auch zu Hause, hier bin ich um zu beraten, also wenn ihr einen Rat braucht oder wenn euch in der Vollversammlung eine Stimme fehlt, dann kommen Sie zu mir, und wenn ich gerade schlafe, wecken Sie mich auf. Er antwortete: Machen Sie sich keine Sorgen und schlafen Sie, soviel Sie wollen.

Schon am vierten Tag nach unserer Ankunft gingen wir in die UNO. Sie ist in einem hohen Gebäude untergebracht, das mich an unsere Parteizentrale erinnert, aber es hat noch ein paar Stockwerke mehr. Als die israelische Delegation einmarschierte, rannten alle aus der großen Vorhalle in den Sitzungssaal, weil sie Angst um ihre Plätze hatten. Die Saaldiener schleppten vielleicht vierzig neue Stühle herein. Trotzdem mußte ich meinen Sitz mit einem anderen Delegationsmitglied teilen. Es stellte sich heraus, daß er die Teilnahme an unserer UNO-Delegation in irgendeinem Fernseh-Quiz gewonnen hatte und überhaupt nicht wußte, wozu er hier war. Ich erstattete sofort an höchster Stelle Bericht darüber – glaub nur ja nicht, teure Dvascha, daß ich so etwas untätig hinnehme. Was soll das heißen, fragte ich, jemanden nach New York delegieren, ohne vorher festzustellen, ob er ein Fachmann für internationale Beziehungen oder wenigstens Parteimitglied ist? Daraufhin bekam ich folgende Antwort:

»Und wer sind *Sie*? Was machen *Sie* hier?«

»Ich bin ein offizieller Berater«, sagte ich. »Zum Beispiel habe ich gestern unserem Außenminister geraten, den Regenschirm zu nehmen, damit er nicht naß wird. Fragen Sie ihn selbst.«

In diesem Augenblick begann an einem anderen Schreibtisch einer von unserer ständigen UNO-Vertretung, vielleicht ein Sekretär, laut zu schreien: daß er sich in diesem Durcheinander nicht mehr auskennt, und man soll endlich eine Liste anlegen, wer zur Delegation gehört und wer nicht, oder er tritt zurück. Ich konnte das Ende seines Vortrags nicht abwarten, weil gerade die Vollversammlung eröffnet wurde, und da mußte ich zuhören. Es wurden viele Reden gehalten, aber keine einzige auf jiddisch, so daß ich nur wenig verstand. Warum bringt man nicht leichte Unterhaltungsmusik über die Kopfhörer?

Am nächsten Vormittag veranstalteten sie auf unserer Botschaft eine große Kontrollparade, um die wirklichen Delegationsmitglieder zu identifizieren. Einige Hundert Israelis versammelten sich im Hof des Gebäudes. Manche von ihnen waren schon seit Jahren offiziell in New York tätig und sahen sich

jetzt zum ersten Mal. Es gab rührende Szenen, teure Dvascha, das kannst Du mir glauben.
Dann wurden wir alle in alphabetischer Reihenfolge aufgerufen, und wirklich entdeckte man zwei Portorikaner, die sich in unsere Delegation hineingeschwindelt hatten und jeden Tag in die UNO gingen. Der Sekretär sagte, sie wären ihm schon seit langem aufgefallen, weil sie immer spanisch sprachen, aber er hätte sie für Vertreter der Sephardischen Diskontbank in Tel Aviv gehalten und deshalb nichts gegen sie unternommen. Jetzt wurden sie hinausgeworfen.
Als nächstes verkündete ein Botschaftsrat den offiziellen Entschluß, die Zahl der Delegierten auf die Hälfte zu reduzieren. Wer die Führung durch das UNO-Gebäude bereits mitgemacht und seine Einkäufe besorgt hatte, sollte nach Israel zurückkehren.
Ich wurde von einem hohen Beamten beiseite genommen, der mir andeutete, daß meine Frau mich doch sicherlich schon vermissen würde. Damit hatte er recht, und ich stimmte ihm zu. Teure Dvascha, nimm das nächste Flugzeug und komm zu mir nach New York, Amerika. Du findest mich im Waldorf Astoria Hotel auf der Park Avenue, 5. Stock, Suite 517.

Dein Dich liebender Gatte
Zalman

Was den Umgang mit Frauen betrifft, herrschen im Nahen Osten noch weitgehend die von Männern geschaffenen Gebräuche und Gesetze. Zum Beispiel betrachtet es der Beduine als moralische Verpflichtung, seine Braut zu entführen und sich sodann bei ihrem Papa einzufinden, um den Kaufpreis von drei Kühen und einer Ziege für sie zu erlegen. Angesichts der ständig steigenden Preise auf dem Viehmarkt kann sich heute nur noch ein Scheich mehrere Ehefrauen leisten, und wer sich gar einen Harem einrichten will, muß im Ölgeschäft mitmischen. Dem kleinen Mann bleibt unter diesen Umständen nur die altmodische Vergewaltigung übrig. Ursprünglich hatte ich meine Gedanken zu diesem Gegenstand für den Abschnitt »Leichte Unterhaltung« vorgesehen, aber es will mir scheinen, als wäre das alles gar nicht so lustig. Ich bin eben ein konservativer Mensch.

Staatlich geförderte Notzucht

»Gestatten Sie eine Frage, mein Herr. Betätigen Sie sich als Vergewaltiger?«

»Ja.«

»Und warum?«

»Sagen wir: aus natürlicher Neigung. Es macht mir Spaß. Hat mir immer schon Spaß gemacht. Wird außerdem vom Gesetz begünstigt.«
»Das ist mir neu.«
»Mir nicht.«
»Vielleicht kommen wir später darauf zurück. Jetzt eine andere Frage. Können Sie unseren Lesern etwas über Ihre Methode verraten?«
»Meine Methode? Die übliche. Schnittiger Wagen. Überlandstraße. Autostopperin. Mitnehmen. Auf einen Seitenweg abbiegen. Einsame Gegend. Waldlichtung oder dergleichen. Ein wenig Angst machen. Wenn nötig schlagen oder fesseln. In böswilliger Absicht, wie der juristische Fachausdruck heißt. Vorsätzliche Gewaltanwendung. Manchmal mit Freunden, manchmal allein. Je nachdem. Lesen Sie keine Zeitungen?«
»Und wie reagieren die Frauen?«
»Meistens versuchen sie sich zu wehren. Aber das gehört dazu. Das ist das halbe Vergnügen: den Widerstand brechen. Jung und verschreckt müssen sie sein, das mag ich. Ausländische Besucherinnen sind mir am liebsten.«
»Haben Sie dafür einen bestimmten Grund?«
»Einen sehr bestimmten. Sie verlassen das Land bald darauf und kommen nie wieder. Der Traum des Vergewaltigers. Gilt besonders für kleine Engländerinnen. Glauben Sie keinen Verleumdungen. Engländerinnen sind erstklassig.«
»Man sagt, daß die Opfer einer Vergewaltigung dauernden seelischen Schaden davontragen.«

»Würde mich nicht überraschen. Aber es ist nicht meine Sache. Sie können ja zur Polizei gehen und Anzeige erstatten, wenn sie wollen. Wir leben in einem freien Land.«
»Werden Anzeigen häufig erstattet?«
»Sehr selten. Sie wissen ja, wie es auf der Polizei zugeht. Warum kommen Sie erst jetzt, wo ist es passiert, wie oft, schildern Sie den genauen Hergang ... lauter peinliche Fragen. Wer setzt sich schon gern einer solchen Situation aus. Deshalb schweigen die meisten. Sogar im Spital.«
»Und wenn sie nicht schweigen?«
»Dann nimmt man einen Anwalt. Und läßt vor Gericht die ganze Familie aufmarschieren, die Frau, die Zwillinge . . .«
»Wollen Sie damit sagen, daß Sie verheiratet sind?«
»Allerdings. Haben Sie etwas dagegen? Notzucht ist in unserem Land längst zu einem Bestandteil des täglichen Lebens geworden. Gewissermaßen eine Art Familienunterhaltung. Sie sollten einmal meine Kinder sehen, wie die sich bei einem Prozeß aufführen. Buh, buh, buh. Auf jeden Fall sage ich dem Richter, daß von Vergewaltigung keine Rede sein kann, eigentlich wollte ich gar nicht, Euer Ehren, aber diese englische Schlampe hat mich provoziert. Wenn ich Glück habe, erscheint sie vor Gericht in einem Minirock und macht auf den Richter einen schlechten Eindruck.«
»Und wenn der Richter sich dem Standpunkt der Klägerin anschließt?«
»Warum sollte er?«

»Weil er gegen Vergewaltigungen ist.«
»Dann bekunde ich Reue. Es tut mir leid, Euer Ehren, es tut mir aufrichtig leid, ich habe meine Selbstbeherrschung verloren, bitte bedenken Sie, daß ich eine schwere Kindheit hatte, ich komme aus ärmlichen Verhältnissen, ich war sozial unterprivilegiert, ich mußte Entbehrungen leiden, und was man eben in solchen Fällen sagt.«
»Nehmen wir an, daß der Richter sich nicht erweichen läßt.«
»Dann bekomme ich schlimmstenfalls drei Jahre und acht Monate Gefängnis. Ein Drittel wird für gutes Betragen abgezogen, ein Drittel für medizinische Behandlung, ein Drittel wird ausgesetzt – übrig bleibt, daß ich mich zweimal monatlich zur psychiatrischen Beobachtung stellen muß. Auch schon was.«
»Und wie erklären Sie sich das alles?«
»Ich sagte es ja schon. Das Gesetz begünstigt Vergewaltigungen.«
»Meinen Sie das im Ernst?«
»Durchaus. Überlegen Sie doch. Wenn man Vergewaltigungen wirklich hintanhalten wollte, würde man sie mit zwanzig Jahren Kerker bestrafen. Auf Veruntreuung und Fälschung stehen zwölf Jahre. Tätliche Bedrohung mit einem Messer kann einem fünf Jahre einbringen. Aber für das selbe Vergehen mit Vergewaltigung sieht das Gesetz nicht mehr als drei Jahre acht Monate vor. Es begünstigt Vergewaltigungen. Es anerkennt ihre heilende Wirkung.«
»Heilende Wirkung? Wieso?«

»Als Ventil für aufgestaute Aggressionstendenzen. Als Entlastung von gesellschaftlichem Druck. Wer vergewaltigt, begeht keinen staatsfeindlichen Akt, nimmt an keiner Demonstration teil, erregt kein Aufsehen. Der Staat weiß das. Deshalb belegt er jede Eintrittskarte ins Kino mit einer fünfzigprozentigen Steuer, aber Vergewaltigung ist steuerfrei.«
»Wenn Sie zwanzig Jahre dafür bekämen, würden Sie nicht vergewaltigen?«
»Natürlich nicht. Ich bin ja nicht verrückt: zwanzig Jahre für zehn Minuten Vergnügen. Da suche ich mir lieber einen anderen Sport.«
»Fußball?«
»Zu gefährlich. Erpressung liegt mehr auf meiner Linie. Aber unter den gegebenen Umständen bleibe ich schon bei unserem beliebten Nationalsport, der Vergewaltigung.«

Es wird Zeit, daß wir uns der weltpolitischen Szene zuwenden, genauer gesagt: einem amerikanischen Politiker, der die Welt mit gänzlich neuen Schwierigkeiten konfrontiert, das Kind beim Namen zu nennen. Und dabei ist das Kind schon längst ein Erwachsener.

Wie war doch gleich der Name?

Immer häufiger beschleicht mich das Gefühl, daß ich senil werde. »Gaga«, um es mit einem weniger schmerzhaften Ausdruck zu sagen. Kurzum: ich leide an Gedächtnisschwäche. Oder wie wäre es sonst zu erklären, daß ich mir trotz größter Mühe nicht merken kann, wie Präsident Carters Sicherheitsberater heißt? Hundertmal habe ich den Namen in der Zeitung gelesen, hundertmal habe ich ihn im Rundfunk und Fernsehen gehört – aber wenn ich ihn aussprechen will, bringe ich nichts hervor als ein unverständliches Durcheinander von Konsonanten polnischer Erzeugung. Bestenfalls erinnere ich mich, daß das Durcheinander mit R beginnt und daß es so ähnlich wie Breschnew klingt, allerdings mit einem »s« in der Mitte. Auch kann ich Vor- und Zunamen der fraglichen Person nicht auseinanderhalten.
Es ist zum Verzweifeln. Als ob die politische Lage nicht ohnehin verworren genug wäre.

Gehen wir einmal systematisch vor. Ich nehme ein Blatt Papier zur Hand und schreibe den Namen auf, langsam und deutlich, von Z bis Z: Zbygniew Brzezinski. So heißt er doch, oder? Warum er so heißt, weiß ich nicht. Vielleicht rächen sich die Polen damit an der westlichen Welt, die sie der russischen Einflußsphäre überlassen hat. Und es ist eine gründliche Rache. Sie gönnen uns keine einzige Silbe, an die man sich mnemotechnisch anhalten könnte.
Daß der Name mit »Big« beginnt, hilft uns nicht weiter. »Big« heißt auf englisch soviel wie »groß« oder »dick«, laut enzyklopädischem Wörterbuch auch »trächtig« oder »schwanger«, und was soll uns ein schwangerer Sicherheitsberater. Ebensowenig taugt das nachfolgende »niew«. Erinnert an Kiew, nicht wahr. Eine russische Stadt, nicht wahr. Aber wenn ich mir als Gedächtnishilfe »russische Stadt« merke, fällt mir unfehlbar Wladiwostok ein. Und wie geht's weiter? Es geht gar nicht weiter.

Ich habe mir angewöhnt, wegen dieses Bzeniew, oder wie er heißt, keine politischen Gespräche mehr zu führen. Sobald der Name Carter fällt, verlasse ich den Raum. Neuerdings bin ich sogar bereit, mich von den Golanhöhen zurückzuziehen, nur damit ich in keine Auseinandersetzung gerate, in der ich es mit den Argumenten des Herrn Brb . . . des Herrn Zbz . . . also des bewußten Herrn zu tun bekäme. Wie es die Radio- und Fernsehsprecher fertigbringen, ihn auszusprechen, korrekt mit Vor- und Zunamen, ist mir ein Rätsel. Wahrscheinlich trainieren sie täglich eine Viertelstunde lang: Zbygniew Zbebinski . . . nein, Zbryniew Zebrinski . . . nein. Nein!

Unbegreiflich, daß eine Weltmacht wie Amerika ihre Sicherheit einem Mann mit einem solchen Namen anvertraut. Welch fürchterliche Vorstellung, daß eines Nachts eine ferngesteuerte Atomrakete auf Washington zugeflogen kommt und Carters persönlicher Sekretär atemlos ins Schlafzimmer des Präsidenten stürzt: »Alarm . . . noch neunzig Sekunden . . . soeben Meldung von Zbenin . . . von Brznib . . .« Sein nächster Versuch geht bereits in der Explosion unter.

Zugegeben: bei fremdländischen Namen war ich seit jeher von Pech verfolgt. Drei Jahre lang habe ich Solschenizyn geübt, und als ich ihn endlich perfekt hersagen konnte, verschwand er aus den Tagesneuigkeiten und ließ mich allein mit Giscard d'Estaing zurück.

Jetzt habe ich genug. Ich passe. Ich gebe auf. Die Sünden der Väter vererben sich, wie man weiß, bis ins dritte und vierte Glied. Aber es ist nicht meine Sache, für die Sünden eines polnischen Urgroßvaters zu büßen, der seinem Urenkel den Namen Zybrinski . . . der seinem Urenkel einen unaussprechlichen Namen vererbt hat.

Eine Zeitlang versuchte ich es mit raffinierten Umgehungsmanövern. Wenn die Rede auf eine Aktion der jüdischen Lobby in Washington kam, bemerkte ich: »Alles hängt von Carters Kissinger ab.«

Oder ich tarnte meine Stellungnahme mit einer Art Ironie:
»Hm. Da wollen wir erst einmal abwarten, was unser grimmiger Pole dazu sagt.«
Der Trick brachte mir nicht viel ein. Irgendein Sadist in der Runde wollte es immer ganz genau wissen und fragte:
»Wer, bitte? Wen meinen Sie?«
Vor kurzem hatte ich einen vielversprechenden Einfall. Ich besorgte mir eine Erkältung, und sobald das Gespräch auf den Namen zusteuerte, begab ich mich unter Vorspiegelung eines Hustenanfalls in den Nebenraum, um mir dort anhand meines Notizbuches die richtige Aussprache einzuprägen, Brzezinski, memorierte ich, Brzezinski, Brzezinski. Im Nebenraum klappte es tadellos. Aber bevor ich ins Zimmer zurückkam, hatte er schon wieder eine Metamorphose durchgemacht, hieß bestenfalls Zebrinski und war nicht zu brauchen. Und wie viele Hustenanfälle kann man an einem einzigen Abend bekommen?

Gestern befreite mich eine Zeitungsüberschrift von meiner Qual. In balkendicken Lettern hieß es dort: »Kreml wird nachgeben, sagt B. vor amerikanischer Presse!« Das ist die Lösung. Von jetzt an heißt er bei mir nur noch B. Und wer mich nicht versteht, hat das seiner mangelnden politischen Bildung zuzuschreiben.
Oder heißt er nicht vielleicht Z? Ich muß in der Zeitung nachschauen.

Die jüdischen Siedler im Wilden Osten begannen schon frühzeitig mit der Errichtung eigenständiger Körperschaften, denen es oblag, die Funktion einer damals noch nicht vorhandenen Regierung auszuüben. Seit der Gründung des Staates Israel, seit wir eine echte Regierung mit Ministern und Dienstautos und allem sonstigen Zubehör haben, sind die Organisationen jener Frühzeit zu einem Anachronismus geworden. Aber davon lassen sie sich nicht stören. Sie waren früher hier, sagen sie.

Über die Eigengesetzlichkeit organisierter Körper

Die historische Institution, über die wir im folgenden sprechen wollen, wurde um die Jahrhundertwende in Jerusalem gegründet und hatte den Zweck, die jüdische Gemeinde den türkischen Behörden gegenüber zu vertreten. Dazu muß man wissen, daß die jüdische Gemeinde einer Reihe harter Beschränkungen unterlag, deren Einhaltung dem jeweils am Ruder befindlichen Pascha ein unerbittliches Herzensbedürfnis war. Die Notwendigkeit einer jüdischen Interessenvertretung lag somit auf der Hand.
Unter der Bezeichnung »Ottomanisch-Jüdische Wohlfahrts-Einrichtungs-Hilfe«, abgekürzt OJWEH, nahm die neugegründete Körperschaft ihre segens-

reiche Tätigkeit auf und versuchte vor allem den härtesten Beschränkungen, wie etwa dem Verbot öffentlicher Diskussionsabende und privater Beschneidungsfeiern, entgegenzuwirken, was ihr durch erfolgreiche Bestechung dreier Paschas hintereinander tatsächlich gelang.

Nach einiger Zeit machte sich jedoch auch bei dieser Körperschaft eine Erscheinung geltend, die für jüdische Körperschaften symptomatisch ist, nämlich Geldmangel. Was pflegen jüdische Körperschaften in solchen Fällen zu tun? Sie gehen schnorren.* So geschah es auch im Falle der OJWEH. Überall auf der Welt, wo es Juden gab, tauchten jene blau-weißen Sammelbüchsen auf, die uns allen so lieb und vertraut geworden sind und auf denen man einen kleinen Knaben sah, der in der Hand eine Sammelbüchse hielt, auf der man einen kleinen Knaben sah, der in der Hand eine Sammelbüchse hielt, auf der man und so weiter – bis genügend Geld vorhanden war, um von den Türken Diskussions- und Beschneidungsfreiheit zu erkaufen.

Zugleich entstand ein Liedchen, das bei entsprechenden Anlässen gerne gesungen wurde:

»Wir Juden haben, wie bekannt,
Von altersher ein Heimatland.
Für dieses muß man wirken,

* Ältere Semester werden sich aus der Zeit nach dem Ersten Weltkrieg, als auf Grund der Balfour-Deklaration die jüdische Einwanderung nach Palästina einsetzte, noch an die abschließende Grußformel erinnern, die in den Werbebriefen der einschlägigen Organisationen verwendet wurde: »Mit zionistischem Gruß – ein Erlagschein.«

Sonst knechten uns die Türken.
Drum hört, ihr Juden in der Welt:
Wir brauchen Geld, wir brauchen Geld!«

Die Juden in der Welt begegneten dem OJWEH-Appell mit offenen Ohren und ebensolchen Taschen. Sie spürten, daß jeder Pfennig, den sie spendeten, einen wichtigen Schritt in eine wichtige Richtung bedeutete, ohne daß sie genau gewußt hätten, in welche. Jedenfalls gingen die Spenden so zahlreich ein, daß sich die OJWEH genötigt sah, ihre Tätigkeit auf eine breitere Basis zu stellen. Es wurde ein Verwaltungsgebäude errichtet, das mit einer großen Menge von Amtsräumen, Schreibtischen und sonstigem Zubehör ausgestattet war, und wer dem Verwaltungsrat angehörte, hatte auf Lebenszeit ausgesorgt. Die freiwilligen Spenden wurden in regelmäßig zu leistende Jahresbeiträge umgewandelt, die auf Wunsch auch monatlich gezahlt werden konnten und in der einen oder anderen Form wirklich gezahlt wurden. Für die Juden in der Welt, zumindest für jene, die in gesicherten Verhältnissen lebten und infolgedessen ein schlechtes Gewissen hatten, galten die OJWEH-Zahlungen als eine Art Ehrensache.

Der Erste Welkrieg bereitete diesem paradiesischen Zustand ein Ende: Die Türken verloren Palästina an die Engländer. Und was immer man über die englische Mandatarmacht denken mag – man muß zugeben, daß sie gegen Diskussionen und Beschneidungen nicht nur nichts einzuwenden hatte, sondern sie geradezu ermutigte. Das war ein schwerer Schlag für die OJWEH. Ihre Bemühungen, eine Wiedereinfüh-

rung der alten Verbote durchzusetzen, scheiterte an der Mauer britischer Gleichgültigkeit.
Der berühmte Kongreß von Singapur beriet über Maßnahmen zur Bewältigung der ausgebrochenen Krise und beschloß einstimmig, daß die OJWEH ihre verantwortungsvolle Tätigkeit trotz allen Hindernissen, die ihr ein feindseliges Kolonialregime in den Weg legte, unbedingt fortsetzen und sogar beträchtlich ausweiten müsse. Zu diesem Zweck wurde ihr Beamtenstab um mehrere tausend Mitarbeiter vergrößert und in jeder wichtigen Stadt ein eigenes Verwaltungsgebäude errichtet. Neue Aktionen, wie etwa die Kampagne »Kanarienvögel für unsere Kindergärten!«, setzten neue, populäre Akzente. In bezug auf das Verbot öffentlicher Diskussionen und privater Beschneidungsfeiern ließ sich allerdings keine Besserung erzielen. Sie blieben gestattet. Auch die Türken kamen nicht zurück.
Der historischen Gerechtigkeit halber sei vermerkt, daß die Kindergärten außer mit Kanarienvögeln auch mit Käfigen und Vogelfutter versorgt wurden. Damit erreichte die OJWEH den bis dahin höchsten Gipfel ihrer Beliebtheit.
Doch das Schicksal schlug abermals zu: der Staat Israel wurde gegründet und zog der altehrwürdigen Körperschaft aus ottomanisch-jüdischen Tagen den Boden unter den Füßen weg. Diskussionen und Beschneidungen waren fortan eine Selbstverständlichkeit, an die Kanarienvögel in den Kindergärten hatte man sich längst gewöhnt, und was an Verboten existierte oder entstand, blieb als israelisches Eigenpro-

dukt dem Zugriff der OJWEH entzogen. Wie, so fragte man sich im ganzen Land, würde sie dem Dilemma begegnen? Die Antwort erfolgte auf dem in Kopenhagen abgehaltenen XXIII. Kongreß, der eine von allen 13 000 Delegierten gebilligte »Bestands-Proklamation« verabschiedete:

»Die OJWEH muß weiterbestehen, und zwar aus folgenden Gründen:

1. Sie sichert den Lebensunterhalt von 67 000 Beamten.
2. Jeder Beamte hat eine Familie.
3. Jede Familie hat Kinder.
4. Man kann eine Organisation, die seit so langer Zeit besteht, nicht einfach auflösen.«

Zum Abschluß der Konferenz sangen die 14 000 Delegierten – im Verlauf der Debatte waren weitere 1000 hinzugekommen – das alte OJWEH-Lied mit leicht aktualisiertem Text:

»Wir Juden haben, wie bekannt,
Von altersher ein Heimatland.
Wir haben's wirklich, aber
Jetzt drohn uns die Araber.
Drum hört, ihr Juden in der Welt:
Wir brauchen Geld, wir brauchen Geld!«

Nachdem der Fortbestand der Organisation gesichert war, holte man zahlreiche Organisationsfachleute aus dem Ausland, die im »Exekutivzentrum«, einem neu errichteten Hochhaus, untergebracht wurden und eine Reihe vielversprechender Projekte ausarbeiteten. Der Slogan »Ein Blumentopf in jedes Fenster!« erwies sich als ähnlich erfolgreich wie einst die Kanarienvogel-Kampagne, und die Aktion »Ein Beamter – ein Baum« veranlaßte die Einwohnerschaft Israels zum Pflanzen von Bäumen auf die Namen der einzelnen OJWEH-Beamten. Bald trugen 98 000 Setzlinge zur landschaftlichen Schönheit unseres jungen Staates bei.

Ungeachtet dieser überwältigenden Befähigungsnachweise war es klar, daß die OJWEH auf die Dauer nicht ohne offizielle Unterstützung existieren könnte. Der XXXVII. Kongreß, der in Neuseeland stattfand, richtete an die Regierung den dringlichen Appell, »einer Körperschaft, an deren Bedeutung für unser Land nicht gezweifelt werden kann, gesetzlichen Status zuzuerkennen und dadurch 136 000 pragmatisierte Beamte und Wähler vor dem Gespenst der Arbeitslosigkeit zu schützen«.

Wie es sich für ein demokratisches Staatswesen ziemt, wurden nicht alle Forderungen des Kongresses von der Regierung erfüllt. Es wurde ausdrücklich festgelegt, daß die OJWEH kein Recht hatte, von den Bürgern des Staates Geldmittel einzutreiben, es sei denn, der betreffende Bürger

bewohnte ein Haus;
trank Wasser;
besuchte Kinovorstellungen;
rauchte;
war über drei Jahre alt;
lebte in Israel.

Zwecks wirksamer Durchführung dieser Bestimmungen errichtete die OJWEH 23 neue Verwaltungsgebäude.

Manchmal verliebt sich sogar ein Humorist, auch auf die Gefahr hin, komisch zu wirken. Er ist ja schließlich nur ein Mensch. Was mich betrifft, so hatte ich einmal eine briefliche Liebesaffäre mit einer sehr bemerkenswerten Frau. Jetzt, nach ihrem Tod, veröffentliche ich unseren Briefwechsel im Gedenken an sie und meine Liebe.

Liebe Golda!

Unsere Korrespondenz war eine einseitige Angelegenheit. Ich schrieb Briefe an Golda Meir, und sie las meine Briefe in der Zeitung. Gesehen habe ich sie nur auf dem Fernsehschirm oder auf irgendwelchen öffentlichen Veranstaltungen, aber bis zu einem Händedruck hat es die längste Zeit nicht gereicht.
In meinen Augen repräsentierte sie die grimmige alte Garde der Arbeiterpartei, noch ganz in der marxistischen Tradition, eine klassenkämpferisch geschulte Funktionärsfigur in ständigem Einsatz für die hungernden Massen, die nichts zu verlieren haben als ihre Ketten. An ihren »amerikanischen Background« habe ich nie geglaubt. Für mich war sie eine kettenrauchende russische Jüdin.
Dann hörte man, daß sie erkrankt sei und sich aus der Politik zurückziehen würde, abgeschlafft und desillusioniert wie manche anderen vor ihr.

Und dann, als der amtierende Ministerpräsident Levi Eshkol starb, wurde sie von der Partei aus dem Spital geholt, um die Regierungsgeschäfte zu übernehmen. Wir alle hatten uns an der Führungsspitze eine junge, dynamische Persönlichkeit gewünscht, die frischen Wind ins politische Getriebe brächte. Aber die Partei, in gewohnter Rücksichtnahme auf die öffentliche Meinung, entschied sich für eine Reprise des schon Dagewesenen.

Damals, 1969, trieben mich Bitterkeit und Enttäuschung zur Niederschrift einer giftigen Glosse, die unter dem Titel »Ablösung der Garde« erschien und in absichtsvoll archaisierendem Stil gehalten war:

»Und es geschah nach dem Tod des Levi, daß die Kinder Israels um sich blickten in ihrer Bedrängnis, und sahen sich umringt von vielen Feinden, und erhoben ihre Stimmen und sprachen: Oh daß wir doch hätten ein altes, müdes Weib, über uns zu herrschen! Und beugte sich die Partei und kniete sich hin zu Füßen des Weibes und sprach: Wolle du uns führen und wolle uns helfen aus jeglicher Not! Und antwortete Golda und sprach: Habt ihr denn keinen außer mir, die ich alt bin und müde? Und widerredeten die anderen und sprachen: Nein, du mußt es sein und niemand sonst, und mußt werden der gute Hirte deiner Herde, und haben sich zwei Prozent der Herde in einer öffentlichen Umfrage für dich ausgesprochen, so daß du es sein mußt. Und seufzete Golda, und folgte dem Geheiß, und wurde eingeschworen in das Amt . . .«

Das war, sozusagen, mein erster Brief an Golda

Meir. Da aber die Frage der Ministerpräsidentschaft nicht von Journalisten und ähnlichen Taugenichtsen entschieden wird, sondern von der Partei, übersiedelte Golda aus dem Spitalsbett in die Regierungskanzlei.
Bald darauf sprach sie zu uns, in ihrer einfachen, unpathetischen Art, und wir hörten zu. Ein paar Wochen später sprach sie in der gleichen Art zu den Staatsmännern der Erde. Und nach ein paar Monaten war es klar, daß die einundsiebzigjährige Golda Meir nicht nur eine unglaubliche Energie entwickelte, sondern einen neuen Stil und ein neues Charisma. Sie erweckte durchaus den Anschein, als wäre sie gar nicht so alt, wie wir geglaubt hatten.
Es dauerte nicht lange, bis auch ich klein beigab. Ich machte mir schwere Vorwürfe, daß ich diese großartige Frau attackiert hatte. Denn das war sie: eine großartige Frau. Ich bewunderte ihren Stil, ihr Auftreten, ihre Persönlichkeit. Beinahe hätte ich sie sogar schön gefunden.
Zwei Jahre waren vergangen, als ich mich hinsetzte und wieder einen Brief an Golda schrieb. Sie hielt sich gerade in den Vereinigten Staaten auf, die wieder einmal Katz und Maus mit uns spielten – diesmal ging's um die Lieferung längst versprochener Flugzeuge, ja, wir bekommen sie, nein, wir bekommen sie nicht, oder vielleicht doch . . . Mein Brief hatte den Titel »Ein Wunder« und enthielt Stellen wie diese:
»Es ist Zeit, uns einzugestehen, daß wir mit Golda Meir mehr Glück haben, als wir verdienen. Keiner

von uns hätte das vor zwei Jahren geglaubt. Damals waren wir wütend, weil man eine alte, müde Frau an die Spitze einer jungen, aufstrebenden Nation berief. Heute wissen wir, daß sie uns an jugendlicher Spannkraft einiges vorgibt. Sie ist ein übernatürliches Phänomen. Sie ist so stark, daß sie sich's leisten kann, auf einem Begräbnis dicht vor der Fernsehkamera zu weinen. Die Furchen in ihrem Gesicht kommen nicht vom Alter, sondern von den Sorgen, die sie sich um uns macht. Wenn es Golda Meir nicht gäbe, müßte man sie erfinden. Aber wer brächte das fertig. Wer erfindet eine fliegende Großmutter mit Einkaufstasche in der Rolle eines Ministerpräsidenten? Sie ist eine Erfindung der Wirklichkeit. Sie ist ein Wunder. Wo nimmt sie bloß die physischen und geistigen Kräfte her, um ihre Last zu tragen? Wir wissen es nicht. Wir können ihr nur von ferne zuwinken und ihr immer wieder sagen, daß wir sie lieben.«

Auf diesen Brief bekam ich eine kurze Antwort von Golda:

»Mein Lieber, ich hatte erst jetzt Gelegenheit, Ihren Artikel zu lesen. Bei meinem Amtsantritt haben Sie sich eher bösartig über mich geäußert. Damals schwieg ich. Heute ist es mir ein Bedürfnis, Ihnen zu sagen: Gott segne Sie. Ich sage das nicht, weil man so freundliche Dinge über sich selbst sehr gerne liest, ich sage es aus Respekt vor Ihrem Mut. Auch wenn Sie in Hinkunft wieder einmal anders über mich schreiben sollten – diesmal haben Sie etwas sehr Hübsches geschrieben.«

Und darunter stand in ihrer ungelenken Handschrift: »Golda Meir.«

Einige Zeit danach begegnete ich ihr in Jerusalem, auf einem Empfang für einen hochwichtigen politischen Gast, umringt von Bewunderern und kettenrauchend wie immer. Als sie mich sah, winkte sie mich zu sich und lächelte mir entgegen. Sie hatte auch im Lächeln traurige Augen, die liebe, alte Golda. Sie sagte kein Wort. Sie ergriff meine Hand und hielt sie lange fest.

Mehr habe ich über meine persönliche Beziehung zu Golda Meir nicht zu berichten. Nur eines noch: daß ich bei der Nachricht von ihrem Tod geweint habe.

Auch Satiriker haben ihre schwachen Momente und sind verletzlich wie alle anderen Menschen. Ich war tief verletzt, als ein prominenter und begabter jüdischer Zeitgenosse, der österreichische Bundeskanzler Bruno Kreisky, eine prekäre politische Situation zum Anlaß unglückseliger, ja peinlicher Äußerungen nahm; sie richteten sich gegen Israel, gegen das Land, das uns lieb ist wie nichts auf der Welt – schon weil es allen jenen Juden, die keine Bundeskanzler sind, die Selbstachtung wiedergegeben hat.
Die internationale Reaktion auf Kreiskys Äußerungen war heftig und zum weitaus größten Teil scharf ablehnend. In der mir gemäßen Form habe auch ich ablehnend reagiert. Ich hätte mich miserabel gefühlt, wenn ich das nicht getan hätte. Daß ich es tun mußte, macht mich traurig.*

Lieber Bruno!

Da wir ja zufällig beide vollberechtigte Ritter des sehr berühmten »Ordens wider den tierischen Ernst« der Stadt Aachen sind und uns durch Unterzeich-

* Anmerkung des Übersetzers dieses Buchs: Kishons Brief an Kreisky wurde nicht von mir übersetzt, sondern erscheint hier in

nung feierlicher Dokumente verpflichtet haben, einander unter allen Umständen beizustehen und sogar uns mit dem Vornamen zu nennen, fühle ich mich befugt, wenn nicht gar gezwungen, mit Dir ein paar Worte über Deine jüngste öffentliche Beurteilung der Juden und ihres unglücklichen Staates zu wechseln.

Es ist Dir sicherlich bekannt, daß der Schreiber dieses Briefes einer jener beklagenswert wenigen Israelis ist, die jedesmal, wenn Du von Journalisten mit sehr schlimmen Absichten oder zu gutem Gedächtnis falsch zitiert wirst, Deine fast nicht zu rechtfertigenden Vorstellungen über das Volk Israel zu rechtfertigen suchen.

Das taten wir aufgrund unserer festen Überzeugung, daß jeder freie Mensch das unabdingbare Recht hat, sein eigenes Steckenpferd zu schnitzen; und zweitens, weil wir uns sehr wohl vorstellen konnten, wie

der unverändert gleichen Übersetzung, in der er am 15. September 1978 erschienen ist. Das liegt nun nicht etwa daran, daß ich mich von Kishons Standpunkt hätte distanzieren wollen. Es liegt an einem für manche Leser wahrscheinlich überraschenden Umstand: die in der SPIEGEL-Redaktion hergestellte Übersetzung wurde nämlich von Kishon so gründlich bearbeitet, daß er sie jetzt für sich in Anspruch nimmt und mich dringend ersucht hat, seinen Text nicht umzugestalten (wie das angeblich meine Gewohnheit ist). Kishon hat sich durch den langjährigen Umgang mit mir eine – seiner Meinung nach – ausreichende Vertrautheit mit der deutschen Sprache angeeignet, was manchmal so weit führt, daß er mir sogar in meine eigenen Übersetzungen dreinredet. Um Zwistigkeiten hintanzuhalten, komme ich seinem dringenden Ersuchen nach. Die Übersetzung des folgenden Briefs von Ephraim Kishon stammt von Ephraim Kishon.

gern die Abgesandten unseres Landes, in dem Milch und Neid fließen, einen so gelungenen Juden wie Dich zu Tode necken könnten.
In der Tat, gestanden wir uns ein, hat nicht nur Kreisky einen Israel-Komplex, auch wir sind geplagt von einem ausgewachsenen Kreisky-Syndrom.
In diesem Geist, Dein Einverständnis voraussetzend, haben wir seinerzeit Deine total falsch interpretierten Worte über das »miese Volk« verteidigt.
Ein paar Monate später mühten wir uns, Deine jüngsten, wie üblich aus dem Zusammenhang gerissenen Kommentare zu dem großen Bus-Massaker von Tel Aviv zu rechtfertigen, das nach Deiner fairen Beurteilung allein durch Menachem Begins schroffes Verhalten gegenüber Deinen Freunden von der gemäßigten PLO provoziert wurde.
Ehrlich, lieber Bruno, wir taten unser Bestes. »So hart es auch ist«, sagten wir, »wir müssen ihn verstehen. Er ist der österreichische Bundeskanzler und nicht der Oberrabbi von Wien.«
Dabei stützten wir uns hauptsächlich auf die Tatsache, daß Du Dich vor gut 30 Jahren, fein abgestimmt mit der Gründung unseres Staates, auf Zehenspitzen aus der jüdischen Gemeinschaft davongemacht hast. Seither bist du eifrig damit beschäftigt, Deine Spuren zu verwischen.
Wir haben mit dem nötigen Respekt vernommen, daß Du, obgleich in den sogenannten mosaischen Glauben hineingeboren, rein sozialistischen Ursprungs bist. Wir haben unsere Leser auch daran erinnert, daß Du, während ein paar freundliche

Staatsmänner uns mit schönen Worten hätscheln, aber heimlich gegen uns arbeiten, genau das Gegenteil machst.
Mit Deinen ewig falsch wiedergegebenen Zitaten strafst Du uns zwar en gros ab, aber ab und zu vermittelst Du im Untergrund und verhilfst unseren russischen Brüdern via Wien zur Freiheit.
So dachten wir bis jetzt. In diesen Tagen aber ist der jüdische Hahnenkampf wieder aufgelebt, daß die Federn fliegen, just am Vorabend von Camp David. Diesmal wurden Deine nicht für die Öffentlichkeit bestimmten Anmerkungen in einer protestantischen holländischen Zeitung veröffentlicht.
Mit aller Verehrung müssen wir Dir sagen, daß man einen solchen Haufen anti-jüdischer Erklärungen in der westlichen Welt sonst nicht mehr äußert, außer auf 40 Jahre alten Grammophonplatten. Erstmals, lieber Freund, ist uns klargeworden, daß Du, Überlebender des Holocaust, vielleicht ein autodidaktischer Antisemit bist.
Sicher, Du hast recht, nicht jeder, der uns kritisiert, ist ein Erzfeind. Aber es kann schon mal passieren, daß einer, der Israel in der Luft zerfetzt, doch ein reiner, 24karätiger Antisemit ist. Das ist bei Dir kein Komplex mehr, lieber Bruno, das ist etwas Ernstes, ein geistiger Virus unbekannter Art.
Nennen wir es provisorisch Selbsthaß, die uralte Spezialität unseres verfolgten, masochistischen Volkes. Du, Freund, erinnerst uns an einen Stier, der mit seinem eigenen roten Tuch herumläuft oder besser: mit einem blauweißen.

Um Mißverständnisse auszuschließen: Wir Israelis lieben Antisemiten. Ihre schiere Existenz liefert uns die Rechtfertigung für das Leben in unserem eigenen miesen Land.
Du kannst Dir nicht vorstellen, wie wunderbar es für jemanden ist, der ein Leben ohne Vaterland kennt, eines Tages dazustehen und geschätzten Inquisitoren sagen zu können: »Meine Herrschaften, ob Sie Juden mögen oder nicht, ist Ihr Problem und das Ihres Psychiaters. Ich bin nicht mehr Ihr potentielles Opfer und auch nicht Ihre Minderheit, ich bin nur ein gewöhnlicher Tourist, und mit Ihrer freundlichen Genehmigung gebe ich jetzt mein Hotelzimmer auf und fliege heim in mein Land.«
Ja, wir Israelis ermutigen vernünftigen Antisemitismus. Aber nicht den hausgemachten, nicht Deine jüdische Do-it-yourself-Art.
Was hast Du oder was hast Du vielmehr nicht gesagt in Deinem letzten, glücklicherweise falsch zitierten, surrealistischen holländischen Interview?
Wir nehmen daraus untertänigst zur Kenntnis, daß unser abscheulicher Premierminister ein politischer Krämer, ein kleiner Advokat aus Warschau oder der Teufel weiß aus welcher elenden polnischen Provinz ist.
Im gleichen Atemzug stelltest Du fest, daß wir, die rassistischen Israelis, und nicht etwa Du selbst, mit Vorurteilen beladen sind und daß uns – Gott sei's geklagt – Deine diplomatische Erfahrung eben fehlt. Welch feiner Sinn für Humor!
Du geißelst uns Apartheid-Faschisten, weil wir »Ju-

däa« und, wie heißt es noch gleich, »Samaria« nennen, was für Dich »Westbank« ist. Aber was bleibt uns denn übrig, wo doch die Bibel vor etlichen Jahren von jenen abscheulichen Chauvinisten geschrieben wurde, die noch nicht einmal für nötig befunden haben, die mitteleuropäischen Nahost-Experten um Rat zu fragen.

Noch etwas Originalton Bruno gefällig? »Es ist ein Aberglaube, daß die Juden intelligent sind. Es ist Unsinn. Sie sind genauso dumm wie andere.« Und noch dazu geht uns Dein Feingefühl ab, das in Deinem Interview zum Ausdruck kommt.

Dann die Verunglimpfung unserer Armee: Die Israelis »sind gute Soldaten, aber so etwas ist schnell zu lernen. Es ist nichts weiter als eine verfeinerte Art von Banditentum«. Welch höchst verantwortungsvolle Belehrung aus dem Munde eines Staatsmanns mit weltweitem Überblick.

Und dann sagst Du uns auch noch: *Wir* üben keine Selbstkritik! All das wäre wirklich traurig, wenn es nicht so von Grund auf lächerlich wäre.

Sei versichert, lieber Bruno, daß wir Dir das Beste wünschen. Wenn uns je eine gute Fee erscheinen sollte, würden wir sie unverzüglich an Deine Anschrift verweisen, damit Du die berühmten drei Wünsche stellen darfst. Deinen ersten Wunsch können wir leicht erraten. Und, dann würde die blonde Fee mit den blauen Augen ihren Zauberstab heben und mit lieblicher Stimme sprechen:

»Bruno, von jetzt ab bist Du ein Goi.«

Oi! Doch da zu unserem aufrichtigen Bedauern zur

Zeit keine guten Feen zu erscheinen pflegen, hat sich die Menschheit daran gewöhnt, recht willkürlich zu entscheiden, wer ein Jude ist und wer keiner.
Bei der letzten österreichischen Wahl konnten wir zahlreiche Plakate mit dem ausdrucksvollen Profil eines triumphierenden Kreisky sehen. Etliche Wähler bewiesen ihre Kunstfertigkeit, indem sie nette kleine Davidssterne auf Deine Nase malten, wohl im Stil des Phantastischen Realismus der berühmten Wiener Schule.
Wir Israelis können uns in dieser delikaten Angelegenheit nicht äußern. Natürlich würden wir uns von Herzen gern des großen Sohnes unseres einsamen Stammes rühmen – aber das ist uns verwehrt.
Unser verehrter Stiefbruder, der Kanzler, hat befunden, er besitze einen Buckel, und folglich haßt er alle Buckligen. Gleichwohl war ein anderer, fast ebenso bedeutender Staatsmann, Lord Disraeli von der Regierung Ihrer britischen Majestät, stolz darauf, ein Jude an der Spitze einer eingefleischt nichtjüdischen Gesellschaft zu sein.
Henry Kissinger prahlte nicht gerade mit seiner Abstammung, aber kämpfte auch nicht dagegen an, wohingegen Du, Bruno, Dich abstrampelst, Dich verneinst, bis Du Dich selber in Knoten schlingst.
Du hältst uns für ein lästiges Volk. Allerdings, wenn wir nicht so lästig wären, dann wären wir vielleicht auch kein Volk mehr, und Du hättest nichts mehr, was Du bekämpfen könntest.
Doch wie auch immer, Du ziehst unsere Existenz ja ohnedies in Zweifel. Als die UNO vor einiger Zeit

die neuen Hakenkreuze auf unsere rassistischen Stirnen stempelte, hast Du die österreichische Delegation immerhin angewiesen, dagegen zu stimmen. Aber Du beeiltest Dich auch, einen Balanceakt zu vollführen, indem Du erklärtest, Du teiltest Jassir Arafats Meinung über das jüdische Volk: Wir seien eine religiöse Sekte und nicht mehr, nolens volens durch einen gemeinsamen Glauben verbunden. Doch es ist schon eine eigenartige Vorstellung, Bruno, daß diese Nolens-volens-Leute der Welt einen Moses, einen Jesus, Freud, Einstein, Marx und Kreisky geschenkt haben.

Ist doch gar nicht so schlecht für eine Zufallsgemeinschaft.

Aber Du wehrst Dich ja, dazuzugehören, stemmst Dich tapfer gegen den Druck der Vergangenheit. Das abgewandelte englische Sprichwort: »If you can't join them – beat them!« wendest Du auf uns an. Auf, schlage uns, Bruno, wir sind Deine Trommel!

Bevor ich Dir hier schrieb, wartete ich einige Tage, hoffte, Du würdest den holländischen Unsinn als eine Beleidigung Deiner Person brandmarken. Statt dessen hast Du unter Deiner Nase hervorgenuschelt, Du seist unter bestimmten Bedingungen bereit, Dich zu entschuldigen, aber Du würdest Deine Erklärungen nicht widerrufen.

»Mein Herr, Sie haben mich einen Schurken genannt, nehmen Sie das zurück!«

»Wohlan, ich entschuldige mich, Sie Schurke.«

Lustig, lustig. Wenn wir nicht wüßten, Bruno, daß Du ein ernsthafter Staatsmann bist, könnten wir

Dich für einen kleinen Krämer halten, pardon, für einen großen. Du bist der Größte.
Doch wir haben nichts dagegen, unseren privaten Hahnenkampf für eine Zeitlang einzumotten. Wir wollen die Welt nicht endlos damit amüsieren. Wir sind ein bißchen müde, verstehst Du?
Laß uns Frieden schließen, verlorener Bruder! Laß uns diese jüdischen Angelegenheiten nicht so tierisch ernst nehmen. Wir haben von uns aus auch keine persönliche Beleidigung beabsichtigt. Einige unserer besten Freunde sind Kanzler.
Mit freundlichem
Schalom

E. K.

Anmerkung des Autors dieses Buchs: Es folgt nunmehr ein schönes Beispiel von »Do it yourself« – meine Laudatio für den bundesdeutschen Außenminister Hans-Dietrich Genscher anläßlich seiner Ernennung zum Ritter des »Ordens wider den tierischen Ernst«, die im Januar 1979 in Aachen gefeiert wurde. Ich habe diese deutsche Rede selbst geschrieben, hinter dem Rücken von Friedrich Torberg, habe den Text auch selbst gesprochen und wurde dafür, wenn ich so sagen darf, mit enthusiastischem Beifall belohnt. Wahrscheinlich glaubten die Zuhörer, irregeführt durch die sprachliche Qualität meiner Rede, daß sie von meinem genialen Übersetzer stammt. Tut mir leid.

Lieber Dieter!

Meine lieben normalen Damen und gesunden Herren!
Genau seit einem Jahr bin ich ein offizieller Narr, und ich habe heute abend die Ehre, einen offiziellen Narren zu krönen. Mit dem sympathischen neuen Ritter des »Ordens wider den tierischen Ernst« habe

ich aber nicht viel gemeinsam. Wir haben eine Abmachung, daß er keine lustigen Bücher schreibt und daß ich meinerseits nicht auf meine schlanke Linie achte. Dafür aber stammen wir beide von auserwählten Völkern: Ich komme aus Israel – und Herr Genscher stammt aus Sachsen.
Da ich hier fremd bin, mußte ich meine Laudatio ausschließlich auf lokale Informationen aufbauen. Ich habe über Herrn Genscher viel Gutes von seinen politischen Gegnern und viel Schlechtes über ihn von seinen Parteifreunden gehört. Selbstverständlich verlasse ich mich auf die Freunde . . .
Wenn meine Informanten mich nicht irregeführt haben, wurde Hans-Dietrich vor etwa 50 Jahren seinen eigenen Eltern bereits als Baby geboren. Nach dem Zeugnis seiner Amme hat er schon im Alter von 4 Jahren seine Mutter gegen den Vater und den Vater gegen die Mutter ausgespielt und beide ein Jahr später gegen die Großeltern . . .
Erste Anzeichen eines diplomatischen Talents!
Das liebste Spielzeug des kleinen Dieter war natürlich das Schaukelpferd. Den Berichten nach ist er manchmal drei Tage lang nicht abgestiegen. Damals schon ein geborener Ritter!
Als Schüler soll er die besten Noten bekommen haben, weil er seine Lehrer mit sofortigem Rücktritt bedroht hat.
Nach dem Studium entschied er sich für den Beruf Außenminister. Weil er aber ein aktiver Mensch ist, der nicht tatenlos in der Opposition sitzen kann, hat er sich für die jeweils herrschende Partei entschieden.

Was natürlich nur die FDP sein kann, denn ich wurde darüber aufgeklärt, daß man in der Bundesrepublik zwar ohne die Sozialdemokraten und auch ohne die Christdemokraten eine Regierung bilden kann – aber niemals ohne die FDP.
Ich spreche nicht über die von Neid geschürten Gerüchte, daß alle wichtigen Staatsposten, vom Bundespräsidenten aufwärts, von der FDP besetzt ist, denn das Postministerium ist bis Redaktionsschluß noch fest in den Händen des sozialdemokratischen Lagers. Bis zu den nächsten Wahlen natürlich.
Hans-Dietrich Genscher wurde also schnell Innen- und Außenminister, Parteivorsitzender, und er hat damit bewiesen, daß auch ein Intellektueller Spitzenpolitiker werden kann, wenn sein Freund Präsident wird. Sein Außenministerium hat Herr Genscher zu einem imposanten Massenapparat ausgebaut. Er hat die höchste Beamtenstatistik in der Bundesrepublik: Auf jeden Quadratmeter kommen 19,3 Beamte. Und wo kein Beamter ist, da steht ein Botschafter. Einc fast übernatürliche Erscheinung. Bis heute abend gibt es auf unserem Planeten 167 Staaten und 310 deutsche Botschafter. Zeichen einer weitblickenden Außenpolitik! Dank unserem neuen Ritterkollegen hat also die Bundesrepublik neben der größten Devisenreserve auch die größte Botschafterreserve der Welt . . .
Was die Außenpolitik betrifft – nach meinen Quellen verwirklicht Herr Genscher auf diesem Gebiet das theologische Grundprinzip: »Wenn dir jemand einen Streich gibt auf deine rechte Backe, dann biete die

andere auch dar.« Es wird also keine Überraschung sein, wenn Hans-Dieter eines Tages zum Papst gewählt wird. Der erste sächsische Papst in Rom!
Aber auch die Leistungen sollen nicht vergessen werden. Dank seiner gelungenen Mischung von Reiselust und Großzügigkeit hat Herr Genscher eine außergewöhnliche Popularität erreicht. Besonders in Afrika. Das ist auch verständlich, denn wenn ein Staat in finanzielle Schwierigkeiten gerät, erhöht man normalerweise die Steuern und steigert den Export, oder man kommt gar auf die phantastische Idee, Sparmaßnahmen zu ergreifen. In Afrika stellt man im Ministerrat heutzutage nur eine Frage: »Wann kommt Genscher wieder?«
So ist es kein Wunder, daß in vielen entwicklungsgierigen Staaten schon schöne Genscher-Denkmale stehen. In dem führenden Presseorgan der papuanischen Kopfjäger nannte man Herrn Genscher nach seinem letzten Besuch den »kleinen weißen Elefanten, der goldene Eier legt«.
Von Außenminister Genschers Verantwortungsbewußtsein zeugt jedoch die Tatsache, daß er trotz der vielen hohen Diäten, die er auf seinen weiten Reisen bekommt, streng Diät hält . . .
Lieber Hans-Dieter, wenn es so weitergeht, werden Sie ohne Zweifel der schlankste Außenminister sein, den die Bundesrepublik heutzutage hat. Sie beweisen uns, daß nicht nur Dicke Humor haben können, sondern auch Korpulente.
Ich schließe meine Laudatio in der Hoffnung, daß trotz meiner närrischen Wahrheiten die Entwick-

lungshilfe für Israel nicht vollkommen gestrichen wird. Ich begrüße unseren neuen Ritterkollegen mit dem alten Gruß unserer Beduinen in der Negev-Wüste: »Olleh – alaaf – olleh – alaaf!«

Ich habe mich vorhin als konservativ bezeichnet. Leider reicht das nicht aus. In Wahrheit bin ich ein alter Reaktionär. Dieser häßliche Zug meines Charakters hat mich vor einiger Zeit, als ich die liebenswerten Niederlande besuchte, zur Niederschrift eines Artikels über ein sehr empfindliches Thema veranlaßt. Es war mir bewußt, daß der Artikel niemandem gefallen würde, am allerwenigsten den Holländern. Das einzige, was ich zu seiner Rechtfertigung geltend machen kann, ist seine objektive Richtigkeit. Ob das freilich auch Grund genug ist, ihn zu veröffentlichen, bleibt eine offene Frage.

Bevölkerungs-Schichtwechsel

Noch vor wenigen Jahren kannte man in Holland den Terrorismus nur in Gestalt von Flugblättern, in denen die PLO zur Teilnahme an einem Protestmeeting gegen die zionistischen Verbrecher aufforderte. Inzwischen mußten die Holländer feststellen, daß sie ein eigenes Palästinenserproblem haben. Ihre Palästinenser kommen von den Molukken.

Es begann, wie alle Kriege der letzten Zeit, mit dem Ende des Zweiten Weltkriegs. Großbritannien verzichtete auf seine Kolonien, entließ sie in einen Zustand, den man irrtümlich als »Freiheit« bezeichnet, und empfahl der holländischen Regierung ein gleiches. Die Holländer folgten dem guten Beispiel und überließen als echte Demokraten den Einwohnern ihres einstigen Kolonialreichs die Wahl zwischen der holländischen und der indonesischen Staatsbürgerschaft. Damit eröffneten sie die große Völkerwanderung vom Land zur Stadt, vom südostasiatischen Dschungel nach Rotterdam und Amsterdam.

Was die Einwohner der Molukkischen Inselgruppe betraf, so riefen sie eine unabhängige Republik aus, die sich zwei volle Monate lang ihres Bestandes erfreute. Dann wurde sie von Indonesien annektiert, ohne daß seitens der UNO, der blockfreien Staaten oder der Vereinigten Arabischen Emirate auch nur der geringste Widerspruch erfolgt wäre.

Ungefähr 40 000 Molukker machten daraufhin von der Möglichkeit, Holländer zu werden, Gebrauch und flüchteten nach Holland. Sobald sie sich an die Windmühlen gewöhnt hatten, gingen sie daran, ein auf die Wiedergewinnung ihrer Heimat gerichtetes Terrorsystem zu entwickeln. Sie terrorisieren die Holländer, um von den Indonesiern die Molukken zurückzubekommen. In Indonesien könnten sie nichts dergleichen tun, denn dort würden sie erschossen werden.

Die Holländer sind da viel toleranter. Sie zeigen größtes Verständnis für die legitimen Rechte des molukkischen Volkes und entschuldigen sich ununterbrochen, daß sie ihm seine verlorene Republik nicht wieder aus Indonesien herausbrechen können, weil

die indonesische Regierung so etwas ungern sähe. Darüber ärgern sich die Molukker sehr und bringen von Zeit zu Zeit ein paar Holländer um. Dies wiederum verstimmt die Holländer.
»Was wollt ihr eigentlich von uns?« fragen sie verzweifelt.
»Daß ihr etwas tut«, antworten die Freiheitskämpfer.

Den Holländern, deren Liberalismus ohnehin schon manch harten Schlag einstecken mußte, erscheint die molukkische Haltung nicht ganz logisch. Überdies fällt ihnen auf, daß seit einigen Jahren die Augen der jungen Holländer immer geschlitzer werden. Ich befand mich zur Zeit des letzten Geiseldramas zufällig in Amsterdam und wurde in manchen Stadtteilen, wenn ich um mich sah, von heftigen Zweifeln befallen, ob ich noch in Europa wäre. Bei meiner Ankunft, Mitte Juni, machten die farbigen Einwanderer 15 % der Bevölkerung aus. Mitte Juli waren es bereits 16, nicht durch Zustrom von außen, sondern durch natürliches Wachstum. Experten erblicken darin ein bedenkliches demographisches Problem. Den liberalen Holländern gilt es als Beweis, daß sie keine Rassenvorurteile haben. Sie sind stolz darauf, weil es ihnen nicht helfen würde, wenn sie nicht stolz wären. So sind sie wenigstens stolz.
Es gibt in Holland eine Partei mit dem Wahlspruch »Holland den Holländern«, aber die ist illegal. Die Neubürger aus Indonesien, Abkömmlinge einer alten, edlen Rasse, fügen sich ohne Schwierigkeiten in

die westliche Zivilisation ein und tragen mit ihren reizvollen Gebräuchen und ihrer jahrhundertealten Kultur nicht wenig zur Belebung der Atmosphäre bei.
Was die Holländer bekümmert, sind nicht so sehr die Schlitzaugen an sich, als vielmehr das ständige Anwachsen ihrer dunkelhäutigen Bürgerschaft. Mindestens dreimal in der Woche landen auf dem Flughafen von Amsterdam drei Jumbo-Jets mit dichten Rudeln dunkler Großväter, Großmütter, Cousins und Neffen aus Surinam, die sich mit ihren in Holland lebenden Familien vereinen. Neueren Statistiken zufolge gibt es schon jetzt auf den westindischen Reisfeldern weniger Surinamesen als in den Slums der holländischen Städte. Wenn das so weitergeht, wird Surinam um die Mitte der achtziger Jahre entvölkert sein, und die Amsterdamer werden sich in der Nacht nicht mehr auf die Straße wagen.
Man könnte das, was hier vorliegt, den staatlich geförderten Import einer sozialen Katastrophe nennen. Der durchschnittliche holländische Bürger schaut aus dem Fenster, erschrickt und eilt zum nächsten Wandspiegel, um das Bild eines ehrlichen Demokraten zu sehen. Aus dem Spiegel starrt ihm das Bild eines Masochisten entgegen.
Als nächste werden die Papuas nach Holland kommen, dann kommen die Bewohner der Antillen, und dann kommt die Sintflut.

Immerhin und jedenfalls: auch in London leben große Mengen von Jamaikanern und anderen Ange-

hörigen ehemaliger Kolonialvölker. Niemand weiß das besser als die Polizisten, die in regelmäßigen Abständen nach kleineren Straßenschlachten ins Krankenhaus eingeliefert werden.
Auf ihre Weise wirkt auch die Bundesrepublik Deutschland an der Schaffung internationaler Vielfalt mit. In vielen deutschen Städten gibt es Kinos, die nur noch türkische Filme spielen, und unter den zwei Millionen Gastarbeitern finden sich Griechen, Jugoslawen und Pakistani, durchweg mit Arbeiten beschäftigt, für die sich die Deutschen zu gut sind. Man trifft heute in jedem erstklassigen deutschen Restaurant mindestens einen orientalischen Kellner an – eleganter schwarzer Anzug, weiße Serviette über dem rechten Arm, den linken auf dem Rücken –, der einen mit vollendeter Höflichkeit fragt:
»Du wollen Flasche?«
Diese Ober-Klasse wird über kurz oder lang im Besitz der deutschen Staatsbürgerschaft und des Wahlrechts sein.
Was Holland betrifft, so wird sich im Jahr 2000 die Hälfte seiner Bevölkerung aus Oberkellnern zusammensetzen, und die Jumbos werden noch immer fliegen. Es ist nicht ausgeschlossen, daß unsere Enkelkinder die Geburt des ersten farbigen Staates in Europa erleben werden.

Dann und wann – es muß nicht unbedingt an langen Winterabenden sein – wird man von dem dumpfen Gefühl beschlichen, daß es außer der Welt, in der man lebt und die einem vertraut ist, noch eine zweite, verborgene, tiefer gelegene gibt. Ich spreche nicht von der antiken Unterwelt, nicht vom Hades, wo die Toten hausen. Die Bewohner der von mir gemeinten Unterwelt sind im Gegenteil sehr lebendig, und es geht ihnen sehr gut.

Die wirkliche Welt

Auf der oberen, der offen zutage liegenden Ebene der Welt leben alle, die reinen Herzens sind, die Patrioten, die Gutgläubigen, die Geradlinigen, die steuerzahlenden Familienväter – kurzum: die anständigen Menschen.

Das ist die falsche Welt.

Die wirkliche Welt liegt tief unten. Man erreicht sie nur sehr mühsam, über gewundene Treppen oder mit lautlosen Liftkörben, die ausschließlich für die Eingeweihten da sind. Denn nur die Eingeweihten wissen, daß diese Welt überhaupt existiert, nur sie kennen das Geheimnis, kennen die magische Formel, die alle Türen und alle Safes öffnet, die Zutritt gewährt zum Sesam des Wohllebens, des Reichtums und der Macht.

Gewöhnliche Sterbliche haben keinen Zutritt zu dieser Welt. Sie ist ein exklusiver Club, dessen Mitglieder mit ein paar ins Telephon geflüsterten Worten mehr Geld ergaunern, als unsereiner mit der Müh und Plage eines ganzen Lebens verdient. In den diskret abgedunkelten Clubräumen ist schon manch eine eilige Notiz auf einen Fetzen Papier gekritzelt worden – und draußen sind Berge in Bewegung geraten.

Ein wenig unheimlich, das Ganze, nicht wahr. Ein wenig wie Kafkas Schloß. Nur daß es nicht auf einem Hügel liegt, sondern in unzugänglicher Tiefe.

Das ist die wirkliche Welt. Ich stelle mir vor, wie die Clubmitglieder über uns lachen, wie sehr es sie amüsiert, unsere angestrengte Geschäftigkeit zu beobachten, unsere krampfhaften Bemühungen um eine kleine Verbesserung unseres Lebens, einen kleinen Steuernachlaß, eine kleine Pension. Natürlich zeigen sie ihr Amüsement nicht nach außen, nicht an der Oberwelt. Sie sind hervorragende Schauspieler und wissen uns mit eindrucksvollen Predigten über Gerechtigkeit und Moral in Bann zu schlagen. Aber hinter ihrer hochtrabenden Rhetorik steckt nichts als die Gier nach Geld und Macht.

Dann und wann ereignet sich ein Betriebsunfall. Da stolpert einer der Mächtigen über einen Stein auf dem Grundbesitz, den er sich für einen Pappenstiel ange-

eignet hat, da fällt einem Rechtsanwalt ein Goldsack zweifelhafter Herkunft aus der Hand, da wird plötzlich ruchbar, daß hohe Staatsbeamte noch höhere Bestechungsgelder angenommen haben, um den Ankauf minderwertiger Flugzeuge zu bewilligen, Steuerschulden zu vertuschen und geheime Fonds zu melken, da zeigt sich, daß Präsidenten lügen, daß Könige korrupt und Regierungen verrottet sind.
Solche Dinge geschehen rein zufällig, nicht etwa dank eines funktionierenden Kontrollsystems. Eine Bank in Vaduz macht Pleite, ein gekaufter Zeuge irrt sich bei seiner Aussage, ein Polizist nimmt seine Arbeit zu ernst – und für einen kurzen Augenblick erspähen die armen Tölpel, die in der offenen Welt leben, was in der verschlossenen vorgeht. Für eine Sekunde sehen sie die Spitze des Eisbergs.
Wo die kleinen Leute schuften und schwitzen, liegen die Jagdgründe der Großen, der dichte Dschungel der Öffentlichen Mittel. Eine verzweifelte Komik wohnt ihnen inne, den redlichen Zwergen, die sich ein Leben lang nach Recht und Gesetz richten und damit zur ahnungslosen Beute derer werden, die nur ein einziges Gesetz kennen: sich nicht erwischen zu lassen.

Ich hätte dieses Buch viel lieber optimistisch ausklingen lassen, hätte viel lieber gesagt, daß die Zwerge recht haben, daß ehrlich am längsten währt, daß ein gutes Gewissen das beste Ruhekissen ist und daß wir hier oben, in der offen zutage liegenden Welt, den Schlaf der Gerechten schlafen dürfen.

Aber es will mir nichts dergleichen aus der Feder. Und ich kann den häßlichen Verdacht nicht loswerden, daß ich im Grunde nur unter meiner Unfähigkeit leide, die Mitgliedschaft im Club der fröhlichen Unterweltler zu erwerben und das Große Prinzip zu begreifen.